増補

思春期をめぐる冒険

心理療法と村上春樹の世界

岩宮恵子

創元こころ文庫

はじめに

小説を書くというのは、……多くの部分で自己治療的な行為であると僕は思います。「何かのメッセージがあってそれを小説に書く」という方もおられるかもしれないけれど、少なくとも僕の場合はそうではない。僕はむしろ、自分の中にどのようなメッセージがあるのかを探し出すために小説を書いているような気がします。

これは河合隼雄《かわいはやお》との対談での村上春樹の発言である（河合隼雄・村上春樹『村上春樹、河合隼雄に会いにいく』岩波書店、一九九六年）。村上は主張したいメッセージを意識したうえで小説を書いているわけではないらしい。彼にとっては、表層的な意識から遠く離れ、どこまでも自分の中に入り込んでメッセージを探し出すプロセスそのものが小説を書くということなのである。そしてそのようにして小説を書く行為自体が、自分自身の病んでいる部分を癒《いや》したり、欠落している何かを埋め合わせたりする行為になっているというのだ。

一方、河合は「各人の生きている軌跡そのものが物語であり、生きることによって物語を創造している」と考えており（河合隼雄「『物語る』ことの意義」『講座心理療法２――心理療法と物語』岩波書店、二〇〇一年）、「病いを癒すものとして『物語』というのは、実に大切なことだと思っている。現代はそのような物語を一般に通じるものとして提示できないところに難しさがあるように思う。各人はそれぞれの責任において、自分の物語を創《つく》りだしていかねばならない」と述べている（『村上春樹、河合隼雄に会いに行く』）。

作家が自分の内側にどこまでも入り込み、その中でメッセージを探し出し、それを物語として生み出していくプロセスと、心理療法の中で治療者との関係に支えられたクライエント（相談者）が自分の内側にひそんでいる自分自身の物語を見出《みいだ》し、その物語を生きていくこととは、どこかでとても似ている。

自分の内側にひそんでいる自分自身の物語を見出すといっても、それは簡単なことではない。自分の内側に目が向くまでにはそれ相応のプロセスが必要になる。ここで言う自分の内側とは、過去を振り返ってそこでの自分の言動を反省するというような意識的な次元のことを指してはいない。もちろん、自分の過去の言動を反省し、そこに改善の余地を真剣に模索する態度は必要なことである。しかし、どんなにそのような意識的な努力に励んだとしても、どうしようもない状況に追い込まれたとき、人は本当の自分の内側に目を向けなくてはならなくなることがあるのだ。その「本当の自分の内側」の次元というのが、村上春樹が描いている「世界の終り」であったり、「羊男」と出会う次元であったり、「壁抜け」が可能になる世界なのである。この次元のありようについては、この本のなかで徐々に明らかにしていきたい。

断っておくが、そのような日常とはまったく異なった次元に行くから立派なのだとか、絶対そうしなくては問題が解決しないということではない。意識的で現実的な努力で問題を乗り越えていけるのなら、それが一番いい。ところが好むと好まざるとにかかわらず、その次元にまで踏み込まなくてはどうにもならない人がたしかにいるのである（『ダンス・ダンス・ダンス』に登場してくる少女ユキは、このように否応《いやおう》なく違う次元の問題に関わらなくてはならない人のことを、自分を含め「お化け組」と呼んでいた）。

物語と心理療法のことを考えていくにあたって、村上春樹の作品を取り上げる理由は三つある。まず、冒頭で紹介したように、対談やエッセイなどで村上春樹自身が、小説を書くときの自分のスタンスが自己治療的なものであるということについてはっきりと言及していること、第二に、治療場面でかなりの数のクライエントが彼の小説について話題にすること、そして第三に、（これが一番強い動機だが）村上春樹の小説を読んでいると、まるで心理療法の現場で起こっていることそのもののように感じられるからである。

心理療法のプロセスの中で起こったことを後になってクライエントがほとんど忘却しているということはよく起こる。あまりに深い体験は日常レベルの記憶として残りにくいのだろう。村上はエッセイや対談の中で、自分の小説を書き上げたあとはほとんどその内容を覚えていないと言っているが、それも心理療法のプロセスの忘却と重なって聞こえる。

本書では、このような「物語」と「心理療法」の関係をふまえながら、実際の心理療法の現場で起こっていることを紹介しつつ、村上春樹の作品で描かれていることをテキストにして、さまざまな角度から考えていきたい。

増補　思春期をめぐる冒険——心理療法と村上春樹の世界　目次

第五章　本当の物語を生きる

補論

増補　思春期をめぐる冒険——心理療法と村上春樹の世界

第一章　物語の力

物語の呪縛《じゅばく》

今の君には仕事もなく、これから何をしたいというような計画もない。はっきり言ってしまえば、君の頭の中にあるのは、ほとんどゴミや石ころみたいなものなんだよ。

——綿谷ノボル『ねじまき鳥クロニクル』

筋書きの見えやすい物語

小説を読む人が少なくなってきていると言われているが、村上春樹の作品は新作が発表されるたびに大きな話題になる。もちろん、小説の楽しみ方は人によってまったく違うであろうから、村上春樹の作品もいろいろな読まれ方をされているのは当然である。小説全体を包んでいる都会的な雰囲気や、音楽や食事など、感覚的な部分に強く働きかけてくる描写のすばらしさを味わうだけでも、村上作品は充分に楽しめるし、ストーリーを追うことを楽しんでいる人も多いだろう。しかし、村上作品がこれほど世界的にも読まれているのは、それだけの理由とは思えない。物語の筋をただ楽しむというには、あまりにも構造が複雑で、日常と異なった次元からもう一度日常を照射しなおすような厳しさを持っている村上春樹の作品が、これほど多くの人々に読まれているのはどういうことなのだろう。

それは、読み手が意識しているかどうかは別として、日常と異なった次元とかかわることが今の時代を生きる上で切実に求められているからではないだろうか。

悩みを抱え心理療法を求めて来談する人で、結局は日常と異なった次元とかかわらなくてはならなくなる場合でも、最初の頃はあっという間に解決する手段を求めたり、意識的で現実的な努力に力を尽くしたり、その他さまざまな回り道を必要とすることがほとんどである。そのような人の混乱と苦しみを少しでも理解していこうと努めるとき、村上春樹の作品に描かれている人物が歩んだプロセスのことが想《おも》われる。

では、事例を紹介しながらそのプロセスをみていこう。なおここで紹介する事例は、プライバシーへの配慮のため、内的な真実はそのまま残るよう努めたが、事実に関してはかなり変更を加えている。

Aさんは中学生の娘と小学生の息子をもつ、平均的なサラリーマン家庭の専業主婦である。中学生の娘は小さい頃から愛想がよく、みんなから可愛《かわい》がられていた。やんちゃな弟の面倒もよくみるし、学校でもリーダー格で友達も多かった。学校から帰ってくると、楽しかったことや腹が立ったことなどいつもAさんに話をしていたので、Aさんはこの娘に関して、何を考えているのかわからないといった心配はしたことがなかったという。ところがある日突然、この娘が学校に行かなくなった。そしてそれとともに些細《ささい》なことで怒鳴ったり、壊れるような大きな音を立ててドアをしめたりするようになった。またAさんに特定の銘柄のお菓子を買ってくるように言い、そのお菓子が売り切れていて手に入らなかったりすると、物を投げたり机の上の物を床に落とすなどして暴れるのであった。Aさんは素直で優しかった娘の急激な変貌《へんぼう》に途方に暮れて来談されたのである。

Aさんが一番困惑していたのは先のお菓子の件を含めた食べ物のことだった。娘の好物を作っても「こんなもの食えるか！　食べれるものをちゃんと作れ！」と怒鳴り、まったく手をつけない。それをたしなめると逆上して物を壊すようなこともあるので、だんだん恐《こわ》くなってきて腫《は》れ物に触るような対応になってしまう。そうするとそれにまた腹が立つようで「何、びびってんだよ！」と睨《にら》みつけてくる。夫に頼んで娘を叱《しか》ってもらったことも何度かあるが、そうすると娘はふてくされて部屋に閉じこもってしまい、その後には「自分で何にもできないからって人にばっかり頼るな！」とますますエスカレートした怒りをAさんにぶつけてくるのだった。

来談当初Aさんは「食事を作り直せと言うときは従ったほうがいいんでしょうか。それとも食べるように言ったほうがいいんでしょうか」といった白か黒かを問うような、具体的で表面的な「良い対応の仕方」ばかりを話題にしていた。しかし当然ながら、このようなやりとりに終始する治療を続けていても進展は見込めない。そういうAさんの態度は「人に頼るな！」という怒りの中に隠されている「お母さん自身の力で私をこの混乱の中から救い出してほしい」という娘のメッセージをまったく無視してしまうことになる。娘が「食事」という母親の領分の問題にこだわるのにもそういった意味がありそうだ。こういうかたちで投げかけられてくる娘のメッセージに答えるためには、Aさん自身がみずから考え判断していくことが最も必要なことになる。もちろん夫に相談することは大切であるし、夫にもかかわってもらうことは必要不可欠である。しかしそれがAさんの逃げになっていることを娘は敏感に察知しているのだ。

このようなことは、親が治療機関へ、問題を抱えてしまった子どもの相談に出向こうとしたときによく起こる。治療機関に通う目的が、子どもを元に戻すための「良い方法」を求めるだけになっていると、その態度の裏にある親の逃げを見透かして、親に対して激しい怒りをあらわにする子どももいる。しかし親が自分自身の判断を放棄することなく、子どものことを真に理解するために治療機関に通っていることがわかると、相談に行くことに対しての怒りはおさまっていくことが多い。

しかし「良い方法」を求める親の態度が子どもの怒りを招くことになることがわかっていても、予想もしていなかった出来事に突然襲われて混乱をきたしているときには、人は誰でも具体的な事実を知りたがり、解決するための良い対応の仕方を求めるものだ。いきなり日常が激変して、何をどうしていいのかわからないような危機には、とりあえずの安定を保つためにも、こうすればこうなるという筋書きの見えやすい物語にすがりたくなるのは当然だろう。

「通訳」の限界

ではここで『ねじまき鳥クロニクル』を紹介しながら考えてみよう。

主人公岡田トオルの妻クミコは、ある日突然失踪《しっそう》してしまう。結婚までのプロセスや、二人で積み重ねてきた結婚生活での信頼感から、親密な間柄であることを疑うこともなかっただけに、トオルはクミコの失踪に強いショックを受ける。クミコが黙って自分のもとからいなくなるなど、トオルにはまったく考えられないことだったのだ。仲が悪いから別れるというような単純な因果関係だけでは捉《とら》えきれない不可解な問題が現代の夫婦関係の背後には動いている。

『ねじまき鳥〜』には加納マルタという、鋭い直観力で暗示的なことを告げる不思議な女性が登場する。彼女はクミコの失踪に関係する一連の出来事にかかわってくるのだが、トオルがクミコの突然の失踪に動揺して、どうしていいのかわからないと訴えても、「今は待つしかありません。……待つべきときにはただ待つしかないのです」と言うだけだ。マルタは、具体的なものごとの大方は瑣末《さまつ》な事象に過ぎず、不必要な寄り道のようなものだとトオルに語りかける。つまり大事なことは時間をかけないと見えてこないというのである。しかしそれまで目に見える具体的な世界で「普通」に生きてきたトオルにとって、それはすぐに理解できることではなかった。クミコの居場所もわからず、連絡を取ることすらできずに苦悩するトオルは、何でもいいから拠《よ》り所になる具体的な事実が知りたいと、加納マルタに強く訴えるのである。

このトオルの場合と同じく、現実的な「普通の良いお母さん」であったAさんが、思いもかけない娘の変貌に出会った時に、具体的で表面的な対応の仕方だけを求めるレベルから違う次元の問題に目が向くようになるまでには、ある程度の時間とそれ相応のプロセスが必要である。「今は待つしかありません」といった筋の通った一般論だけを伝えても（たとえそれが唯一《ゆいいつ》の真実であっても）なかなか受け入れられるものではない。治療者はそのところをよく理解して、ある程度具体的なことにも触れつつサポートしていくことが必要だと思う。

子どものことで母親が相談に訪れる面接（母親面接）を開始してしばらくの間は、母親にとってまったく不可解な子どもの言動の意味を「通訳」して伝えることを試みることが多い。治療者の仮説に基づいて通訳した内容が母親自身にとって本当に納得できるものであれば、通訳だけでもかなり有効な働きかけになる。なかには、それだけで親子関係が劇的に改善する事例もある。一番、身近にいる親の理解と適切な対応に助けられることによって、子ども自身が問題を乗り越えていく力を獲得してゆくことも可能なのだ。

この「通訳」は、治療者がその子どもが生きている物語を読みとって、それを伝える試みである。先の例では、「人に頼るな！」という娘の怒りの中に「お母さん自身の力で私をこの混乱の中から救い出してほしい」というメッセージが隠されているのではないか、と伝えるのである。わけもわからないままに娘の癇癪《かんしゃく》や怒りにさらされていると、それは耐えられない拷問《ごうもん》のように感じられて、娘を理解しようという気持ちから遠ざかってしまうことになる。そこに少しでも、どこかに向かっていく物語の流れのようなものが見えると、その物語の筋を頼りに娘の気持ちに近づくこともできる。面接の初期に治療者が読みとる物語の流れは、見立てやケースの読み、もしくは解釈と言われるものと近いが、これは治療の深まりとともにどんどん変わっていく可能性がある。最初にある程度の物語の見通しをもつことは専門家として必要であるが、治療者は最初に自分が読みとった物語に固執せず、流れの中で柔軟にその読みを変化させていくことも同時に必要である。

さて当然のことだが、このように「通訳」といった形で治療者が読みとった物語を提示するような働きかけだけで事態が好転するような展開に恵まれることばかりではない。子どもや母親自身に明らかな病理性を見出しうることもあるし、虐待《ぎゃくたい》や拒絶など実際に家庭内に大きな障害が存在することもある。そうなると子どもの「通訳」ばかりしていても、事態は簡単には変わらない。より強力なケースワーク的介入やその個人の病理に対しての治療が必要となる。ところがそういった直接的で重大な背景が見あたらないし、一見大きな問題を抱えているとは思えない家庭であるにもかかわらず、「通訳」レベルのかかわりだけではいかんともしがたい場合があるのだ。

物語の呪縛《じゅばく》

面接を始めたばかりの頃、Aさんはこのような事態になってしまった原因を過去の子育てに求め、「何がいけなかったのでしょうか」と繰り返していた。素直な娘が豹変《ひょうへん》したということはとても理解しがたい事態を、わからないまま受け入れるということはなかなかできるものではない。いくら治療者が「通訳」に励んだとしても、夫や家族、教員や友人、本人の資質などにその原因が求められ、それらに対しての攻撃的な筋書きの物語が作られることも多い。原因を自分以外の他者や社会へ向け、それに対しての抗議にエネルギーのすべてを賭けている人も多い。確かにそのなかに一因はあるかもしれないが、そこにすべての原因を求めて攻撃に力を入れ過ぎてしまうと、一番、気持ちを向けなくてはならないはずの子どもに目がいきにくくなり、子どもをますます深い孤独の淵《ふち》に追い込むことになる。またAさんの訴えのように、このような状態に至ったのは何か自分に落ち度があったからではないかという、終わりのない因果関係のアリ地獄から抜けられずに苦しむ人もいる。

河合はクライエントが自分で勝手に標準物語や理想物語にとらわれてしまって、身の不幸を嘆くことになっている状況に対して、自分自身の唯一無二の物語を見出していくことを援助することが自分の心理療法での仕事であると述べている。Aさんの場合も、「何の問題もなくすくすくと育つ良い子を育てている自分」という理想物語に縛られていたため、苦しみが深くなっていた部分もある。クライエントが自分自身の物語を見出せるようになるためには、まずこの因果関係に支配された物語の呪縛を解くことが心理療法での大事な仕事になることが多い。

『ねじまき鳥クロニクル』では、クミコの兄である綿谷ノボルが、失踪したクミコには他につきあっている男性がいたという、まぎれもない事実を武器にトオルに呪縛をかけようとする。「クミコには君の他に男がいた。そしてその男と一緒に家を出ていった。これははっきりしているんだ。となると、これ以上結婚生活を続ける意味はないだろう。幸いなことに子供もいないし、……そうなれば話は早い。ただ籍を抜くだけでいいんだ。弁護士の用意した書類にサインして、判を押して、それでおしまいだ」と、世間でよくある「妻の浮気による家出の結果の離婚話」にしてしまおうとするのである。世の中にはこのような物語の呪縛にとらわれて真実を見つめる作業を放棄し、さっさと現実的なカタをつけて物語を「おしまい」にして新しい生活に踏み出している人も多いだろう。しかし実際のところそれは本当にカタがついたことになっているのだろうか。

表面的に見ると反論の余地のないように見えるこの話の裏には、実のところ見かけほど単純ではない壮大な物語がひそんでいるのである。トオルはこの綿谷ノボルの提示した物語の嘘《うそ》をどこかで見抜いていた。しかしこの世では、綿谷ノボルの説明のように表面で起こった出来事をつなげただけのストーリーのほうがわかりがいいし、強い力をもつ。この綿谷ノボルは、新進の衆議院議員として意欲的に政治活動をする一方でマスコミの世界でも活躍し、オピニオンリーダーとして重宝がられている。豊富な情報を手際《てぎわ》よく処理して、事象と事象をわかりやすくつなげて筋の通った物語として提示すると、反駁《はんばく》できないほどの力で他の読み筋を圧倒するのである。

Aさんの場合で言うと、過去の子育てでの否定的なエピソードを現在の子どもの症状につなげるとじつに筋の通ったわかりやすい物語になり、まるでそれですべてを説明しきっているような呪縛を与えてしまう。そうすると「何か悪いことをしたから問題が起こったのだ。良い子育てをすれば、子どもに問題は起こらない」という一面的な事実を、すべてにつながる真実のように思いこんでしまうのだ。そのような呪縛にかかっていると、意識的で現実的な努力さえ続ければ物事が解決に向かうものだと信じ込んでしまい、具体的で表面的な対応の仕方だけを求めるレベルからなかなか離れられなくなる。

綿谷ノボルは「今の君には仕事もなく、これから何をしたいというような計画もない。はっきり言ってしまえば、君の頭の中にあるのは、ほとんどゴミや石ころみたいなものなんだよ」とトオルをバカにする。綿谷ノボルのようにわかりやすい物語（それは現実の世界で強い力をもつ）を生きている人から見ると、それ以外の物語はゴミや石ころみたいな代物《しろもの》としか映らないのである。まして自分自身で真実の物語を探し出そうとすることなど、あまりにも馬鹿《ばか》らしくてまったく理解できない。一方、トオルには、綿谷ノボルはマスメディアの中で力をふるうだけの才気や才能をもってはいるが、一貫性や確固とした世界観をもたない、実体のわからない不気味な人間として映っていた。

現実の中で強い力をもつ物語の呪縛が解けるということは、物語が一面性の縛りから自由になるということである。トオルが綿谷ノボルと対決していくプロセスは、この物語の呪縛を解き、確固とした世界観を取り戻すためのイニシエーションの意味ももっている。

過去から現在に至るまでのさまざまな時代において、その時代特有の強い力をもつ物語は存在し、人々を呪縛してきた。そしてその呪縛によって苦しみ、損なわれ続けた人々も多い。その長い年月にわたるさまざまな物語の呪縛から人々を解き放つための試みのひとつとして、この『ねじまき鳥クロニクル』の物語は存在しているのではないだろうか。これに関しては、またくわしく検討していく。

異界につながる物語

かけがえのない人を失わなくてはならなくなったとき、なぜそんなことが起こったのかと残されたものは慟哭《どうこく》する。そしてそれが何の前触れもなく、唐突で理不尽極まりないものであったときには特に傷が深くなる。クミコに失踪されたトオルもそうだが、実際に、事故や病気、また事件に巻き込まれるなどして大切な人を失うこともある。自分の心に納めきれない出来事が起こったとき、その出来事を何とか心に納めていくプロセスには、どうしてもこの世とは異なった視点が必要となってくる。この世の理屈を超えた、異なった理《ことわり》をもつ世界のことを、ここでは「異界」と呼ぶことにする。

たとえば、若くして亡《な》くなった人の家族に「代々の因縁を背負うために生まれて、その因縁を背負って若くして逝《い》った」というようなあの世とのつながりを説明する物語が、宗教関係者などから語られることがあり、それが残された家族にとって大事な拠り所になることもある。しかしいくらこの世の常識とは違う視点が持ち込まれていても、単に異界に原因を求めるためだけの安直な物語になっているものが巷《ちまた》には溢《あふ》れている。この「代々の因縁を〜」という物語にしても、原因を異界に求めている単純な因果物語であると言ってしまうこともできる。このような物語を素朴に信じること自体、かなり難しいことではあるが、心に深い傷を負った人は一瞬でも気持ちが楽になるのならとそのような物語にすがりたくなることもある。たとえ単純な因果物語ではあっても「代々の因縁を背負うために生まれ、若くして逝った」という子どもの人生の物語を痛みとともに抱え、その意味をどこまでも深めて、自分の核の部分とつながりをもたせながら日常を送っていくことができたら、それは物語を心に納めて生き抜くことになる。ところが悲哀の苦痛を少しでも鎮《しず》めようとするプロセスの中では、話を発展させて子どもを神格化したり、英雄として扱うようになるということも起こりうる。これでは物語を深めるという方向とは逆に、物語が外に溢れ出ることになってしまう。日常生活の中で、異界にまつわる物語が不用意に他人に語られ、その物語自体が独り歩きするようになると、それはかなり困難な状況を招いてしまうような危うさを含んでくる。悲しみや苦しみに直面できない弱さから、あの世の物語の世界に入り込んでしまっては、どこかで歪《ゆが》みが生じて新たな苦しみを生み出すことになってしまうのだ。

また突然の不幸があった家に霊能力者が赴いて、死者と交信することで、家族だけしか知らないエピソードをいくつか言い当てたうえで、死者から家族へのメッセージを伝えるというテレビ番組が世の耳目をひいている。死者からのメッセージとしてその霊能力者から伝えられる言葉は、テレビで見る限り、残された家族に生きる気力を取り戻す方向へ強く働きかける力を持っているようだ。あの世に逝ってしまった死者からのメッセージは、他のどんな慰めの言葉よりも大きな力を発揮しているように見える。

「苦しい時の神頼み」という言葉は、苦しい時にこそ人間の常識的な力を超えた、超越的な異界へのまなざしが開かれやすいという意味であるともとれる。

異界からの視点はこの世の常識で反駁できない強さを持っているので、一歩間違うととても危険なものである。「悪い因縁があってそのために子どもは亡くなった。それを解消しておかないと他の子どもらまで祟《たた》る」と不安をかき立てるような物語が提示され、高額のお布施を出すようにと言われることもあるかもしれない。その結果、あの世に通じる物語がハッピーエンドを迎えられるようにと、常識では考えられないような金額を注ぎ込む人もいる。それは本当の苦しみや悲しさに直面しないための代償として支払われているように思える。

物語は何かと何かを結びつける働きがある。子どもの死がただの死ではなく、因縁を背負う意味があったという物語は、異界とこの世を結びつける。しかし異界とこの世を結びつける物語は、時に強烈な異界の破壊力をこの世に持ち込んでしまう。かつてのオウム真理教の理論のように、死んで生まれ変わったほうがその人の精神的なステージが上がるからポアしたら（死なせたら）いい、というとんでもない筋書きで無差別テロを行ってしまうことにもつながる危険を含んでいる。異界の物語がもつ有無を言わせない力が否定的に働いたときには、日常の常識が跡形もなく吹き飛んでしまう。これほど恐ろしいことはない。河合は「『オウムの物語』の問題点は、素朴な物語に、現代のテクノロジーという、まったく異質のものを組み込んで物語を作ろうとしたことだと思っています」と述べている（『村上春樹、河合隼雄に会いに行く』）が、現代のテクノロジーというこの世の力と、異界の否定的な力が結びつくとあれほど圧倒的で悲惨な事件になるのである。

人が本当に自分の核と結びつこうとするときに自分の魂の中から生み出される物語には異界の視点が不可欠であるが、異界とつながる物語の危険性は充分、理解しておく必要がある。異界の物語は諸刃《もろは》の刃《やいば》である。魂を救いもするが、現実を破壊することにもなりうるのだ。

新たな物語のプロローグ

流れに逆らうことなく、上に行くべきは上に行き、下に行くべきは下に行く。上に行くべきときには、いちばん高い塔をみつけてそのてっぺんに登ればよろしい。下に行くべきときには、いちばん深い井戸をみつけてその底に下りればよろしい。

――本田さん『ねじまき鳥クロニクル』

井戸の体験

表面で起こった出来事を因果で結びつけただけのわかりやすいストーリーは、この世で強い力を持つため、それ以外の物語はまるで存在しないかのような呪縛《じゅばく》を人に与えることがある。その強固な物語の呪縛が解けるということは、物語が一面性の縛りから自由になるということである。では、物語の呪縛が少しずつ解け、新たな物語のプロローグが始まるまでにはどんなプロセスがあるのだろうか。引き続き、『ねじまき鳥クロニクル』から考えていこう。

トオルは社会的に見れば「地位もなければ金もなく家柄もない、学歴もぱっとしなければ、未来の展望だってほとんどないに等しい、無一文の二十四歳の青年」だった。そんなトオルとの結婚は、クミコの両親に歓迎されるものではなかった。なぜならクミコの父親は、自分の属している世界の価値観とヒエラルキーがすべてと考えているようなエリートだったからだ。自分より上の権威には簡単にかしこまったが、下のものを踏みつけることに対してはいささかの躊躇も感じない。つまりこの世の、しかもその中でも特に限られた世界しか認めない人物であった。しかし興味深いことに、霊能力者への強い関心と信仰心を持っているのである。現実的な立身出世の成功物語がすべてと信じている人が異界に目を向けるときには、このクミコの父親のように霊能力といった異界のある一面だけを極端な形で示した（ある意味、わかりやすい）力への関心に一挙に走ってしまいやすい。その異界の力を借りて、何とか現実での困難を回避したり、成果を得たりしたいという発想で異界との関係をとらえていることが多いように思う。日本の成功した経営者にも、こうした人物は少なくない。

さてクミコとトオルの結婚であるが、クミコの父親が高く評価している霊能力者である本田さんという老人が、この結婚話に対して「娘さんがこの人と結婚したいと言うのなら絶対に反対してはいけない、そうすることは非常に悪い結果をもたらすことになる」と断言したのだ。さすがのクミコの父親も、この本田さんからもたらされた異界からのメッセージを無下にすることはできない。そのためしぶしぶながら結婚を承知したのである。このように異界のロジックは良かれ悪《あ》しかれ、決して動かないだろうと思われるような現実を動かす力を持っている。そして結婚した二人は、月に一回、その本田さんのところへ訪問して話をきくことをクミコの父親から義務づけられたのだった。トオルもクミコもこの本田さんのことを好ましく思っていたので、父親からの強制とは言え、この訪問自体はまったく苦痛のないものであった。

法律事務所で働いていたトオルに、本田さんは「法律というのは……地上界の事象を司《つかさど》るもんだ。……しかしあんたはそこには属しておらん。あんたが属しておるのは、その上かその下だ」と言う。これは現実的な地上界の事象にかかわる次元とは違う次元にトオルが開かれているということを示しているのだろう。それはクミコの家に決定的に欠けている部分である。そんなトオルに「あんたはあるいは法律には向かんかもしれんな」と本田さんは言っていた。やがてトオルはどうしても仕事を続けていくことに意味を感じられなくなり、法律事務所を退職することにしたのである。つまりそれは地上界の事象を扱うことから降りたということであろう。クミコの失踪よりもずっと前から、知らず知らずのうちにトオル自身、地上界（日常）とは違う次元に導かれていくプロセスが始まっていたと考えることもできる。

さて無職になって主夫業をしながら家で過ごしていたトオルのところに、突然、本田さんの古い友人だと名のる間宮中尉という人物が訪ねてきた。間宮中尉は本田さんが亡くなったことを告げ、遺言に従ってトオルに宛《あ》てて本田さんが残していた遺品を届けに来たと言うのである。なぜ自分にわざわざ遺品が残されていたのかわからないままに、トオルは間宮中尉から、彼がノモンハンで体験した深い井戸の底での印象的な話を聴くことになった。間宮中尉がその井戸の底での話をトオルに語った丁度その夜、クミコは何の連絡もなく帰宅せず、そのまま家からも職場からも忽然《こつぜん》と失踪《しっそう》してしまったのである。

クミコの居場所もわからず話し合うこともできないトオルは、前にも述べたように、はじめの頃は具体的な手がかりばかりを求めていた。しかしやがて自分には致命的な死角があるのではないか、何かを見過ごしているのではないかと感じるようになってきたのである。そして間宮中尉が語った井戸の話と、本田さんの「……上に行くべきときには、いちばん高い塔をみつけてそのてっぺんに登ればよろしい。下に行くべきときには、いちばん深い井戸をみつけてその底に下りればよろしい」という暗示的な言葉を思い出し、クミコとのことを考えるために、近所の空き家の庭にある涸《か》れた井戸の底に降りていくのである。わざわざ考え事をするために井戸の底に降りていくなどというトオルの行為を、小説というフィクションだからそうするのだと感じる人もいるだろう。しかし常識では考えられないことが起こり、現実的にまったく八方塞がりになっている時には、自分のこころの深層に降りて、そこで考え抜くことこそが意味をもってくる。そしてこれは、ただ単に、まるで井戸の底にもぐったように深く考えるからだといったたとえとして井戸に降りることを描いているのではない。それは人は心の井戸に降りるとき、本当に身体《からだ》ごと井戸の底に降りていくのである。それはフィクションではないのだ。

トオルは深い井戸の底の暗闇《くらやみ》の中で、クミコとの出会いから結婚までのいきさつや、クミコが堕胎したときの奇妙な体験などを振り返る。井戸の底では、記憶がこれまでにない力でさまざまなイメージを呼び起こしていく。それは細部にいたるまで不思議なほど鮮やかなものだった。また、まったく忘れていたような会社での些細《ささい》なトラブルを思い出すこともあり、まるでそれが今起こっていることであるかのように体が震え、息が荒くなるほどの怒りを体験するのだった。

因果律の呪縛

トオルはクミコの本当の声を聴くためには、日常的な影響を受ける場所から遠く離れた深いところでものを考えることが必要だと感じた。心理療法も日常の人間関係から離れたところで、真実の在りようを深く考えていくものである。

心理療法では日常とは違う場面であるということをはっきりさせるために、時間と料金と場所の決まりがある。このような特別な条件をつけることで、日常的な人間関係とはまったく違う体験ができる場を提供するのである。しかしいくらそのような現実的な決まり事を守っているからといっても、それだけで治療が深まっていくわけではない。現実的な原因にこだわってそれをどこまでも追求したり、早急な解決を急ぐ姿勢がその面接場面を支配していたりすると、なかなか話の次元は変わっていかない。もちろん、話の次元を変えることとなく現実的な解決に恵まれる人たちもいるので、それはそれでいいのだが、それだけでは済まない問題を抱えている人たちには別の視点が必要になってくる。現実の因果律だけに縛られることなく、異界にも視点が開かれている場として治療場面が機能していれば、そこで話したり考えたりすることは、日常的な会話のレベルとは質がまったく違ってくる。つまりそれは自分の心の井戸に降りていく体験になっていくのである。

さて不登校の娘のことで来談されたAさんは、子どもへの対応の是非を白か黒かといった表面的なレベルで尋ねたり、過去の子育ての否定的なエピソードと現在の状況を因果で結びつけたりするような物語の呪縛からなかなか逃れられない状況が続いていた。しかしやがてそのような話題の合間に、幼い頃の娘の思い出や、夫との結婚のいきさつなどが語られるようになってきた。そしてAさん自身の思春期に話題がおよんだときに、今までまったく忘れていた自分の母親とのエピソードが、いきなり突出してくるような勢いで思い出されたのである。

中学生のAさんは、ある日の夕方、知らない男の人に後をつけられた。何かされるのではないかとAさんは恐《こわ》くてたまらず走って逃げたが、途中で足がもつれて転んでしまった。恐怖がつのるなか、やっとの思いでAさんは家にたどり着いた。制服に土をつけて息を切らして真っ青な顔で震えながら玄関に駆け込んできたAさんを見て、母親は開口一番「どうしたの。転んだの？　どんくさいわねえ」と笑ったのだ。普段の母は思いやりのあるやさしい人だったのに、その時はどれほど自分が恐ろしい目にあったのか気づいてもくれなかった。Aさんはそう語りながら声を震わせ、涙を流し続けた。中学生だったAさんは、結局、あまりに温度差のある母親の雰囲気に事実を話すきっかけを失い、まあ何事もなかったのだからいいかと自分で自分の気持ちを納めていった。しかし本当は、そのとき味わった恐ろしさと不安を母親に共感してもらえなかったことでどれほど傷ついたのかということを母親にわかってほしかったのだ。中学生の彼女にとってこれは、これから自分が生きていかなくてはならない外の世界が恐怖一色に塗り込められるほどの強烈な体験だった。Aさんはその体験にかかわる一切の感情を遮断することによって、その後の現実的な適応を崩さずに過ごすことができていたのだろう。面接のなかで回想を続けているうちに、なぜあの時、私の気持ちに気づいてくれなかったのかと、母に対しての強い怒りが込み上げて仕方がないこともあった。それよりもずっと強くAさんを襲った感情は、なぜ自分は母親に気持ちを伝えられなかったのか、という過去の自分に対しての激しい憤《いきどお》りだった。

Aさんと母親は今でも仲がいいほうではあるが、何となくわかってもらってないような違和感を覚えていらだつことがあるという。しかしそんなことをいちいち言うのも大人げないと、気にしないようにしている。Aさんは「もしかしたら、母が私の味わった恐怖に悪気なく無頓着《むとんちゃく》だったのと同じように、娘がどんなに恐くて不安な思いをしているのか、私はまったく気づいてなかったのかもしれません。それなら腹が立っても仕方がないかもしれない。

娘は私が母親に対してあきらめてしまったことを、あきらめないで訴えかけているのかもしれない」「お母さん自身の力で私を救ってほしいという娘のメッセージは、本当は私が一番、私の母に向かって言いたかったことです」と語った。

Aさんが苦しんだように、置き忘れていた受け入れ難い自分の感情と結びつくことは非常に苦しいことである。だがその体験が娘に対する表面的ではない理解につながっていくのである。娘の攻撃の意味を、治療者の「通訳」によって知的に理解していたものが、本当に身体感覚をともなった理解へとつながるときには、このように強烈に揺さぶられるような感情体験が必要になることがある。

だがせっかくのこのような体験も、「自分と母親との関係に問題があることに気がついていなかったから、娘に問題が起きた」などという因果関係で結びつけてしまうと、それは一挙に浅薄《せんぱく》な物語になってしまう。そうではなくて、自分自身の本当の物語に覚醒《かくせい》することが、硬直している現実を揺り動かす原動力になりうる、という視点で見ることが大切であろう。その力は因果関係で縛られた物語の呪縛を解く力になりうるのである。

ではここで、村上春樹の物語と自分の体験とを重ねあわせるかたちで、物語の呪縛と向かいあったBさんのことを紹介しよう。

表現が生まれるまで

「羊抜けのあとの羊博士のような感じなんです」

これは「消えたい」「生きていること自体が辛《つら》い」「どうせもうよくならない」と繰り返すことでしか自分の苦しさを説明する術《すべ》を持たなかったBさんが、自分のことを語るきっかけになった言葉である。

Bさんは物静かではあるが、まかされた仕事は完璧《かんぺき》にこなし、上司の期待以上の成果を上げる人だった。人付き合いが得意なほうではなかったが、何となくBさんがいるだけで周囲がなごむような雰囲気を持っていたので、職場の人間関係も良好だった。ところが就職して三年ほどたった頃からBさんの様子が急に変わってしまった。仕事でのミスが頻繁になり、雑談に応じられなくなったりして、周囲の人との関係がギスギスし始めたのだ。会社の友人や家族などBさんに近い人たちの目から見ていても、きっかけになるような否定的なエピソードがはっきりせず、それだけにどう対応していいのかさっぱりわからなかった。そうこうするうちにBさんは朝起きられなくなり、あれよあれよという間に有休を使い果たし、休職から退職へという転帰をとったのだった。受診した精神科クリニックではうつ病を疑われ、投薬を受けていたが薬物療法だけでは改善が見られなかったため、そこからの紹介で心理療法が開始されたのだった。

治療開始時のBさんは自分のことを語る言葉をほとんど持たず、やっとのことで言葉が出ても「話をしたからといって何も解決しないし、楽にもならない」と眉《まゆ》を寄せ、「職も失ったし、自分は生きている価値のない人間だから消えたい」と繰り返すだけだった。調子が悪くなる前の様子についても、家族からの情報であって、本人から語られることはなかった。

冒頭の「羊博士」についての表現がBさんから語られる一年ほど前（面接を開始して、その時点で半年は経《た》っていた）のことだった。唐突に、普段、治療者はどんな本を読んでいるのか、愛読書はあるのかとBさんから訊《たず》ねられ、村上春樹の作品はよく読んでいると口にしたことがあった。その頃のBさんは、定時に必ず来談されるのだが、自分から話されることはなく、こちらの言葉に対してもいつも首をかしげ、顔を曇らせてだまって聞いておられることが多かった。会っているとまるで一緒に海の底に引きずり込まれていくようで、息もできないし、強い水圧にも耐えなくてはならない、といった苦しさが面接室中に充満しているような感じだった。この苦しさこそBさんが体験している苦しさなのだと思い、この面接が何か意味を成しているからこそきっちり通ってこられるのだからと、いちいち意識して自分に言い聞かせながら会わないと気持ちがくじけてしまいそうになるくらい、重い面接だった。そのため、ふっと水面に顔をのぞかせて息がつけるようなその本の話題はとても意外だったし、救われもした。しかし、こちらからBさんの読書傾向について問うても答えが返ってくるわけではなく、Bさんが村上作品を読んだことがあるのかどうかもわからないままに、またぶくぶくと海の底に沈んでいくような雰囲気が面接室に戻ってきたのだった。ところがのちに明らかになるのだが、その問いを治療者に対して発することができた頃から、Bさんの中で表現をうながす何かが静かに始まりかけていたのだ。そして一年経った時に、冒頭の言葉となってそれは現れた。

羊博士は『羊をめぐる冒険』に出てくる人物である。彼は小さい頃から神童といわれ、大学を首席で卒業し、スーパーエリートとして農林省に入省したのだった。ところがある時、中国で「羊と交霊して」「羊が私の中にいる」という説明不能の体験をする。そのため彼は精神錯乱というレッテルを貼《は》られ、仕事の中枢《ちゆうすう》からはずされることになってしまった。彼の中に入ったという羊は、背中に星の形に茶色い毛が生えている特別な羊なのである。その羊は羊博士の身体に宿って、中国大陸から日本へと移動した。つまり、羊博士を輸送機関として使ったのだ。そしてその後、その羊は彼の中から突然いなくなった。その状態を「羊抜け」と言う。

羊博士によると羊が人の体内に入るというのは中国北部、モンゴル地域ではそれほどめずらしいことではない。彼らのあいだでは羊が体内に入ることは神の恩恵であると思われているらしい。そしてジンギスカンの体内にも「星を負った白羊」が入っていたという記録があるという。星を負った羊というのは、本人の意思と関係なく突然、その個人の運命を大きく変え、それによって世界を一変させてしまう、説明しがたい何か大きな力のようだ。このような羊に突然に体内に入り込まれ、自分でもわけがわからないままに運命が急転回してしまっている人が世の中には存在している。

羊の侵入を受けるのも大変なことだが、「羊抜け」の後にはもっと厳しい地獄が待っている。「君は思念のみが存在し、表現が根こそぎもぎとられた状態というものを想像できるか？」「羊は思念だけを残していくんだ。しかし羊なしにはその思念を放出することはできない。これが『羊抜け』だ」「地獄だよ。思念のみが渦巻く地獄だ。一筋の光もなくひとすくいの水もない地底の地獄だ」と羊博士は言う。羊博士は羊とかかわりあいを持ってからというもの、優しい人柄だったのが、残酷で気むずかしい人に変わってしまった。羊博士の息子は「本当は、心の底では優しい人なんです。（中略）羊が父親を傷つけたんです。そして羊は父親を通して、私を傷つけてもいるんです」と語る。特別な羊にかかわらざるを得なかった人は自分が傷つくだけでなく、その傷を通して家庭や周囲の人間も傷つけるのである。

「羊抜けのあとの羊博士のよう」という表現からは、Bさんの体験している世界のありようがダイレクトに伝わってきた。Bさんが何も語ることができなかったのも「表現が根こそぎもぎとられた」状態であったとすれば当然であり、「消えたい」「生きていることが辛い」という訴えも今までよりも一層切実な説得力を持って響いてきた。Bさんが会社での雑談に応じられなくなったというのも、そういった日常レベルの会話ができるような世界で生きていなかったということなのだろう。

後にBさんは、「本当は一年前から村上春樹の小説を読み始めて自分の体験と重なることが多いのに驚いていたが、そのことをどう話していいのかわからなかった。だから思い切って治療者はどんな本を読んでいるのかと聞いてみたのだが、治療者からも村上春樹の名前が返ってきたのでびっくりした」と語った。まさかあの時、Bさんがびっくりしていたとは、こっちこそびっくりだったが、こういう偶然の符合が治療の流れを支えていることは多い。Bさんが、根こそぎもぎとられてしまった表現を何とかしてまた取り戻したいと思った時に、その表現を可能にしていくものとして、村上春樹の物語の力が大きく働いたのだった。

Bさんを苦しめていたのは「物語にならない物語」の呪縛とでも言いたくなるようなものだった。物語という形をとりかねている物語と言い換えてもいいかもしれない。Bさんは固定された現在の一点に強力に縛りつけられているため、これからどうしたいといった未来に関してはもちろん、過去の自分について語ることもできなかった。それは「消えたい」としか表現を許さない厳しい呪縛であった。その背後にどれほど壮大な物語が潜んでいるのか、それを語るための始めの第一歩を、Bさんは「羊博士」に託して表現することができたのである。こういう呪縛の解け方もあるのだと思った。

それにしても、愛読書の話題がせっかく出たのにその話題がふくらまないままに終わってしまったと治療者が軽い失望感を覚えている裏で、Bさんの内側では治療者の考えも及ばないようなことが起こっていたのである。Bさんの苦しさを面接室という場で共有しているつもりになっていたが、Bさんの問いに込められていた本当の貴重さにはまったく気がついていなかった。このように後になってからクライエントの何気ない問いの意味がはっきりわかるような体験を重ねると、面接の善し悪《あ》しに対する考え方が違ってくる。その場で話題が広がり、スムーズに会話が展開することのみに価値を見出《みいだ》そうとする態度は、人を真に理解することの本質からずれてしまう危険がある。「クライエントにとっての大事な話が聴けてよかった」という感覚は面接中によく持つことがあるし、たしかに「羊抜けのあとの……」というBさんの言葉に対してもそう感じた。しかし、クライエントに対して「物語る」ことを期待する態度が強すぎると、本当に生成されなければならない真の物語からは隔たった浅薄な物語を語ることを助長してしまう。その危険性については、充分自覚しておく必要があるのではないだろうか。

「お好みの物語」

Bさんが自分自身をとりもどすまでの長い物語にはここではこれ以上触れないが、もう少し『羊をめぐる冒険』から、物語について考えてみよう。

羊博士の身体《からだ》から抜けた羊はその後右翼の大物の中に入り、その人物がもう役に立たないと見限ったあとは、主人公である「僕」の同い年の友人である「鼠《ねずみ》」の体内に入っていった。常識的な次元では理解できないレベルの問題にかかわらざるを得ない人たち——不思議な羊とかかわることになった人たち——は、死と隣り合わせで生きることを強いられる。たとえば羊博士は意識がないほうが楽だというほどの生き地獄を味わっている。また羊に完全にコントロールされて現実的には大成功を収めた右翼の大物の「先生」は、死に至るほどの血《けつ》瘤《りゅう》が脳にありながら羊の力で生かされていた。血瘤は羊が宿主をあやつるための鞭《むち》のようなものなのだ。そして羊が抜けたあとの「先生」には意識もなく、死を待つだけの人生しか残っていない。そして鼠は羊に自分の人生をコントロールされることを拒絶し（羊が実現したがっている物語を生かされることを拒絶したとも言える）、羊を体内に呑《の》み込んだまま命を絶ったのだった。羊とかかわるのには、命がかかってくる。「羊抜けのあとのよう」と自分の状態を語るBさんが「消えたい」としか言えない状態に陥ってしまうのも無理はないのだ。

『羊をめぐる冒険』の中には、羊が体内に入るという体験を外側から冷静に分析して、すべて掌握している気になっている右翼の大物の秘書が登場する。彼は「先生」から鼠の体内へと住処《すみか》を変えた羊を鼠ごと手に入れ、組織のトップに据えて組織をより発展させ、運営していこうとしていた。羊に憑《つ》かれた人間は自分自身の人生を生きることは失うが、現実的には強大な力を持ちうることがあるのだ。そしてその力を利用しようとする秘書のような人物も出てくる。

その秘書は羊ごと鼠を手に入れるために、主人公の「僕」に謎《なぞ》を与え、脅迫し、否応《いやおう》なしに羊をめぐる冒険へと駆り立てたのだ。秘書は、鼠が精神的な穴倉に入っているのを友人である僕の力によってひっぱり出させたいと考えていた。そして、僕が鼠と出会ったことを確認した後で彼は羊をめぐる冒険の謎解きを始める。「人は羊つきになると一時的な自失状態になるんだ。……そこから彼をひっぱり出すのが君の役目だったのさ。しかし彼に君を信用させるには君が白紙でなくてはならなかった、ということだよ。どうだい、簡単だろう?」「種をあかせばみんな簡単なんだよ。プログラムを組むのが大変なんだ。コンピューターは人間の感情のぶれまでは計算してくれないからね。まあ手仕事だよ。しかし苦労して組んだプログラムが思いどおりにはこんでくれれば、これに勝る喜びはない」と僕に向かって自慢するのだ。しかも彼は「私がいったいどうして先生の秘書になれたと思う? 努力? IQ? 要領? まさか。その理由は私に能力があったからさ。勘だよ。君たちのことばに即して言えばね」と、この世の理屈を超えた異界の視点に自分は優れていることを自慢げに披《ひ》瀝《れき》する。そんな優れた能力のある彼は人の感情のぶれまで計算しつくし、自分は何も失わないままで外側からコントロールして、自分の筋書き通りに物語を進行させようとした。そして実際、かなりの部分はその通りになったのである。

　クライエントの問題に向かいあうとき、いくら異界の視点に開かれていたとしても、治療者がこのような態度で問題を捉《とら》えて、自分の予測通りに治療が展開していくことに喜びを感じていたとしたら、クライエントとしてはたまったものではないだろう。もちろん、それでうまくいくこともあるかもしれない。しかしそれは治療者も思うとおりの物語を生かされていることになり、羊が体内に入ってコントロールされているのと変わらないと感じる人も間違いなくいる。そうすると、鼠がそれを拒むためみずから命を絶ったように、治療者としてはうまくいっていると思っているところに、思いもかけない展開が待っているおそれもあるのではないだろうか。

この秘書の筋書きは最後に大どんでん返しにあうことになる。羊をめぐる冒険のプロセスをすべて把握していると思っていた秘書には決してわからない、もう一つの羊をめぐる冒険が、一段違う次元で進行していたのだ。それをアレンジしていたのは完全に異界の住人となっている――つまりもう死んでしまっている――鼠だった。そして秘書は得意の絶頂で、突然、思いもかけない展開に見舞われる。異界の視点を持っていることに驕《おご》ってしまう態度は、大きな盲点を生むのである。物語を自分でコントロールできると思い上がったとき、そのしっぺ返しは想像を越えた形で襲いかかってくる。

河合は、「心理療法家は自分の『お好みの物語』に縛られていないかについては、よく反省する必要がある」と述べ、「心理療法家が自分の成功した事例を『歌い上げる』ようになると、危険であることは言うまでもない」と警告を発している。

治療者が自分で物語をコントロールしていることに有頂天になっていると、クライエントが生み出すべき本当の物語の生成を阻《はば》むことになり、それは同時に「治療者生命」が危機に瀕《ひん》していることでもある。

第二章　思春期という異界

異界の視点

どうして僕は君といるのが好きなんだろう？　歳もこんなに違うし、共通する話題だってろくにないのに？　それはたぶん君が僕に何かを思い出させるからだろうな。僕の中にずっと埋もれていた感情を思い出させるんだ。

——僕『ダンス・ダンス・ダンス』

誰かを真剣に理解したいと思ったとき、人はみなそれぞれその人なりに精一杯の努力をする。しかし、現実的な努力をいくら重ねてもどうにもならないことがある。またその努力をしようにも、相手とまったく顔を合わせることができないことすらある。そのようなとき、いったいどんな方法で相手の心に近づくことが可能なのだろうか。その難しい問題を考えていくヒントが、村上春樹の小説のなかにはたくさんちりばめられている。

そのヒントのひとつに、『ねじまき鳥クロニクル』での「井戸に降りる」という体験があるということについて前章で触れた。これは心理療法の場面で、自分自身のこころの井戸に深く降りていき、自分が置き忘れていた「何か」の記憶や感情と今の自分が結びなおされる体験と似ている。娘の問題で相談に来られたAさんの場合、置き忘れていた自分の思春期の記憶と結びつくことが娘に対する深い理解につながっていったように。では思春期の体験は、大人になった人間にとってどういう意味をもつのだろうか。Aさんの面接のその後を紹介しながら、この問題について考えていこう。

援助交際の発覚

「娘が私の料理に対して厳しい要求を突きつけていたのは、外の世界にあるものを受け入れられるように何とか手を貸してほしいというあの子の必死の訴えだったのかもしれません」と、ある日の面接でAさんは娘の食べ物に対するこだわりについてこう語った。この頃のAさんは表面的な対応の是非を訊《き》くようなことはほとんどなくなり、自分の中から生まれてきた考えで娘を理解するようになっていた。このようなAさんの変化に呼応するように、娘は食事のことをあまりとやかく言わなくなってきたので、Aさんの気持ちも少しは楽になっていた。

しかしやがて大変なことが発覚した。弟の無邪気な振る舞いがきっかけになって、娘の部屋の押入れの中に高価なブランド品が存在しているのが発見されたのだ。驚いたAさんがどうしてこんなものがあるのかと問いつめたところ、不登校になる直前までときどき援助交際をして多額の金を手に入れていたことが明らかになったのだ。

Ａさんは強い衝撃をうけた。報道ではそういうことがあると聞いてはいたものの、それが自分の娘の身に起こっているとは夢にも思わなかった。ようやく穏やかに娘の不登校の状態を認められると思った矢先の、この発覚だ。Ａさんは娘が援助交際をしていたということ自体もショックだったが、それが明らかになったことで娘との関係にまた大きな波風が立つのが、苦しくて仕方なかった。その夜、帰宅した夫にやっとの思いでその衝撃の事実を告げたところ、夫も強いショックを受けて言葉をなくしていた。しかしこのまま見逃すわけには絶対いかないと、Ａさんと夫は二人で正面から娘に向かったのだった。

しかし娘は、「一緒にカラオケに行ったりしただけなのにそんなに怒るのはおかしい」「もう今はしてないからいいじゃない」とふてくされたように言うだけで、自分のしたことが悪いことだとはまったく思っていないようだった。そんな娘の居直った態度に夫は声を荒げた。すると「じゃあ、あんたたちはまともな大人なの？　何にもわかってないくせに！　私のことをとやかく文句言う資格なんてない!!　いい親のふりをしてるだけのインチキ夫婦じゃないの!!」と叫んで部屋にこもってしまった。

「たましい」の傷

さて、夫婦の問題が子どもの問題として出てくることはたしかによくあることである。しかし以前にも説明したが、Ａさん夫婦はいわゆる目に見えるようなはっきりした問題が表面化している夫婦ではない。つまり、暴力や浮気の問題があるとか、家庭内離婚状態であるとか、まったくお互いに気持ちを許し合っていないなどといった重大な問題はない夫婦なのである。しかし表面に問題が出ていないからといって、取り組まなくてはならない課題がないわけではない。そして、子どもを襲ってくる思春期の嵐《あらし》は同時に親にも嵐を引き起こす。子どもの思春期を契機に、夫婦の問題にぶち当たる人は多いのである。

Aさんは来談当初、食事のことで厳しく注文をつけてくる娘を、夫に頼んで注意してもらっていたが、そうすると後で夫がいないところで「自分で何にもできないからって人にばっかり頼るな！」と娘から恐ろしい声で怒鳴られると話していた。何度も繰り返しぶつけられるこの娘の言葉を契機に、もしかしたら自分は必要以上に夫に依存しているところがあるかもしれないと考えるようになっていた。何か決断しなくてはならないときにはその決定をすべて夫にゆだねて、自分で考えることをまったく放棄していたことに気がついたのだ。

話を援助交際の発覚に戻そう。今回の娘の問題に関して、Aさんは見て見ぬふりなどしなかった。夫も逃げずに正面から娘に向かっていった。これだけでも、Aさん夫婦が真摯《しんし》な態度で子どもに接しようとしていることがわかる。本当に問題の根が深い家庭では、親がこのような子どもの問題からわざと目をそらし、知らん顔をして逃げて表面的な平穏を維持しようとすることが多い。せっかく親にバレたのに（これはねじれを正す大きなチャンスである）、親がそこでいい加減な態度で逃げてしまうと、子どもはいよいよ行き場をなくし、日常生活の常識からかけ離れたところに自分の場所を見つけるしかなくなってしまう。

ところで援助交際をしている子はみんな金ほしさにしていると考えている人もいるだろうが、実はそう単純なものではない。それこそ、金ほしさゆえの援助交際という一面的な物語で縛りつけると、他の筋がまったく見えなくなってしまう。また、援助交際をするような子は茶髪で派手ななりをしている「いかにも」な雰囲気の子だけだと思っている人がいるかもしれないが、決してそうではない。まじめで塾にもきちんと通い、勉強やクラブ活動もしっかりしているような、いわゆる「いい子」が陰でそのような行為に駆り立てられていることもある。現にAさんの娘もそうだった。

援助交際をしている子の中には完璧《かんぺき》に取りつくろって、日常生活とのバランスを器用に取りながらバイト感覚で援助交際を続けている子もいる。そしてある時期を越えると、うそのようにそういう世界から離れて、ごく普通の日常生活へ帰還していくのである。このように援助交際を一過性の思春期体験として通り過ぎていく子がいる一方で、人間としての核になる部分が徹底的に穢《けが》れてしまい、まっとうな日常感覚を失ってしまう子もいる。それは実際に売春に至っていたか、カラオケや食事だけですませていたかという現実的な行為の程度とそれほどぴったりとした相関関係があるようには思えない。たとえ食事だけの援交に留めていたとしても、その体験の中で何か大切なものが大きく損なわれてしまうこともある。「何か大切なもの」というのがちょっと抽象的すぎるなら、「たましい」と言い換えてもいいかもしれない。

河合隼雄は、「『援助交際』は心にも体にも悪くない。しかし、それはたましいを著しく傷つけるのだ」という表現をしている（河合隼雄『日本人の心のゆくえ』岩波書店、一九九八年）。この行為は「心」や「体」という、日常に影響がすぐに出てくるようなレベルのところに傷を受けるのではない。「たましい」という、日常的な感覚ではとらえがたい存在に傷を受けると言うのである。つまり日常とはまったく違う理《ことわり》のある異界との関わりのなかでこの問題は考えなくてはならないということであろう。

思春期と異界

「変化する」ということは、それまでのあり方が象徴的な意味で「死」を迎えるということである。生きている限り、毎日変化があるのは当然であるが、特に思春期は心身ともに大きな変化のときである。そのため表面に見えている適応がどうであろうと、変化の裏側にある「死」の気配がとても色濃くなる。成長や進歩といったプラスに見える変化の裏にも必ずどこかに「死」のイメージは存在している。

そして思春期は、自分の「生」とは何なのかを「死」の側からの視点で見る時期でもある。それは日常的な理《ことわり》とはまったく異なった超越的な世界（異界）が、自分の「生」や日常的な生活とどう関係しているのかを模索していくプロセスだともいえるだろう。たいていの場合、そのプロセスはこころの深い部分で静かに進み、少々ざわつくことはあっても表面的な現実適応をさほど壊さないままに過ぎていく。しかしその一方で、否応《いやおう》なくその死の側面の影響を強く受けて日常生活が大きく波立ち、自分も周囲の人間も苦しめている子どももいるのである。死のイメージ体験は、この世の常識を超えた異界体験だ。だからこそ思春期体験は異界体験として考えることが可能になるのである。

思春期の子どもと話をしていると、彼らが興味を持つものに「異界もの」が多いのに驚かされる。「ほんとうにあった怖い話」といったような、異界が日常のなかにまぎれもなくあるのだというスタンスで書いてある怪談ものの人気も高い。人間界と幽冥《ゆうめい》界の境界が破れかけていたり、仙人界が人間界に干渉していたりと、日常と異界の境目がなくなっているというストーリーの小説や漫画などもよく話題に出る。また彼らが時間を忘れて没頭し、その物語のなかで自分自身が主人公となってさまざまな困難に立ち向かっているロールプレイングゲームでも、神話的なモチーフが使われていることが多い。彼らの日常は異界とともにあるのだ。思春期の子どもと接していると特にそのことを強く感じるが、もともと日常と異界とは対立するものとしてあるのではなく、位相が少し違うだけで同時に存在しているものなのではないだろうか。

思春期は、異界の位相にもっとも近くなる時期である。思春期の子どもたちは、日常的な感覚では理解しがたい言動が多く、不安定であやうげでありながら、他の何にも代え難い輝きを放っている。そのような時期そのものを、自分自身の手でこの世の「商品」として売り物にしてしまう援助交際という行為は、食事だけであっても売春に至っていたとしても、たましいの傷に大差はない。食事だけなのか売春までしたのかというのは、この世の日常的な観点からすると大きな違いがあるが、思春期を売り物にしたという意味においてはほとんど差がないのである。

援助交際という思春期体験は、道徳観という日常レベルの切り口で説得しても、当人たちには到底届かない。そういう意味では、罪悪感とはほど遠いところに彼女たちはいる。大人になってから、このような行為の意味が日常的な感覚のなかに揺り戻されてきて、罪悪感から深い抑うつに入る人もいる。そういう人は、罪悪感という形でその傷と向かいあっていくチャンスに恵まれたと言えるだろう。しかし大人になっても罪悪感を覚えることもなく、この体験が一過性のものとして跡形もなく過ぎていき、一見、日常生活にまったくその傷を残していないように見える人もいる。しかし、自分自身の思春期体験をこの世の「商品」に還元してしまったということは、自分を他者によって消費されるものとして扱ったということである。消費されることによって損なわれたものは、傷とは自覚されないかもしれないが、その人やその人に深く関わろうとする人たちを痛めていくものにもなってしまう危険があるのである。

村上作品と思春期

大人の側にとっての援助交際の問題に踏み込む前に、少し村上作品と思春期の関係を示しておこう。村上春樹の作品の中には、主人公と深くかかわる重要な登場人物として、思春期の子どもがよく出てくる。そしてその子たちはそれぞれに複雑な問題を抱えている（複雑な問題を抱えていない思春期の子などいないともいえるが……）。

作品の中から思春期があつかわれている例を挙げてみよう。『ねじまき鳥クロニクル』には、「死」そのものに対する強烈な興味からバイクの死亡事故を誘発してしまった一六歳のメイがいる。『ダンス・ダンス・ダンス』には、鋭すぎる感受性のために学校に行けなくなってしまった一三歳のユキが、『世界の終りとハードボイルド・ワンダーランド』では、両親ときょうだいを事故で亡《な》くし、強烈な個性を持つ祖父と暮らしている一七歳の女の子がいる（彼女は自主的に学校へ行っていない）。また『国境の南、太陽の西』では、主人公ハジメと、美しい島本さんが一二歳だったときのことが重要な意味を持っているし、ハジメの思春期の様子がくわしく描かれている。そして『スプートニクの恋人』には、万引きでつかまった小学校五年生の男の子にんじんがいる。『ノルウェイの森』では主人公ワタナベや直子、そして緑も、二〇歳前後の年齢ではあるが、そこにはまぎれもない思春期の心性が読みとれる。『アフターダーク』の浅井マリも一九歳ではあるが、彼女の感性は思春期の少女そのもののように思われる。また『海辺のカフカ』では、まさに思春期まっただ中の一五歳の少年が主人公となっている。

前章でも紹介したが、村上春樹は自分自身が小説を書くのは、自己治療的な行為であると考えている。伝えたいメッセージがあってそれを表現しているわけではなくて、自分の中にどのようなメッセージがあるのかを探し出すために小説を書いているような気がする、と述べているのだ。これは村上春樹の小説が、彼自身が自分自身の核と結びつこうとするプロセスの中で生み出された物語だということを示しているように思う。

人が本当に自分の核と結びつこうとするときに自分の魂の中から生み出される物語には、日常の常識的な世界とは違う世界——異界——の視点が不可欠である。そのときに必要となってくる異界の視点のひとつとして、村上春樹の小説の中では、思春期の視点が重要な役割を果たしているように感じられる。これは勝手な憶測だが、村上春樹が小説を書くために自分の心の井戸に降りて、その中で見つかったメッセージをこの世に通じる形で成立させようとしたとき、思春期のイメージがその物語の成立を助けるものとして動き始めたのではないだろうか。もしくはそのメッセージそのものが、思春期と深くかかわりをもつものなのかもしれない。思春期体験と異界体験とはどこか重なっているのだから……。

出発点

自分の核と結びつこうとしている大人にとって、思春期の視点がどれほど重要な意味をもっているのかということを考えるにあたり、『ダンス・ダンス・ダンス』を紹介しながら考えていこう。

『ダンス〜』の主人公は『羊をめぐる冒険』の主人公「僕」と同一人物である。彼は『羊〜』の時に巻き込まれた奇妙な事件と、その周辺で起こったさまざまな出来事を通り抜けたことによって、大きなダメージを受けていた。すべての出来事が終わったあと、彼は半年間というものずっと部屋の中に閉じこもって昼夜逆転の生活を送った。誰とも会わず、一冊の本も読まず、音楽も聴かなければテレビもラジオもつけなかった。彼が半年間じっとその部屋の中にこもり続けていたのは、もう一度自己をきちんと回復し、立て直すための純粋に物理的な時間を必要としたからだった。『ねじまき鳥〜』でマルタが「今は待つしかありません。……待つべきときにはただ待つしかないのです」とトオルに告げる場面を前にも紹介したが、大事なことが明らかになったり、状況が落ち着きを取り戻したりするためには、ただ待つという時間が何よりも必要になる。

この「僕」の様子からは、突然、奇妙で不可解な思春期の嵐《あらし》に巻き込まれ、そこを通り抜けたことでダメージを受けた子どもが、その回復のためにはどのような生活を必要とするのかがよくわかる。外の世界で起こっていることにコミットするよりも、自分の内側に目を向けてひとつひとつ整理していくことが何よりも大切になってくる。そしてそれにはどうしても物理的な時間が必要なのである。

さて、このような生活を送ったあとで、「僕」は社会復帰をする。その社会復帰はすばらしいものだった。彼は熱心に仕事をするのでみんなから重宝がられ、とても忙しい日々を送るようになった。このように現実適応がうまくいって経済的にも安定すると、それはもうすっかり問題が解決して幸せになったということだと考える人もいるかもしれない。しかしそうではないのだ。

僕は与えられた仕事をひとつひとつきちんと片付けてきたし、人々は僕に信頼感を抱いてくれた。（中略）何人かは僕に好意のようなものを抱いてくれた。でも、言うまでもないことだけれど、それだけでは足りなかったのだ。全然足りなかったのだ。要するに僕は時間をかけてやっと出発点に戻りついたというだけなのだ。

「僕」は失われた心の震えを取り戻すため、もう一度「奇妙で致命的な場所」である、いるかホテルに戻ることを決心する。いるかホテルは、彼にとってあらゆることとのつなぎ目になるホテルなのである。そこに戻らなければ彼は世界とつながることができないのだ。いるかホテルに戻ることは、単にそのホテルに行くというだけでなく、いるかホテルという形態をとった状況の中に飛び込み、過去の影ともう一度相対することを意味している。そしてそこに行くことは、彼がダメージから回復した後で必死になって作り上げた現実の中での成果すべてを放り出すことを必要とするのだ。このように、心の核と結びつき世界とつながり直すための作業は、現実適応と引き替えに行わなくてはならないことも多い。

思春期と向き合う

「僕」は、いるかホテル（実際は、「ドルフィン・ホテル」という名前である）に行った。そして、そこで知り合ったユキという非常に美しい少女と深くかかわることになる。初対面の時、彼女は彼を見てほんの少しだけにっこりと微笑《ほほえ》んだ。その微笑みに触れた「僕」は「とても変な話なのだけれど――胸が一瞬震えた。僕は何となく自分が彼女に選ばれたような気がしたのだ。それはこれまで一度も経験したことのない奇妙な胸の震えだった」と、混乱してしまう。「どうしてそんなにどぎまぎするんだ？　と僕は思った。十二かそこらの女の子に微笑みかけられたくらいで。娘と言ってもおかしくない歳《とし》なんだぜ」と「僕」は自分に言い聞かせる。

その後何日かしてから、ちょっとしたいきさつがあって「僕」はユキと二人で札幌のいるかホテルから東京へと帰ることになった。ユキは初対面のときのように微笑むことなく、とことん無愛想な態度で「僕」に接する。そうすると「僕」は自分が非常にみすぼらしく年をとってしまったように感じ、傷つくのである。しかし雪に降り込められて飛行機が何時間も遅れる間、レンタカーで音楽を聴きながらドライブをするうちに、少しずつ会話が成立するようになり、「僕」とユキは仲良くなっていった。その時、「僕」の中では彼女の聞いていたカセット・テープの音楽に刺激されたこともあって、どんなに熱心に自分が思春期の頃、音楽を聴いていたのかという想《おも》い出がリアルによみがえってくる。そして、自分がもし一五だったら確実にユキに恋をしただろうと思うのだった。

「それも春の雪崩《なだれ》のような宿命的な恋に。そしてどうしていいかわからなくて、おそろしく不幸になっていただろう。ユキは僕に昔知っていたある女の子を思い出させた。僕が十三か十四の頃に好きになったひとりの女の子のことを。その当時に味わった切ない気持ちがふとよみがえった」のである。ユキという思春期の美しさと脆《もろ》さを凝縮したような少女を通じて、「僕」は思春期のころ自分が何を求めていたのか、そしてどんなことに心を震わせていたのかということを少しずつ思い出していくのである。これは、「僕」が自分自身とつながり直し、自分自身の物語を生成していくためには、とても重要なプロセスだった。

慢性化した傷

「僕」の妻は、四年前のある日突然、彼を捨てて男と一緒に出て行ってしまった。「僕」が離婚しようと思って離婚したわけではない。そういう体験による傷について「僕」が話している場面がある（相手はのちに「僕」の恋人になるユミヨシさんである）。

そういうのって慢性化するってことなんだ。日常に飲み込まれて、どれが傷なのかわからなくなっちゃうんだ。でもそれはそこにある。傷というのはそういうものなんだ。これといって取り出して見せることのできるものじゃないし、見せることのできるものは、そんなの大した傷じゃない。

これは、自分の傷に無自覚な状態というのは、決して傷が癒《い》えたわけではないということだ。慢性化した傷は、傷として痛むことはないかもしれないが、その傷は知らないうちに自分や自分がかかわる人たちを損なってしまう危険がある。傷を傷としてきちんと認識できていたなら、その傷によってどれほどのダメージが起こりうるのかということもある程度予測がつくだろう。ところが、どれが傷なのかわからない傷というのは、とても深くその人をむしばんでしまっているので、その傷によるひずみなのか何なのか、まったくわからなくなってしまう。

「僕」の場合は、誰かを深く求めることができなくなっていた。もちろんそれは離婚による傷だけで起こってきているのではなく、いろいろな傷が彼の思考や行動の「傾向」と分かちがたく結びついて、傷なのか何なのかわからなくなった挙げ句に起こっていることだ。社会復帰後、一歩踏み込んだ関係になった電話局に勤める彼女が去ってしまった後に、「僕」はそのことをはっきりと認識した。彼女と一緒にいると心地よい時間を送ることができるし、優しい気持ちにもなれたが、結局のところ「僕」は彼女を求めていなかったのである。彼女が去って予想以上の喪失感を「僕」は感じた。しかし、それは彼女を本当に必要としていたのにいなくなってしまったという喪失感なのではなくて、自分がこころの底からは彼女を求めていなかったということに気づいたために感じた空虚感だったのだ。

これを夫婦の問題として考えると、たとえば相手と自分の気持ちが遠く離れていることでどんなに深く傷ついていても、それが日常にのみ込まれて慢性化し、どうせ夫婦なんてそんなものだとあきらめて生活している人がいる。そうするとそれは傷として鋭い痛みを与えるものではなくなるかもしれない。日常を普通に送るためには、そのようなあきらめもある程度は必要なことだろう。しかし傷の痛みに対して鈍感になるうちに、その他のさまざまなことに対しての感覚も鈍くなり、ものごとを感じ取る力が弱くなってしまう危険がある。すると何が人を傷つけるのか、自分が何に傷つくのかがわからなくなってしまう。問題が表面化していない夫婦の中に潜む課題として、こういうことがあるように思う。そして夫婦のこのような微妙な問題に反応してしまう感受性の強い敏感な子どもが存在する（同じ家庭に育っていても、きょうだいによって感じ方はまったく違う）。Aさんの娘もそういう敏感な子だった。彼女の「いい親のふりをしてるだけのインチキ夫婦じゃないの」という言葉は、のちにAさんを深く揺り動かすことになっていくのである。

Aさんは娘のことを深く考えるプロセスの中で、自分と母親との間に置き忘れた感情があることに気がつき、その感情ともう一度結びついた。それは傷になっている出来事を思い出すというプロセスと重なるため、Aさんにとって非常に苦しいことでもあったが、その作業を終えた後には、娘に対する深い理解が生まれることになったし、自分の母親とも今までよりも楽につきあえるようになったのである。

思春期の子どもと深くかかわっていると、どれが傷なのかわからなかった傷のありかがはっきりと際《きわ》だつことがある。そして傷が傷としてはっきりするということは、曖昧《あいまい》なままでいい加減にかかわっていた世界とピントがきちんと合った状態で新たにかかわり直すことができるということでもある。

さて、「僕」はユキに対して誠実に向かいあった。彼女の疑問にはきちんと考えてから答えるし、ダメなことはダメと言う。できない約束はしないし、うそもつかない。彼女の不安定さを理解して、それをかばうこともできる。一五の頃の「僕」ならば恋に落ちることしかできなかっただろうが、大人になった三四歳の「僕」は、恋に落ちることもなく、ちゃんとユキと向かいあえるのである。そしてユキとかかわることで、彼ははっきりしてきた自分の傷をもう一度見つめ直さなくてはならなくなることもあるのだが、それは自分の失われたころの震えを取り戻すためには決して欠かせないプロセスなのだ。

ユキといると「僕」は自分の中にずっと埋もれていたさまざまな感情を思い起こすことができた。それはまさに「僕」が思春期の頃に抱いていた感情だったのだ。「僕」はユキに、

「君と一緒にいると、時々そういう感情が戻ってくることがあるんだ。そしてずっと昔の雨の音やら、風の匂《にお》いをもう一度感じることができる。すぐ側《そば》に感じるんだよ。そういうのって悪くない」と言うのだった。

思春期を「買う」ということ

思春期の体験ともう一度結びつくことが、大人になった人間にとってどういう意味をもっているのかということについて、『ダンス～』の「僕」の体験から考えてきた。

ではそれを踏まえたうえで、思春期の子どもと援助交際をしたがる男性の側の問題を少し考えてみたい。彼らはその行為の中に何を求めているのだろうか。若い素人《しろうと》の子と遊びたいから、などというのは何の説明にもなっていない。ちゃんとした大人の女性とは人間関係がもてないから、金さえ払えば何とかなる思春期の子どもに逃げているというのもピンとこない。なぜ相手が思春期の子でなくてはならないのかということが問題なのである。

子どものほうも思春期が売りになることがよくわかっているので、学校を卒業してもわざわざ過去の制服を着て援交をすることがある。そして実はもう卒業しているということがわかったときに、だまされていたとものすごく失望したり、怒ったりする男性もいるらしい。いったいそれはなぜなのか。それは相手がどんな子であるかということが問題なのではなく、ただ思春期の子であるということがその男性にとって最も重要だったからではないのだろうか。

援助交際にはまる男性は、日常生活の中で何か手詰まりな状況に立たされている人が多いように思う。適当に日常をこなしてはいても、何か本当に自分のしていることに自信がもてないとか、漫然としたむなしさを感じて息詰まっていることが多いのではないだろうか。そんな息苦しさを感じているということは、日常に縛りつけられている今の自分しか実感できなくなっているということである。慢性化した傷とも言えない傷を抱えていろいろなものを損なっている人が、自分にとってとても大切なこころの震えを取り戻したいと思ったときには、どうしても日常性を超えた体験が必要になってくる。それが思春期の体験を呼び起こすという形で必要となってくる人もいるのではないだろうか。そんなときもっとも手っ取り早く、姑息《こそく》な方法で手に入る思春期体験が、思春期の子どもとの援助交際なのではないだろうか。

思春期の子と食事やカラオケに行ったり、性的な関係をもったりする中で、どこかで自分の思春期と出会う体験をその人たちはしているのかもしれない。しかしそれは切実かもしれないが間違った行為でしかない。その行為の中で自分の過去としっかり結びつき、未来へつながっていく核心が得られるとは到底思えない。なぜなら、自分のこころの核とつながりなおすということは、お手軽な一過性の関係で手に入れられるものでは決してないからである。

社会的な地位のある男性が、思春期の少女との関係が公《おおやけ》になったことで職を失ったり、殺人などの重大な事件を起こしてしまったというような報道をよく耳にする。援助交際というような形で、思春期を買うようなことをしていると、日常の理《ことわり》が一切通用しない恐ろしい異界のエネルギーにのみ込まれて現実適応を徹底的に崩されてしまう危険もあるのだ。これは、ただ単に、運悪く行為がバレてしまったから現実適応が崩れてしまったという意味ではない。異界のエネルギーに巻き込まれると、現実の自分が何よりも失いたくないものとしてしがみついているはずの今の社会適応や地位などが、もうまったくどうでもよくなってしまう。そしてわざわざ不注意なことをして、自分の行為が公になるような状況を自ら作ってしまうのである。恐ろしい異界は、外から襲ってくるものではなく、自分の内側から破壊を招くのだ。

思春期同窓会

僕は五反田君の声のことなんてそれまで気にしたこともなかったし、思い出したこともなかったけれど、それでもその声はしんとした夜更けによく響く鐘をうち鳴らしたみたいに僕の頭の片隅にこびりついていた潜在的記憶を一瞬にしてありありと蘇らせた。

――僕『ダンス・ダンス・ダンス』

「インチキ」な自分

娘が援助交際をしていたことが発覚したときには、夫とともに正面から娘と対決したAさんだったが、その時娘から投げつけられた「何もわかっていない」「いい親のふりをしているだけのインチキ夫婦」という言葉が深く胸に刺さっていた。これを、自分の非を認めるのが嫌な娘が反撃のために居直ってぶつけてきた勝手な言葉だと解釈して、まったく気にしない人もいるだろう。しかしAさんは娘の言葉にとても大きく揺さぶられていたのである。「いい親のふりをしているだけ」「インチキ夫婦」という言葉に、自分のごまかしを鋭く突かれた想《おも》いがしてAさんは打ちのめされていた。なぜ、そんなにもその言葉がショックだったのか、その理由をAさんは面接場面でもなかなか話すことはできなかった。

娘は援助交際をしていたことに対して反省しているようには見えなかったが、この事実が明らかになって何かほっとしているような様子が見受けられたのがAさんにはとても意外だった。食事は自分の部屋に持って入ってひとりでとっていたが、Aさんが作った料理をちゃんと黙って受け入れていた。Aさんにとっては自分の料理を娘が食べているということは何よりも支えられることだった。また発覚の引き金を引いた弟に対してもその後きつくあたるわけでもなく、弟が学校から帰ってくるとゲームを一緒にしたりして楽しそうにしていた。娘との関係が大きく波立つのではないかと不安に思っていたAさんにとって、穏やかに家の中で過ごしている娘の様子は予想外のことだった。

これは援助交際を見過ごして表面的な平穏を続けるのとは大きく違う。援助交際をしていたことは決して許さないという厳しい態度を夫もAさんも崩さなかったが、それ以外のことでは普通通りに娘に接するように心がけていた。そして腫《は》れ物に触るような対応しかできなかった頃と違って、時に機嫌が悪い娘が声を荒げてもそれに反応して不安になることがだんだん少なくなってきていた（もちろん、いつでも平気というわけではないが）。

このように一応表面が穏やかに流れている状態に安心して、親が子どもの現実的な適応を急ぐことに目が行き、焦《あせ》り始めると、敏感な子どもにはすぐに伝わる。そうすると親がまた真剣に考えざるを得ないような状況を次々と引き起こしてしまうこともある。

さてAさんはずっと娘の言葉について考えていた。考えると言っても単に自責的になるだけだと、どうして自分はこんなに苦しめられなくてはならないのかと娘に対して恨みがましい気持ちが生まれることもある。しかしAさんの態度はそんな自責的なものとは違っていた。物語の一面的な呪縛《じゅばく》に囚《とら》われていた頃のAさんなら自責的な苦しみに圧倒されて激しく動揺していたかもしれない。でも今は、その言葉が突き刺さっている自分の深い部分の問題について抱え続けながら、日常生活はそのまま普段通りに送ることができていた。このように親が秘《ひそ》かに自分自身の内面的な問題と闘っている態度は、とくにAさんの娘のように感度がいい子どもにはきちんと伝わるものだ。

やがてAさんは娘の言葉に強いショックを受けていた理由について話された。「娘に『いい親のふりをしているだけ』の『インチキ』だと言われた時、この子は本当にごまかせないと思いました。援助交際をしながらでも学校に行けるのなら、不登校になるよりそのほうがよかったと考えていた自分がいることに、私は気がついたんです。世間的に見て表面がうまくいっているように見えるのなら、陰で何をしていてもそれはバレなければいいことだと思う気持ちがあったんです。娘にはそういう私のことがよくわかっていたのかもしれない」と、いかに自分の中にごまかしやインチキな部分があったのかということについて具体的に語られたのだ。そんな自分の心の闇《やみ》に向かいあうことは苦痛でたまらないことだ。とてもそういう闇に向かいあう勇気を持たず、ごまかすことに必死になる人も多いなか、Aさんは真剣に自分と向かいあった。Aさんは苦痛をより強く味わうことになったとしても、「インチキ」でない自分に近づきたいと感じるようになっていたのである。そして自分は何をごまかし、自分自身の何を見失っていたのだろうということについて、もっときちんと考えていきたいと思うようになっていた。

前にも述べたが、思春期の子どもと真剣に深くかかわっていると、どれが傷なのかわからなかった自分の傷のありかがはっきりと際《きわ》だつことがある。それはごまかしのきかない苦しい体験であるが、傷が傷としてはっきりとわかることは、世界と新たにつながり直すための重要なプロセスになるのである。

思春期の記憶

娘は援助交際発覚後、まったく外に出ず、家で過ごす生活が続いていた。その状態について、今は家の守りの中で過ごすことが大事な時期なのだろうとAさんとは話し合っていた。そんな時期にAさんに宛《あ》てて高校の同窓会の案内が来たのである。それは高校を卒業してから初めての同窓会だった。娘の今の状態を考えると、子どもの話題を社交的に語らなくてはならない場に出ていくということはとても気が重いものだった。そのため案内が来た当初は行くつもりはないと言っていたAさんだったが、しばらくした頃から「なぜか出席してみたくてたまらなくなったんです」と自分のこころの動きにとまどいを感じ始めていた。そしてなぜ出席したくなったのだろうと考えるなかで、高校生のころの印象的な記憶が語られたのである。それはAさんが一五歳のころ、高校一年の秋の運動会前のことだった。

Aさんの高校では体育祭に、高さが五メートルもあるような大きな張り子をクラス毎《ごと》に作るのが古くから続く伝統だった。その日は翌日の体育祭の準備のため、クラス全員が残って校庭で張り子の仕上げをしていた。横になっていた張り子をいよいよ立てるという、作業の最終段階に入っていた時だった。やっとのことで立ち上がった張り子にみんなの歓声が上がった瞬間、突風が吹いた。そして彼女のクラスの張り子は勢いよく空に向かって吹き上げられてしまった。風にあおられて舞い上がった張り子はとなりのクラスの張り子にぶつかった。するとそこにまた強い風が吹き、二つの張り子は同時に宙を舞った。こうなるともう連鎖反応のように次々とすべてのクラスの張り子が風に飛ばされ、どの張り子もバラバラに崩壊してしまったのだ。さっきまで運動場に林立していた各クラスの張り子が、一陣の風のもとにすべてバラバラになってしまった。一瞬のその出来事に声を失って唖然《あぜん》としていたクラスメイトの表情。女生徒の悲鳴。そして飛んできた張り子にぶつかって怪我《けが》をした男の子の腕の傷。とても夕焼けがきれいだったことなど、どのシーンもまるで映像が目の前に浮かぶようにクリアだった。そして、張り子の崩壊にショックを受けて涙を流しているクラスメイと抱き合いながらも、どこか醒《さ》めた目でこの状況を見ていたその時の自分のことが実感をもって思い出されたのだった。

「ダメになるのなら、もっと粉々に、もっとバラバラになってしまえ！　どこか遠くに飛ばされてしまえ！　というような凶暴な気持ちをその時の自分は持っていたように思います。こんな過激なことを思っていたなんて、今まで忘れていました」とAさんは語った。Aさんのこころの中でもう一段深い、思春期体験とのつながりが生じようとしているようだ。

浅薄な物語の魔力

さてAさんの同窓会出席がどのようなものであったかを述べる前に、それとの関連を考えるうえで、『ダンス・ダンス・ダンス』の「僕」が中学時代の同級生で映画スターの五反田君とかかわりをもって行く様子を紹介したい。

『羊をめぐる冒険』では、背中に星を負った羊を探す冒険の同伴者として「僕」を「いるかホテル」へ導き、そして突然、消えていってしまったキキという重要な女性がいた（その時には名前は付与されていなかったが）。このキキの耳には特殊な力がある。それは何かを聞き分け、人をしかるべき場所に導く力を持っている。「僕」はキキによって、日常の次元を超えていく体験へと導かれたのである。

『ダンス・ダンス・ダンス』での「僕」は、失われたこころの震えを取り戻すために現実から離れて、もう一度「いるかホテル」という「奇妙で致命的な場所」に戻ることを決心した。なぜなら「キキは今僕にそれを求めているからだ。（中略）そしてキキがスターターの鍵《かぎ》を握っているのだ」と強く感じたからである。そしてキキともう一度会う可能性を求めて、「いるかホテル」が作り出す状況の中に、つまり異界に入るため日常を離れ札幌へと向かったのである。

「僕」は雪の降りしきる札幌の「いるかホテル」（今や二六階建ての巨大なビルディングに変貌《へんぼう》を遂げていたのだが）に滞在しながら、少しずつ自分自身とつながり直すプロセスを歩んでいた。そして彼は札幌で偶然に中学時代の同級生で今は映画スターになっている五反田君が出演している映画を見たのである。その映画の中のベッドシーンで五反田君の相手として一瞬銀幕に映し出された女性が、キキだったのだ。「何かが混乱している。それは間違いない。キキと僕と五反田君が絡《から》み合っている。（中略）この糸を切れないように注意深く辿《たど》っていくのだ。これが手掛かりなのだ」と考えた「僕」は東京へ帰り、五反田君と連絡をとった。それは中学を卒業してから実に二〇年ぶりのことだった。ここから「僕」と五反田君との親密なつきあいが始まるのである。

キキという異界へ開かれている女性によって導かれ、たどり着いた場所のひとつが思春期の頃の同級生だった。これはみずからの思春期ともう一度向かいあうように導かれているといってもいいだろう。思春期以来会っていなかった同級生と大人になってからじっくり向かいあう機会に恵まれると、否応《いやおう》なく思春期に引き戻される。その体験はもう一度思春期を追体験するような体験だといってもいいだろう。Aさんが高校卒業以来初めてという同窓会に出てみたいと思うようになったのも、自分の思春期とそういうかたちで向かいあう必要性をどこかで感じていたからかもしれない。

さて「僕」と五反田君であるが、二人は中学校時代の二年間同じクラスで、理科の実験班が同じだった。昔から彼はとてもハンサムで「おそろしく感じのいい男」だった。そして女の子たちは彼に失神しそうなくらい憧《あこが》れていたのである。理科の実験の時も、女の子はみんな彼のほうを見ていて、わからないことがあると彼に訊《き》いていた。成績もいいし、そのうえ親切で、誠実で、思い上がったところがなかった。スポーツも万能だったし、クラス委員としても有能で、先生もお母さんたちもみんなが彼に夢中だった。つまりどこからどう見ても理想的な中学生なのだ。思春期の混乱などその表面の適応の様子からはまったく考えられないような、一点の曇りもないすばらしい中学生だったのである。それにひきかえ、「僕」にとっての中学時代は苛立《いらだ》ちの年だった。「僕」は内気で不器用な少年で、何をやっても手際《てぎわ》よくいかなかった。何をやっても手際よくいく五反田君とはまったく逆の立場の人間だったのだ。

キキの消息を尋ねるため五反田君に連絡を取ると、彼は「ゆっくり食事して酒でも飲んで二人で昔話をしようよ」と嬉《うれ》しそうに言った。しかし「僕」は自分と五反田君の間にどんな昔話があるのか、全然理解できなかった。二人の間には理科の実験班が同じだったという以外、共通の話題などないと思っていたからだ。だから、「正直言って君のことがうらやましかった」と彼から言われた時、「僕」はびっくりしてしまう。実は五反田君は理科の実験の時、いつも緊張していたという。きちんきちんと実験をうまく終わらせよう、わかりの悪い女の子にもちゃんと説明をしてやらなくてはならない、と彼は常に意識していたらしい。その間、「僕」がのんびりとマイペースで作業をこなしているのがうらやましかったというのである。

五反田君は中学や高校の頃のことを思い出して「まるで僕自身なんてないようなものだった。ただ単にそうするのが僕に相応《ふさわ》しいと思えることをやっていただけだ」と言う。そして現在も「考えてみたら、僕は何も選んでいないような気がする。（中略）僕はたまらなく怖くなるんだ。僕という存在はいったい何処《どこ》にあるんだろうって。僕という実体はどこにあるんだろう」とため息をつく。五反田君は周囲からの期待に応《こた》える能力が高いために、かえって自分自身とのつながりにおいては「僕」よりもっと厳しい亀裂が生じているようだ。のちに五反田君は「僕」に重大な秘密を打ち明ける。五反田君は子どもの頃から自分自身と演じている自分自身とのギャップがあるところまで開くと、誰も見ていないところで破壊行動に走ってしまうのだという。崖《がけ》から友達を突き落としたり、郵便ポストを何度か燃やしたり、猫を何匹もいろんなやり方で殺すなど、無意味で卑劣なことをせずにはいられなくなるのだ。そしてそれは決して人に見つかることがなく、あくまで陰での行為だった（これは五反田君にとってはとても不幸なことだったと思う。誰かに発見されていたらまた違う流れになっていたかもしれないのに……）。

表面的にはごく自然でパーフェクトな優等生だった五反田君が実は大きな乖離《かいり》に苦しんでいる。子どもの表面的な適応がその子のすべてだと思っていると、その裏でどれほどの亀裂《きれつ》が深まっているのか想像もできなくなってしまう。このような五反田君の秘密の破壊行為は、表面的に何の問題もない「いい子」だったAさんの娘が陰でしていた援助交際と重なる。先にも述べたが、何の躊躇《ちゅうちょ》もなく自分自身を「商品」として提供する援助交際は、自分や他人のこころやからだを破壊することはなくても、人間が人間であるための核心である「たましい」とでも言うべきものを損なう可能性のある危険な行為だ。Aさんが、援助交際をしながらでも学校に行けるのなら不登校になるよりそのほうがよかったと考え、世間的に見て表面がうまくいっているように見えるのなら、陰で何をしていてもそれはバレなければいいことだと感じていたというのは、まさにこの五反田君の破壊行動をよしとする態度だったと言えよう。そのことに気がついたAさんには、それがどれほど恐ろしいことなのかという強烈な自覚が襲ってきたのである。そのため、面接場面でもなかなか言葉にすることができずにいたのである。

ここは強調したいところであるが、Aさんの態度は決して人ごとではないのである。表面さえよければ裏はどうでもいいなどという態度はよくない、などということは言葉だけなら誰でも言えることだ。問題は、それを自分自身の言動と自分自身の核の部分と照らし合わせて深く考えることができるかどうかだ。このAさんのように苦しみながらも振り返って深く考える人もいるが、そんなことなど考えようとしない人も多い。その証拠と言っては何だが、表面さえごまかせたら裏で何をしていてもバレなければいい……という発想で、決してそのようなことをしてはならないさまざまな公的機関がどのような不正を行っていたのかがどんどん明らかになってきている。そこには間違いなく、その機関にいる人たちの価値観が反映されている（もちろん、その流れに逆らって苦しんでいた人たちも間違いなくいると思う）。もう一歩踏み込むと、その場限りの表面的な流れが整うことだけを重視する浅薄《せんぱく》な物語に日本中が支配されてしまっていると言えるのではないだろうか。そうすると、五反田君が絶対ばれないような場所で卑劣で無意味な破壊行動に駆り立てられていたように、卑劣で無意味で残酷な事件がまったく関係ない場所で突発的に起こってしまうのではないだろうか。平穏な日常を破壊する悪意を育《はぐく》んでいるのは、表面の流れだけが整えばそれでいいとする浅薄な物語の力のような気がする。

「僕」のまっとうさというのは、そういう表面的な浅薄な物語でのごまかしがいっさい利《き》かないところにある。だからこそみんなに大人気だった五反田君に対して、中学生の「僕」は「でも僕には彼が何を考えているのかはさっぱりわからなかった」と感じているのだ。五反田君の表面的な部分でのオーラと関係ないところで「僕」は彼のことを見ていたようだ。それがたとえ「さっぱりわからない」という感想であったにしても、彼の表面がすべてと思って見ているのとはまったく違う。そんな「僕」に対して五反田君は「不思議な話だけど、僕には君以外に友達と言えそうな人間がまったく一人もいないんだ。二十年振りに会って、それも今日で会うのが二回目なのにね。不思議だ」と言う。そして「僕」もやはり彼に対して同じことを感じていたのだった。

事実と真実の乖離

さて、「僕」にとって五反田君と会うことが自分自身の思春期ともう一度向かいあうことになったのと同じように、同窓会に出席するというのは、ある意味、自分の過去と向かいあう体験だと考えることができるだろう。もちろん、「僕」と五反田君のように深く話をすることはないかもしれない。しかしそこで味わう体験には似たようなところがあるように思う。たとえば卒業後二〇年もたってから初めて行われる同窓会での人間関係は、その人が今生きている現実とは直接つながりを持たないことが多い。その会場で交わされる会話、そしてその場で味わった体験はすべて今の現実とは結びつかないものだ。そういう同窓会での体験はある種、思春期の追体験になることがある。

五反田君と「僕」は別に同窓会を意図していたわけではないが、二人であの一定の期間、ずっと同窓会をしていたような印象をうける。また実際に僕が同窓会をイメージしている場面がある。それは、高級コールガールを呼んで五反田君と四人でリラックスして話をしている時だった。「まるで同窓会みたいだ」と僕は思い、「同窓会が終わったあと、緊張がほぐれたところで気のあった同士で二次会で酒を飲んでいる」といった雰囲気を味わう。そして彼はゴージャスなコールガールのメイに向かって「昔を思い出す。高校生の頃」と言うのである。

さてAさんであるが、彼女は思いきって卒業以来二〇数年振りの高校の同窓会に出席した。普段連絡を取りあっている二、三人の友人のほかは、高校を卒業してから初めて会う人ばかりだった。同級生と出会ったとたんに現実の年齢をあっという間にワープして、みんなが高校生に戻っていたのが不思議だったとAさんは言う。そしてみんなと高校時代の思い出を語り合うなかで、Aさんは高校一年の時の張り子の事件のことを話題に出してみた。あれほどインパクトがあった事件だ。きっとみんなの印象にも残っているはずだ。結局、体育祭は張り子なしで行われたのか、そのあたりの記憶がないAさんは、どうしてもそこが知りたかった。

するると意外な返事がみんなから返ってきた。誰もが「風で張り子が倒されたけど、ただ倒れただけだったのでみんなでそれを立て直して無事に体育祭に間に合った」と言うのである。もちろん、すべてのクラスの張り子がバラバラになるなどということもなく、ただAさんたちのクラスの張り子だけがバタリと倒れたようだった。その時の様子を周囲のクラスメイトたちが楽しそうに話すのを一応は笑顔で取り繕って聞きながら、内心Aさんはパニックだった。いったいどうしてこんなに記憶が食い違うのか。でも自分以外の人たちの記憶はおよそ同じだということを考えたら、自分の記憶のほうがどうやら違うのは確かだ。でもこんなにもリアルに思い出せるのに、それが実際にはありもしない光景だったとは、いったいどういうことなのだろう。そして話題が進み、その張り子が倒れたときになぜかAさんがすごいショックを受けてしばらく泣きやまなかったことなどがまわりの人たちから語られたのだ。Aさんの記憶では、張り子の崩壊にショックをうけて涙を流しているクラスメイトと抱き合いながらも、どこか醒めた目でこの状況を見ていた自分がいたはずだった。こんなにもありありとその時の自分の醒めた気持ちが思い出せるのに、現実の自分はただただ泣き続けていたらしい。Aさんは訳がわからなかった。

しかし実のところ、Aさんの思春期のその記憶が事実なのかそうではないのかということは、この場合それほど大きな問題ではない。こころの問題に関しては、事実が真実とは限らないのだ。きっと事実はクラスメイトが語る状況のほうだろう。しかしAさんにとっての真実は、張り子が突風によってすべてバラバラにされたことであり、もっとバラバラになれ、もっと遠くに飛ばされてしまえ！　と過激に思っている醒めた自分が存在していたということなのである。このことは何を表しているのだろうか。

思春期体験の破壊力

思春期の内的な体験は言語化が難しい。何がその時に起こっているのか、思春期の最中に正確に言語化できる人などめったにいない。そして思春期を通り過ぎてしまうと、現実のエピソードは覚えていても（それも自分に関してよりも、周囲の人間に関しての記憶のほうが残りやすい）その体験の記憶はあまり残らない。

Aさんの記憶に残っている張り子がバラバラになったイメージは、まさに思春期の内的な体験の記憶だろう。突風に吹かれるということからも、いきなり嵐《あらし》に巻き込まれるようにして引き起こされる思春期の混乱の様子が伝わってくる。作り上げて完成間近の張り子がバラバラになるというところからは、子どもとして完成していたはずの自分が崩壊していくようなイメージも感じる。それとともに一度バラバラに崩壊しなくては次に行けないことを自分でわかっているのだ。作り上げたものを破壊するようなこころの動きが当時の自分の中にあったことをAさんは実感をともなって知ることとなった。そしてそれが同窓会という思春期の追体験状況のなかで強く印象づけられたことで（何といっても現実的には事実ではなく、自分の中で巻き起こっていたイメージだったということを思い知らされたので）、Aさんにとってこの記憶はより大きな意味をもったのである。やはり思春期体験は異界体験なのだ。

さて、五反田君は今まで誰にも話したことがない自分の自己破壊行動について初めて「僕」に語った。そしてキキを自分が殺してしまっていたことも……。五反田君はこのように「僕」を通じて思春期体験と深くつながった結果、迷い無く死を選び、実際に異界へと旅立ってしまう。思春期体験の破壊的な死の側面に彼はつかまってしまった。彼にとって自分の本当の（裏の）思春期体験と結びつくことは死と直結することだったのだ。また「僕」が五反田君と一緒に同窓会イメージを共有した高級コールガールのメイも、誰かに殺されてしまった。思春期体験に関わることは大変な危険をはらんでいるのである。

またこんなこともあった。「僕」はメイが殺されたことに絡んで警察に呼び出され、心理的な拷問《ごうもん》を長々と受けるが、五反田君を守るために最後まで何も知らないと突っぱねた。でも「僕」は五反田君の立場を守るためだけにそうしたのだろうか。その時「僕」が本当に守りたかったものは、五反田君によって蘇《よみがえ》っている自分の思春期体験だったのではないかという気がする。思春期体験を守るためには、警察という日常の秩序を守る機能とも対抗しなくてはならなくなることがあるのだ。

思春期の幻想

同窓会不倫という言葉を聞くことがある。久しぶりに同窓会で会ったもと同級生同士が、不倫の関係へと進んでしまうことらしい。自分にとって大切なこころの震えを取り戻したいと思った時、思春期の体験を呼び起こすことはとても大事なプロセスだ。同窓会不倫に踏み込んでしまう人は、そういう体験をどこかで欲しているのだろう。しかし援助交際に走る男性のことについて触れた際にも述べたが、手っ取り早く、姑息《こそく》な方法で手に入るこのような体験では、その行為のなかで自分の過去としっかり結びつき、未来へつながっていく核心が得られるとは思えない。思春期の幻想を追うような関係は、あっという間に切れてしまう可能性が大きいし、自分の大切な思春期体験を穢《けが》す行為に堕《お》ちてしまう危険のほうが大きいのではないだろうか。

第三章　思春期体験と死

死の側面とつながる

暗闇の中でひとりでじっとしているとね、私の中にある何かが私の中で膨らんでいくのがわかったわ。……その何かが私のからだの中でどこまでも大きくなって最後には私そのものをばりばりと破っちゃうんじゃないかっていうような感じがしたのよ。

――笠原メイ『ねじまき鳥クロニクル』

笠原メイの場合

ここまでのところで、大人になった人間が自分にとって大切なこころの核とつながり直そうと思ったとき、日常を超えた異界の視点がどうしても必要になってくるということについて明らかにしてきた。自分の核と結びつくための物語の生成の過程では、異界の視点のひとつとして、自分自身の思春期体験が呼び起こされることがある。そして思春期体験とつながることの意味深さとその死の側面の破壊力についても述べてきたが、思春期体験の死の側面についてもう少し踏み込んで考えてみたい。

思春期体験の死の側面に呑《の》み込まれてしまうと、それは五反田君のような悲劇を招く。死の側面に呑み込まれず、かといって乖離《かいり》という形で切れてしまうことなく、きちんと「つながる」ことは思春期の重要な課題である。では死の側面とつながることについて、『ねじまき鳥クロニクル』に登場してくる一六歳の少女、笠原メイ（彼女は否応《いやおう》なく思春期の死の側面を生きている）について詳しく紹介しながら考えていこう。

彼女は主人公の岡田トオルに初めてあったとき、「少ししゃべっててもいい？」「すごく小さな声でしゃべるし、返事しなくてもいいし、途中でそのまま眠っちゃってもいいから」と言って「人が死ぬのって、素敵よね」と話し出す。それに対して「どうして？」と訊《き》いたトオルに「質問はしないで。それから目も開けないでね」と唇の上に指を一本置いてトオルの発言を制するのである。こういう会話の仕方は日常の常識的な会話ではありえない。彼女は自分の話を日常とは異なった意識でしっかりとトオルに聴いてほしいのだ。トオルに向かって「死のかたまりみたいなもの」を切り開いてみたい、とメイは言う。そして「そういうものがどこかにあるんじゃないかって気がするのね。（中略）それを死んだ人の中からとりだして、切り開いてみたいの。いつも思うのよ、そういうのって中がどうなってるんだろうってね」と死に対する強い関心について語るのである。

また彼女は、「かつら」に強い興味を示していた。かつらそのものにというよりも、禿《は》げることに対して、といったほうがいいかもしれない。彼女は禿げている人の数をカウントするかつらメーカーのバイトをトオルと一緒にしながら「人が禿げることを恐《こわ》がるのは、それが人生の終末みたいなものを思い起こさせるからじゃないかしら。つまりさ、人は禿げてくると、自分の人生が擦《す》り切れてきつつあるように感じるんじゃないかって気がするのよ。自分が死に向かって、最後の消耗に向かって、大きく一歩近づいたように感じるんじゃないかしら」と言う。死のイメージにつながるものだからこそ、かつらにこころ魅《ひ》かれているようだ。そして彼女は「どこか暗いところにひとりで閉じ込められて、食べるものもなく、飲むものもなく、だんだんちょっとずつ死んでいくような」感じについて話し、「人生ってそもそもそういうものじゃないかしら」と言う。そんなメイにトオルが「君は君の歳《とし》にしては、ときどきものすごくペシミスティックな考え方をするね」と言ったところ、「これだけは確信をもって断言できるわよ。もし私がペシミスティックだとしたら、ペシミスティックじゃない世の中の大人はみんな馬鹿《ばか》よ」と言い切るのである。彼女にとって人生の死の側面を考えずに生きる大人など「みんな馬鹿」なのだ。人は死を意識し、死とつながることによってのみ、リアルな生を生きることができるのだということを彼女は厳しいまでに自覚しているのである。

トオルとメイのように大人と子どもの間でこんなふうに死について話すことなど、普通ではまずないだろう。しかしこういう会話の雰囲気は、思春期の子どもと治療関係が深まっているときのトーンととても近いものがある。思春期の子どもと話していると、死についての疑問や考えをひとり語りのようにして話し出すことがある。「なぜ、この世が存在するのかがわからない」「なぜ死ぬまで生きなくてはいけないのかがわからない」というような問いを、学校で大暴れをしているような子どもが真剣に考えていることがあるのだ。そして面接場面で話すだけでなく、親身になってかかわっている教員に向かって、そういった内容のことをぽろりと口にすることもある。

メイがトオルと出会ったのは、バイク事故による怪我《けが》で（というか、その怪我を理由にして）学校を長期間休み、家でブラブラしているときだった。実はこのバイク事故というのが大変な秘密をはらんでいる。これはずいぶんあとになってから明かされるのだが、その事故はバイクで二人乗りをしているときに、運転している男の子の目をメイが後ろから両手で覆《おお》ったために起こったものであり、その結果男の子は死んでしまっていたのである。

メイは「私がその子を殺したのよ。でももちろん殺すつもりなんてなかったのよ。ただ私はぎりぎりのところまで行きたかっただけなの。私たちはそれまでにも何度もそういうことはしてきたのよ。ゲームみたいなものだったの。（中略）でもそれまでは何も起きなかった。ただその時はたまたま……」とトオルに打ち明ける。

「死」の側面に強く影響を受け、「死」の気配を常に身にまとっているメイのような思春期の子どもは、死の危険を周囲に振りまくことがある。メイのしたことは、取り返しのつかない現実的な死をその少年に招いてしまった。思春期の死の側面が外に溢《あふ》れると、このように現実の死を招く危険が非常に大きくなる。他人も自分自身の身も事故に遭いやすい危険な状態に置くことになるのである。メイにしてもそうだ。自分がその事故で死んでしまう危険だって充分に考えられた。「ゲームみたいなものだった」と彼女は言う。このような命がけのゲームがただの危険なゲームで終わるのか、死に呑み込まれて大きな事故に至るのかは、本当に紙一重なのである。

さて、メイは死の側面ときちんとつながるための対話を切実に必要としていた。そして対話の相手として直感的にトオルを選んだのである。こういう対話こそが、死の側面にただ呑み込まれるのではなく、きちんと「つながる」道を開くのである。メイのような子どもと死についての真剣な対話をするためには、たっぷりとした時間と異界に開かれている態度が不可欠である。『ダンス・ダンス・ダンス』の主人公の「僕」もトオルも、現実的な社会人としての役割から離れている（つまり仕事をしていない）時期に思春期の子どもと深くかかわっている。このことは、日常的な役割をこなすことだけに必死になり、現実的な成果ばかりに目が向いている大人には、なかなか思春期の子どもを理解する回路を開くことが難しいことを暗示しているようにも思う。

異界モードの危険

中学校にスクールカウンセラーとして行っていると、高層階の窓際《まどぎわ》で半分以上身を乗り出してふざけ合いをしている男子や、体育館の丸い屋根のてっぺんに上がってその上でボール投げをしたり、そこから下にいる人に向かってものを投げつけたりする子に遭遇する。こういうことの危険性について、その子たちはどんなに注意されても意に介さない。笠原メイのように「ゲームみたい」な感覚でふざけているだけなのである。消火器や椅子《いす》、机などを高層階から投げ落とした子もいた。下にもし人がいたら、間違いなく死亡事故になるような危険な行為である。その可能性についてなぜ考えないのかと厳しく注意しても、「だって投げたけど誰にも当たらなかったし、誰も死ななかったじゃないか」と言い返す子すらいる。現実の死に直面するまで、その行為がいかに危険かを実感できないのである。

だからといってその子たちが、いつも大人に対して反抗的なわけではない。先にも少し述べたが、親身になってかかわってくれる先生には、笑顔で日常的会話に応じることも多いし、時には自分が生きていることの意味を死の側面から話すこともある。しかし、いったん異界モード（死の側面に呑み込まれている状態をこのように名付けてみた）に入ってしまうと、まったく日常の感覚が通じなくなるのである。

このように死に至る危険な行為をおふざけのゲーム感覚でしてしまうという形をとって死の側面が出現してくる場合も多いが、直接的な攻撃としてその側面が噴き出すこともある。こんなときの思春期の子どもは、目つきも顔つきも一瞬にしてがらりと変わってしまう。思春期の子が異界モードに入ったときのあの形相の変化は、まるで鬼か邪が憑依《ひょうい》したのではないかと思わされるほどにすさまじいものがある。日常の秩序を守るようにと注意されたことをきっかけに、衝動的に教師をナイフで殺傷してしまった子もいた。これはまさに現実的な「死」を他者に与えてしまった悲劇である。そして唐突な暴力をふるってしまった子どもたちに、なぜ些細《ささい》なことでこんなひどいことをしてしまったのかと訊《たず》ねても、「カッとなってわけがわからなくなって」「ムカついたから」と言うだけでその行為自体に関しては説明が深まっていかないことが多い。

また相手を死に追いやるほどのいじめというのも、この死の側面に呑み込まれているから起こるのだと思う。ひとりの人間を集団で追いつめることがどういう結果に至るのかという想像力がまったく欠如しているのである。いや、この言い方は正確ではない。その行為が相手を死に追いやることがどこかでわかっていながら、手を緩めないこともあるように思う。このように死の側面に呑み込まれているときには、日常的な判断力がまったく効かなくなることがある。異界モードに入っているときのことを、日常の意識とつなげて考えるのはかなり難しい。異界モードと日常の意識がつながるということは、意識的にきちんと死の側面とつながるということである。それが可能になるためには、笠原メイとトオルの間で築き上げられたような関係性を基盤に置いた対話が、どうしても必要になってくる。

死の側面のかたち

笠原メイとトオルの関係性がどのようなものであったかについて考える前に、もう少し、思春期体験の死の側面の現れ方について紹介しよう。

Aさんの娘は、学校に行かなくなった当初、些細なことでAさんに向かって怒鳴ったり、壊れるような大きな音を立ててドアを閉めたりするようになっていた。またAさんに特定の銘柄のお菓子を買ってくるように言い、そのお菓子が売り切れていて手に入らなかったりすると、物を投げたり机の上の物を床に落とすなどして暴れていた。そして好物を作っても「こんなもの食えるか！　食べれるものをちゃんと作れ！」と怒鳴ってまったく手をつけず、そんな態度を少しでもたしなめると、逆上して物を壊すようなこともあったのだ。このような娘の様子は、今までのAさんのあり方を徹底的に否定する（つまり、象徴的な意味で殺す）態度である。そして同時に、娘自身も今までの「素直なやさしい娘としての死」を迎えていると言ってもいいだろう。この頃Aさんは、「自分の子どもなのに、鬼のような形相に変わるあの子のことが怖くてたまらないんです。そんなふうに思う自分は親として何と情けないんだろうと辛《つら》くなります」と涙ぐんでいた。娘によってもたらされた死ぬほどの苦しみは、Aさんの変容をうながす原動力になり得たが（死のイメージがその事象の裏に存在しているということは、変化も起こりうるということなのである）、一歩間違うとそれはAさんを破滅に追い込むほどの破壊力を持っていた。

Aさんの場合、娘からのひどい暴言はあっても身体的な暴力は受けていなかったが、家庭内暴力が激しい家庭では、家が壊されるだけでなく、家族（特に母親や祖母）に対して激しい身体的暴力が加えられることもある。その破壊力は家族全員に死の恐怖を感じさせることがある。そしてその暴力に耐えかねて、親が子どもを殺してしまったというあまりに悲劇的な事件の報道も時々耳にする。

死の側面が、自殺への「あこがれ」と言う形で強まることもある。友人同士が死の方向で強く共鳴してしまうと、理由がはっきりとしないまま心中へと足を踏み出してしまうこともあるのだ。思春期の少女たちが、ふたり一緒に飛び降り自殺をした事件もあった。死の側面に傾いている最中の子どもにとっては、自殺までのハードルは大人が考えるよりもずっと低い。

なかには自殺企図を繰り返すことでやっとこの世との接点を見出《みいだ》している人もいる。大量服薬をして胃洗浄が必要になったり、リストカットに留まらず頸動脈《けいどうみゃく》カットまで試みるほどの体験をくぐり抜ける人もいる。「死にたい」「もうこの世に存在していたくない」「生きていても苦しいだけ」と繰り返しながら、自分の「死」を現実的な行為として追求することで、メイのように「ぎりぎり」まで行こうとしている人もいるように思う。「落ち着くため」にリストカットを繰り返す人たちも、流れる血を見ながら少しだけ死に近づいている感覚を味わうことで、自分の生を確認しているのではないだろうか（もちろん、この読み筋でばかり考えられるわけではないが）。

援助交際の裏にも死は色濃く存在している。援助交際に走る子のなかには、別の自分になりたいという「変化」を促す衝動に突き動かされている子もいる。しかしその「変化」の裏面にある死が、象徴的なもので終わらず、現実の殺人事件という悲劇として思春期の子どもを襲うことがあるのは、さまざまな報道から周知のことだろう。

「死」を引き受ける

さて心理療法の現場でも、死の側面に囚《とら》われているような課題を抱えているクライエントとの治療が山場を迎えたときには、治療者自身が死の危険を感じるような体験を強いられるときがある。死の側面にシンクロして共感が深まっているときや、かかわっているクライエントが何人も同時に山場を越えようとしているとき（つまり死の気配が濃厚になっているとき）には、自動車の運転などにはかなり意識的に注意しないと事故に遭う危険が増すように思う。またそんなときには、治療者が体調を崩してしまうこともあるし、強い抑うつに襲われることもある。それほどに死の側面とかかわることは、治療者にも大きな影響を及ぼすのである。

また、直接的にクライエントから大きなダメージを与えられることもある。大声で怒鳴られるとか暴言の内容がひどいというような激しく強い攻撃も大変だが、そんな派手なものではなく、静かに射るような目つきで、治療者の個人的な資質に関することをえぐるような言葉で突くという深い攻撃を仕掛けられることもある。この攻撃のほうがよほどこたえる。そのあまりに痛い指摘に、治療者「生命」が危機に瀕することもあるほどである。しかしそれは治療者にとって、成長（つまり変化）しなくてはならない重大なポイントの指摘であることも多く、その死の淵《ふち》を歩むような面接のなかで治療者として鍛えられていく体験になることもある。

これはAさんが、娘の暴言に苦しんでいたときよりも、「インチキ」と指摘されたことが深く胸に刺さり、そこからインチキでない自分とは何なのかという本当の自分の物語の生成へと踏み出したのと同じである。あのとき、「インチキ」な物語を生きていたAさんは娘によって殺されたのである。表面だけが整えばそれでいいというような浅薄《せんぱく》な物語を生きていた自分を殺される体験というのは、言葉で言うほどたやすいことではない。しかし、その死を引き受ける態度こそが（もちろん、象徴的なレベルで）、思春期の子どもを危険な死の気配から遠ざけ、成長へと向かわせる力になるのである。治療者の場合も同じである。自分のなかに存在する硬直した物語の破壊をしっかりと引き受けることこそが、かかわっている相手の死の呪縛《じゅばく》を変化させることになるのである。これはトオルの個人的な闘いがメイを結果的に救うことになったこととつながる。

最近、生徒指導に疲れ果て、こころを病んで休職や退職に追い込まれる教員が増えている。

これも子どもの異界モードからの直撃を受け、今まで自分の信じていた生徒指導の物語が破壊されることによって、教員生命が脅かされている状況なのではないだろうか。熱心で腕に覚えがある先生ほど、その物語の崩壊を引き受けることは難しい。そしてこれは、「学校教育絶対物語」という一面的で硬直した学校教育の物語の崩壊を、教員が個人レベルで引き受けてしまっている部分もあるように想《おも》う。今までの物語の「死」を引き受けることなしに、次の物語は開けてこないのである。

井戸に降り、ふたを閉める

トオルは突然に姿を消した妻クミコとの関係を問い直すため、涸《か》れた深い井戸の底に降りていったのだが、この涸れた井戸の存在をトオルに教えたのはメイであった。トオルが井戸の底で考えごとをしているのを発見したメイは、縄梯子《なわばしご》を取り上げてしまったのである。トオルは縄梯子でいつでも地上に戻れるように配慮をして井戸に入っていた。ところがメイにとっては、そんな逃げ道のある状態で考えることなど、まったく意味がないことなのだ。そしてトオルに「死について、自分が死んでいくことについて」考えるように言い渡して井戸のふたを閉め、トオルを完全な闇《やみ》のなかに置き去りにするのである。

Aさんは、娘が不登校になり、食事をめぐって荒れるようになったことをきっかけに、面接治療の場へやってきた。以前にも述べたが、治療場面に入ることは現実についてちゃんと考えるために、現実から離れる行為であり、井戸に入る行為だと言ってもいいだろう。そしてその井戸の底で（治療場面で）いろいろなことを考えることによって、Aさんは娘のことを前よりはずっと理解できるようになってきたと思っていた。そんなときに援助交際の発覚があったのである。これはAさんにとって縄梯子を取り上げられる体験になった。もう退路は断たれたのである。そしてそれは、Aさんが浅薄な物語を生きていることを「インチキ」と娘に指摘されたことで決定的になった（ふたも閉められた）。そこから、忘れていた自分自身の思春期体験の死の側面（破壊的な側面）ともう一度結びつく動きが生まれたのである。この縄梯子を取り上げられ、ふたを閉められる状態は、治療場面でクライエントからつきつけられる治療者生命を脅《おびや》かされるような体験とも重なるし、学校現場で今までの指導がまったく通用せず、教員として八方塞がりのところへ追い込まれた状況ともだぶる。

トオルは井戸の底からメイに向かって自分とクミコのことについて語った。トオルはクミコと結婚したとき、二人でまったく新しい世界を作ろうとしたのだと言う。それはどこか別の場所に行って、今の自分とはまったく違った自分になることを目指したものだったとメイに語るのだ。すると、メイはそのトオルの考えを一刀両断する。「これから新しい世界を作ろう」とか「さあこれから新しい自分を作ろう」などということは誰にもできないことなのだと。そして「あなたはよそで作られたものなのよ。そして自分を作り替えようとするあなたのつもりだって、それもやはりどこかよそで作られたものなの。（中略）それがわからないというのは、たしかに大きな問題だと思うな。だからきっとあなたは今、そのことで仕返しされているのよ。いろんなものから」と、「よそ」（つまり異界）に対しての視点をもたないまま、表面の流れを新しいものに整える安易な物語を生きようとすると、思いもかけない形で異界からの仕返しを受けるのだと指摘する。

メイはのちにかつら工場で地道に働くようになり、その工場の寮からトオルに何通も手紙を書くのだが、その手紙のなかでも浅薄な因果関係で作られた物語に対する痛烈な批判をしている。メイの両親は、高級住宅地に住居を構え、別荘も持っているような人たちであることから、社会的には成功者だと言えるだろう。その両親のことをメイは本当の現実を見ようとしない「とんまな雨蛙《あまがえる》」だという。「あのヒトたち（注：メイの両親のこと）は世界というのは高級建て売り住宅の間取りみたいにシュビ一貫して説明がつくと信じています。だからシュビ一貫したやり方でやっていけば、すべては最後にはうまくいくと思っているのです。そして私がそうしないことに混乱したり、悲しんだり、腹を立てたりするのです」。つまり、メイの両親は世界をすべて自分の目に見える範囲の因果関係で結びつけて整合性のある物語として考えており、異界の視点をまったく無視しているらしい。

メイは自分を深いところから揺さぶる熱源のような「ぐしゃぐしゃ」に近づきたいと思っていた。これは最初に彼女がトオルに言っていた「死のかたまりみたいなもの」と同じもののようだ。「死のかたまり」は人を生かしている熱源でもあるのだ。彼女はその自分の手に負えない「ぐしゃぐしゃ」が自分を揺さぶるときの感じを何とか人に伝えたいと思うのだが、なかなかうまく話せないし、誰も彼女の話を真剣に聞こうとはしなかった。そうすると彼女はひどく苛々《いらいら》して、無茶苦茶なこと（バイク事故を起こしたり、トオルを井戸に閉じこめたり）をしてしまうのである。メイは、「私には世界がみんな空っぽに見えるの。私のまわりにある何もかもがインチキみたいに見えるの。インチキじゃないのは私の中にあるそのぐしゃぐしゃだけなの」と言う。

前章でも触れたが、現代はその場限りの表面的な流れが整うことだけを重視する浅薄な物語が世界を支配しているように思う。そうすると、メイのようにインチキではない「ほんとう」を求める子のなかに、「ミャクラクを欠いた」無茶苦茶な行動にわけもなく駆り立てられてしまう子が出てくるように思う。もちろん、すべての逸脱行動がこの筋で考えられるわけではない。しかし、インチキでないものに近づくということが、死に近づくことになる子もいるのである。

「マトモな世界」への鍵《かぎ》

どこまでも自分の死と向き合い、考え抜くトオルの態度は、メイを囚えていた危険な死のイメージを変化させる力になり、彼女を「マトモな世界」へ向かわせることになった。

トオルと会わなかったら、「きっとあまりマトモじゃないところでまだぐずぐずしていたと思う」とメイは言う。そして「……あなたのことを見ていると、まるであなたが私のために一生懸命何かと闘ってくれているんじゃないかという気がすることがときどきあるの。（中略）ねじまき鳥さんはきっと私のためにも闘っているんだという気がするんだ。ねじまき鳥さんは、たぶんクミコさんのために闘いながら、それと同時に、結果的に他のいろんな人のためにも闘っているんじゃないかってね」とトオルに伝える。でも、そのようなトオルの闘いは、日常的な世界から生きている人から見ると「ときどきほとんどバカみたいに見えるんじゃないかしら。そういう気がするな」というようなものなのである。

内面の闘いは、外からは本当にわかりにくい。しかし思春期の死の側面を生きる課題を背負い、常識や秩序を大きく逸脱している子どもを「マトモな世界」へ導くことができるのは、外に向かう勇ましい闘いではなく、こういう内面の闘いなのである。思春期の子どもの側《そば》にいる大人が、自分の内側に存在する浅薄な物語の崩壊を受けとめ、真剣に自分自身を模索する態度こそ、子どもを「マトモな世界」へと誘う何よりも大切な第一歩なのだと思う。

生の中にある死

彼女がどうして自殺しちゃったのか、誰にもその理由はわからなかったの。キズキ君のときと同じようにね。まったく同じなのよ。年も十七で、その直前まで自殺するような素振りはなくて、遺書もなくて――同じでしょ？

――直子『ノルウェイの森』

思春期の死の側面のもつ破壊力の裏には、生きることを真剣に問う態度が存在している。そして濃厚で危険な死の気配が変化していくために必要なものは何なのかということを考えるうえで、笠原メイと岡田トオルとの関係性は、そのひとつの可能性を示すものであった。

さて、死の側面は表に表出される激しい破壊行動ばかりではない。ここでは思春期体験の死の側面について別の角度から考えていきたい。

生と死の境界

想《おも》い出と結びついているメロディーを耳にしたとき、突然、記憶が呼び起こされ、一挙にその頃の空気が戻ってくることがある。『ダンス・ダンス・ダンス』の僕と五反田君の関係も、学生時代の曲が流れてくると、よりいっそう親密さを増していたようだった。そして『ノルウェイの森』では、一節のメロディーが過去の体験を物語として生成させていくきっかけとなっている。

三七歳のワタナベは、そのときハンブルグ空港に到着した飛行機の中にいた。そこでビートルズの「ノルウェイの森」を耳にし、彼は激しく混乱し、揺り動かされた。この曲は彼の想い出と深く結びついていたため、いつも彼を混乱させていた。しかし、このときはいつもと比べものにならないくらいの混乱が襲ってきたのである。日常を遠く離れ、外国でそのメロディーを耳にしたことで余計にはっきりと異界へのゲートが開かれたのかもしれない。

そして彼はそのメロディーをきっかけに、思春期から二〇歳過ぎまでの記憶ともう一度しっかりと結びつこうと試み始めた。中年にさしかかった彼にとって、その当時の体験が何であったのかを理解し、どうして自分がまだここに生き続けているのかその理由を把握することは、その後の人生を生き抜くためにどうしても必要なことだったのだ。

さて『ノルウェイの森』には、死の側面に呑《の》み込まれ、実際に命を失ってしまった人たちが何人も出てくる。二〇歳前後までの期間にわたっているので思春期と言い切るのには少し幅があるが、そこにはまぎれもなく思春期の死の側面の問題が潜んでいると思う。

まず、主人公ワタナベの親友、キズキ。彼は一七歳の春に、ワタナベと一緒にビリヤードをした夜、車に排気ガスを引き込んで自殺してしまった。そしてそのキズキの幼なじみで彼の恋人だった直子。彼女のことをワタナベは深く愛するようになるが、彼女も二一歳の春、首をくって死んでしまう。何でもできて完璧《かんぺき》だった直子の六歳上の姉も、一七歳で何の理由もわからないままに突然、自殺している。そして、直子の父方の叔父もとても優秀な人だったが、一七歳から二一歳まで家にひきこもって、突然に電車に飛び込んで死んでしまったらしい。

親友キズキの突然の死は、ワタナベと日常の世界との間に大きな隔たりをつくった。そのため彼はまわりの世界のなかに自分の位置をはっきりと定めることができなくなったのである。なぜなら「あの十七歳の五月の夜にキズキを捉《とら》えた死は、そのとき同時に僕を捉えてもいた」からだ。死に捉えられたとき、それが現実の死に至るのか、日常との折り合いの困難さという形で何とかやり過ごすのかは、もちろん、決定的に違う。しかし彼にとってその頃は「生のまっただ中で、何もかもが死を中心にして回転して」いるような日々だったのである。ワタナベは表面的には以前とさほど変わりのないような日々を淡々と送っていたようだ。そして死にまつわることを深刻に考えまいと意識して生活しようとするなかで、自分の身のうちに、ある空気がかたまりのようにして存在してくるのを感じるのだった。それは「死は生の対極としてではなく、その一部として存在している」という実感だった。彼は「死は僕という存在の中に本来的に既に含まれているのだし、その事実はどれだけ努力しても忘れ去ることのできるものではない」と知ったのである。この体験こそ、思春期の異界体験の核心部分である。

キズキと直子の関係は、「どこかの部分で肉体がくっつきあっている」くらいに密着していて、「あるとき遠くに離れていても特殊な引力によってまたもとに戻ってくっついてしまう」くらい強力なものだった。そんな関係にあったキズキの死は、彼女を半分、死の側に引きずり込むことになった。彼女の場合、親密だった姉も自殺で失っていることもあり、死の側の吸引力はよりいっそう強かったに違いない。キズキの死を契機に、直子には少しずつ精神病の症状が始まっていた。現実の死に引きずり込まれないためのぎりぎりの闘いが、この世的には精神を病むという形で現れていたのではないだろうか。最後に死を決意して療養所を訪れたとき、彼女は明るく微笑《ほほえ》み、きちんと話し、一見症状が落ち着いているように見えていた。この世とあの世の境目で、死に抗《あらが》おうとして闘っているとき、彼女はひどく消耗して症状が重くなっていたように思う。しかし、もう死に抗わず、あの世に逝《い》くと決めたときには、彼女をこの世に引き留めるための苦しい症状は必要なくなっていたのかもしれない。

変容のプロセス

さて、ではAさんの面接のその後の様子を紹介しながら考えてみよう。

Aさんの娘が家からまったく出なくなって半年以上が過ぎた。最初の頃は庭で犬と遊ぶこともあったが、やがて外の光が部屋に射すのを嫌がり、昼間でもカーテンを閉め切るようになってきた。そして庭に下りることはもちろん、玄関先に郵便物や新聞を取りに出ることもできなくなった。彼女が自由に動けるのは、外履きにはきかえなくてもいい家の中だけになっていったのである。そのうえ、何週間も同じパジャマや下着を着たきりで過ごすようになり、風呂《ふろ》に入る頻度も減ってきた。最初の頃は着替えや入浴を促すと「うるさい！　だまれ！」と声を荒げていたので、反抗したい気持ちが生活習慣を守らないという形で出てきたのかと、Aさんは考えていた。しかしやがて、着替えや入浴の際に自分の肌が一瞬でも空気にさらされる状態になることが、今の娘にとっては相当の苦痛になっているらしいということがわかってきた。

Aさんの娘の今の状態は、思春期体験の「死」の側面がこのような形をとったものではないかと思われた。しかし長い間風呂に入らずパジャマも下着も着替えないという状態は、背後に精神病が存在する可能性も否定できないので、その他の状況とよく照らしあわせて慎重に考えていかなくてはならない。思春期の大きな変化の波に呑み込まれ、死の側面を体験しなくてはならなくなったときには、先にも述べたように、今までどおりの「普通」が難しくなる場合も多い。それが特にキツイ形で出てくると、精神病でなくても精神病に近いような状態になることもある。

このようなときに、変容のプロセスに寄り添っていくことが不安なあまり、安易に病気を疑ってすぐに現実的なレベルで動いてしまうのは臨床的な態度とは言いがたい。しかしこの変容のプロセスが直子のように精神病の徴候として出てくることもままある。その可能性について細心の注意を払ってこの時期の様子を見ていくことは、思春期の心理療法を行ううえで欠かせない。

　このように疑わしい状況が見られるときには、少し問診に近い形になってしまうが、念入りにくわしく様子を聞くことが必要になってくる。状態をできるだけ正確に把握するためには、具体的な情報を少しでも多く得ることが不可欠なのだ。特にこのAさんの娘のように、本人がまったく家から出られない状態で家族だけが来談している場合には、この家族からの情報が唯一《ゆいいつ》の判断材料になるので、この問診がとても重要になる。そして必要に応じて、精神科医の診断や他の機関との連携を考えることも常に念頭においておかなくてはならない。

　治療者としての責任ある判断によって、精神科医や他機関への依頼が行われたのなら、それは変容を支える大きな器として機能することができるだろう。しかし治療者が不安から逃避したい一心で作った器だと、変容を支える器としての強度を持たない危険性が高い。

　このときはAさんの娘の状態を精神病の兆《きざ》しと考えて現実的に何かのアクションを起こすより、今のところは、思春期の死の側面の心理的な問題としてとらえて流れを注意深く見ていてもいいのではないかと判断した。

　治療者として異界の視点を持つときには、「異界体験だからいろいろ日常と違うことがあっても仕方ない」などと単純に考えるのではなく、その異界体験がどのようなものであるか、しっかりと見通そうとする現実的な姿勢が大切である。現実的な部分も同時にきちんと押さえておかないと、それは異界のこともおろそかに扱うことになるし、クライエントが生きようとしている物語の筋を決定的に読み違える危険が生じてくるのである。

変容を守る器

変化にともなう「死」の側面に襲われたとき、その変化の度合いが大きければ大きいほど、安定した環境で守られることが必要になってくる。器がしっかりしていないと、内面の変化を支えることはできないのだ。その器はこまやかな配慮をともなう、温かな人間関係によって作られるのが基本であるが、現実の環境としての「場」の守りも大きな意味を持つ。直子にとってそれは京都の山奥の世間とは隔絶された静かな環境にある療養所であり、もっと症状が重くなってからは専門病院がその場となった（結果的には支えきれなかったが）。

Aさんの娘にとっては、家の中、つまり外履きにはきかえなくてもすむ範囲が、変容を守る器の範囲として感じられているようだった。だからその範囲であれば自由に動けるのである。そして、太陽の光さえも自分の変化に侵入してくる異物として感じられることがあるため、カーテンをぴったりと閉めることが必要になっていたように思う。自分の核心の部分にかかわる大きな変化は、明るい場所では行われない。暗い場所でしっかりと守られることが必要になってくるのだ。

　また、身体に近いところで自分を守る環境もAさんの娘には必要になっているようだ。つまり、自分の変化を守る器を強固にするためにもう一枚の皮膚が必要になり、そのために彼女は一瞬たりとも裸になれないのではないだろうか。今の彼女にとっては、垢《あか》も、どうしても着替えられない汚れた下着やパジャマも、大事な自分の皮膚なのである。程度や期間はさまざまであるが、彼女のような状態になる思春期の子どもはけっこう多い。日常生活はほどほどに普通に送っている子どものなかにも、風呂には入るけれど、あがったあと下着はまたさっき脱いだばかりの汚れたものを身につけたり、パジャマや部屋着などの洗濯を極端に嫌がったりする子もいるのである。「裸になってお湯に触れることが苦痛でたまらなくてとても入れなかった」「着ているものを着替えることが、皮をはがれるくらいに大変なことのように感じていた」などと、Aさんの娘のような状態になっていた時期のことを振り返って述懐するクライエントもいる。

　ところで、「汚《お》ギャル」という人種がいるらしい。読んで字のごとく、汚く不潔なギャルのことだ。ソックスなどを三ヵ月くらい洗わないのは当たり前。化粧は念入りにするが、下着もめったに替えないし、シャワーも浴びない。そんな思春期の少女がいるというのである。そしてこの子たちは自分の汚れにはどこまでも寛容で、まったく平気なのだが、他人の汚れに対しては敏感で抗菌グッズで対応するのである。もちろん、ただずぼらでだらしないだけ、という子もいるだろう。しかしなかには自分の垢を繭《まゆ》代わりにまとって自分の内側で起こっている変化から自分を守ろうとしている子もいるような気がする。そして他人の汚れは自分に侵入してくる異物として抗菌グッズで退治しているのかもしれない。

成長にともなう痛み

直子の姉は、「勉強もいちばんならスポーツもいちばん、人望もあって指導力もあって、親切で性格もさっぱりしているから男の子にも人気があって、先生にもかわいがられて、表彰状が百枚もあって」という文句のつけようのない女の子だった。でも、そういうことでスポイルされて、つんつんしたり鼻にかけたりすることもなく、本当によく出来た子だったのである。ただ二、三ヵ月に一度くらい、深く沈み込んで何もできなくなることがあったが、二日くらい経《た》つと自然に治って元気になるので、まあ大丈夫だろうと誰もが思っていた。そして六歳年下の妹である直子に対しても一貫して優しい姉だった。その姉が一七歳のときに、突然、遺書もなく死んだのだ。その首つり遺体の第一発見者が小学校六年生の直子だった。親切でやさしい姉は、最後に一番深い死の傷跡を妹に残していったのだ。

直子の姉の表面的な適応からは、思春期の成長に伴う痛みのようなものはまったく感じられない。沈み込んでいるときすら、不機嫌というのでもなく、幼い直子に親切に接することもできるのだ。直子の姉は誰にも何も相談することがなかった。それはプライドが高くてというのではなく、ただそうするのが当然だと思ってそうしていたのである。そんな彼女に思春期の死の側面が襲ってきたときには、その死を自分の身のうちに取り込むしかない。ひとりで完結している彼女は、自分自身の殻の中にその死を抱え込んでいくしかないのである。そんな状態では彼女のなかで死がふくらんでいることは誰にも推し量ることができなくなる。

直子とキズキの関係のなかにも、この成長に伴う痛みの欠如の問題がある。先にも述べたが、彼らはお互いの身体を共有しているような特殊な関係で幼い頃から育ってきた。そのため、普通の成長期の子どもたちが経験するような性の重圧とかエゴの膨張の苦しみのようなものをほとんど経験することなく、思春期を過ごしていたのである。直子は、自分とキズキは「成長の辛《つら》さ」のようなものをまったく感じないままに育ったため世の中に借りをかえさなくてはならなかったのだ、と言っていた。「私たちは支払うべきときに代価を支払わなかったから、そのつけが今まわってきてるのよ。だからキズキ君はああなっちゃったし、今私はこうしてここにいるのよ」と、療養所で話していた。

思春期は、自分を取り巻く環境との軋轢《あつれき》に窮屈な思いをしたり、自分自身の問題や対人関係でなんやかやと悩んで苦しんだりする時期である。この苦しみを感じることが、「生」を自覚することにもなっていく。そしてこの苦しみはさまざまな現実生活での不適応という現れ方をすることもあれば、自分が不治の病にかかっているのではないかという、死の不安として出てくることもある。しかし直子の姉や、直子とキズキは、成長にともなうこのような痛みや辛さを、思春期に意識することがなかったのである。その分、知らない間に自分の内側に死を囲っていたのだろう。こう考えると、さまざまな日常的な不具合に悩むことや、自分が死んでしまうのではないかと恐怖を感じて苦しむということは、死に呑《の》み込まれないための大切な守りになっている部分もあるように思う。日常との折り合いの難しさを自覚したり、死の恐怖を感じるということ自体が、死の側面を意識しているということであり、死に呑み込まれないためのストッパーになっている場合もあるのではないだろうか。

幸せのなかにある痛み

直子の病状がだんだん悪化し、会うことも手紙をもらうこともできなくなっている頃、ワタナベは緑という同じ大学の女性と深くかかわるようになっていた。そして徐々に緑のもつ生命力に魅《ひ》かれていくのである。緑は自分の欲求を素直に表現するが、それは常識から考えるととんでもないことが多かった。彼に負担をかけるような要求をしたり、彼が自分の髪型の変化に気がつかなかったことに傷ついて何ヵ月もワタナベを無視することがあるかと思えば、その後、彼にこころからの愛を打ち明けて、彼を強く深く揺さぶるのである。緑にめちゃくちゃなことを言われて振り回されるなかで、彼は死の呪縛《じゅばく》から少し解き放たれるような気持ちを味わっていたようである。

やがてワタナベは緑を深く愛するようになり、直子に対する気持ちとの狭間《はざま》で苦しむようになる。彼は、自分が緑を愛したことと直子との自殺との間には現実的な因果関係はまったくないことを認めながらも、ずっと待っていると言ったのに結局最後の最後に直子を放り出してしまった自分自身が許しがたく、生と死の狭間で身体を引き裂かれるような苦しみを感じる。

そんな彼に対し、「あなたがもし直子の死に対して何か痛みのようなものを感じるのなら、あなたはその痛みを残りの人生をとおしてずっと感じつづけなさい。そしてもし学べるものなら、そこから何かを学びなさい。でもそれとは別に緑さんと二人で幸せになりなさい。（中略）辛いだろうけれど強くなりなさい。もっと成長して大人になりなさい」と直子とワタナベの大切な知人であるレイコさんは言う。死の痛みを感じつづけながら、現実的に生きて幸せになること、つまり幸福な生のなかに死を感じつづけることができる強さを持つことこそが、思春期の体験としっかりとつながったうえで大人になるということなのである。

生の中の死

「これがどんどん大きくなって、顔が真っ黒になって死ぬんじゃないかって心配でたまらないんです。ホクロのガンってあるんでしょう……」と、中学生の男子が不安を訴えて学校の相談室にやってきたことがある。バスケさえしていれば楽しくてたまらない毎日だったのに、ある日を境に彼の世界は死への不安一色に変わってしまったのだ。先にも述べたがこのように思春期体験の死の側面が、不治の病に罹患《りかん》しているのではないかという不安として感じられることもある。急に背が伸びるときの成長痛を、いくら説明を受けても骨肉腫《こつにくしゅ》ではないかと疑い続けている子もいる。

そこまで明確な死の不安といった形を取らず、「死」のイメージだけがある日突然襲ってくることもある。そうなると今までできていたことが急にできなくなってしまう。たとえば朝起きて学校へ行くこと、授業を受けること、部活をすること、友人と話すこと、家族と一緒に食事をとることなど、とにかく「当たり前」のことをするのに信じられないくらいのパワーを要するのである。だから何をしても疲れやすいし、体の不調を訴えがちになる。

このような状態が、死への不安と同じように一過性のこととして、さほど意識しないうちに短期間で過ぎていく子も多いが、自分でも事態がよく飲み込めないままにまったく身動きがとれなくなることもある。そうすると「あんなに元気な子だったのになぜ」と周囲も驚くような不適応に陥ってしまう。Aさんの娘にしても、突然、不登校になったのには、こういった「死」の側面に襲われていた部分もあるだろう。

ホクロが気になると訴えていた中学生の彼は、ある日の面接で「きょうは話をするより、何かわーっと描きたい感じがする」と言って画用紙に向かった。彼はまず画用紙全体をクレヨンの黄色で力を込めて塗りつぶした。そして次に黙って黒いクレヨンを手に取り中心に丸を描き、それからぐるぐると渦巻きを作るように丸を大きくしていって、ついに最後には全体を真っ黒に塗りつぶしてしまったのである。それはホクロがどんどん大きくなって顔が真っ黒になって死んでしまうのではないかという彼の不安そのもののようにも思われた。また明るい世界が次第に真っ暗になっていくというその絵のプロセスそのものに、生と死のせめぎ合いの様子が連想され、彼の抱える死の不安とも重なって感じられた。これは常識的にはとても作品とは呼べないものだったが、彼は真剣な表情で夢中になって描いていた。それからというもの、彼は毎回、相談室に来るたびにほとんど同じ手順で画用紙に向かい続けたのである。彼は、一見、問題の解消には無関係と思える作業（しかも常識的な観点からすると無意味にも思える）に没頭するなかで、一生懸命、死の呪縛と闘っているように思えた。

どんなに前向きな努力を重ねても、死の側面に捉《とら》えられている状態から抜け出すことはとても難しい（直子の姉がそうだったように）。この死の側面の呪縛を解くための必死の試みが、大人の常識から考えるとあまりにばからしく、無駄なことにエネルギーをつぎこむという形で現れることもあるように思う。先に紹介した『ノルウェイの森』の緑も、実のところ苦痛に満ちた死の気配に呑み込まれそうになっている。母は亡《な》くなり、父も母と同じ病気で瀕死《ひんし》の状態なのである。彼女の常識はずれなめちゃくちゃは、死に呑み込まれないための真剣な闘いだったのかもしれない。

さてAさんの娘は、やがて変わったことをし始めた。新聞の折り込みに入っていた造園の広告を目にしたのをきっかけに、庭の設計図を一日中描くようになったのである。木を植えて、砂利を敷き、ここに噴水を……と想像上の庭の中に彼女は自由に木や花を植え、毎日何時間もそして何枚も庭の絵を描き続けるのだった。庭は、家の中にしかいられない彼女にとって、自分の動ける範囲から一番近くにある外界である。一見、何の意味もないようなこの庭の設計図描きだが、彼女はこういう形で自分と外の世界を少しずつリンクさせようとしているのではないかと、Aさんと話し合ってこの時期の様子を見ていた。

ホクロの彼はやがて「何でここに来ようと思ったんだっけ。そうか、ホクロが気になってたんだ」と、笑って相談室を後にし、元気に現実生活を送るようになっていった。しかしこのときに体験した、死に呑み込まれていくような恐怖を通じて、彼はどこかで「死は生の対極としてではなく、その一部として存在している」という真実を感じたように思う。

思春期の異界体験（特にその死の側面）は、現実適応を大きく崩す方向で出ることが多いので、日常の方向から見れば決して歓迎できるものではない。しかし、生のなかに間違いなく死が存在していることを知ってこそ、この世で自分自身を生かしていくための物語の生成が可能になるのだと思う。

第四章　現実の多層性

「見える身体《からだ》」と「見えない身体」

でもやがて、すべては去っていった。舌も、花弁の匂いも、射精の欲望も、頰の上の熱も。そして僕は壁を抜けた。目を開けたとき、僕は壁のこちら側にいた——深い井戸の底に。

——岡田トオル『ねじまき鳥クロニクル』

世界は目に見えているこの現実だけでできているわけではない。違う世界（異界）と何層にも重なりあっている。しかしそんなことを日々実感しながら生きている人はごく少数だ。目に見える現実以外の現実があるなんて考えたこともないという人がほとんどだろう。そういう「普通」の人たちが、違う現実の存在に気がつくのは、残念なことに不幸な出来事がきっかけになることが多い。たとえば命の期限を告知されたときには、見慣れた景色がまったく違ったものに見えてくることがあるという。遠くに見える木々の葉の小さな一枚一枚までがくっきりと鮮やかに目に迫ってきたり、空の色が深みのある美しさをたたえていたりしていることに初めて気がつくということもあるらしい。それは、今まで見ていた現実を「死」

の側、つまり異界の視点から見るとまったく別の層の現実が見えてくるということなのだろう。

この章では、「井戸に降りる」行為の先に存在する「壁抜け」について、「壁抜け」が可能になる次元の層とはどんなものなのかについて、身体性のことを念頭に置きながら考えていきたい。

「壁抜け」をする身体

古来から、身体は大宇宙《マクロコスモス》に対する小宇宙《ミクロコスモス》と考えられてきた。鎌田東二は「古代からさまざまな修行や神秘体験を通して、身体がこの、目に見え、手で触れることのできる身体性だけではなかったことが指摘されてきた。つまり、目に見え、手で触れることのできる今ここにある身体のほかに、目に見えない、より精妙で微細な身体があると考えられてきた」と「見えない身体」の存在について説明している。そしてこの「見えない身体」は、こころやたましいといった目に見えない営みと深く関係していることに触れ、「見えない身体領域は、霊性の次元にかかわっているともいえるだろう」と述べている（鎌田東二『身体の宇宙誌』講談社学術文庫、一九九四年）。また市川浩は、ヴァレリーによる身体の分類から、自分の主観によって規定される第一の身体、他者の眼差《まなざ》しや鏡によって私に送り返される対象身体としての第二の身体、そして解剖学や生理学など客観的な科学的分析の対象となるような第三の身体のほかに、そのすべての身体を超えたところに第四の身体があると述べている。そしてこの第四の身体は、「現にはたらいている現実的統合体としての身体をはなれてあるものではないが、またそれにつきるものでもない。それは現実化されていない潜在的な統合可能性を含む〈遍統合体〉ともいうべき身体であり、別のところでヴァレリーが〈錯綜体《さくそう》〉Implexeと名づけたものに近い」とし、「意識に現われる身体を背後で支えている現われない身体」であるととらえている（市川浩『精神としての身体』講談社学術文庫、一九九二年／『〈身〉の構造――身体論を超えて』講談社学術文庫、一九九三年）。

身体論に踏み込むと、迷って出られない森のなかに入ってしまいそうなので、ここではやや乱暴な分け方であるが、普通の状態では認識することができない錯綜体としての身体を「見えない身体」、それ以外の身体を「見える身体」として論じていきたい。

では『ねじまき鳥クロニクル』で、トオルが最初に「壁抜け」をしたときのことを考えてみよう。

トオルは井戸の底で深い闇《やみ》に包まれていた。どれだけ目を凝らしても、自分の手がどこにあるのかもわからない。「そこにあるはずの自分の体を自分の目で見ることができないというのは不思議なものだった。暗闇の中でただじっとしていると、自分がそこに存在しているという事実がだんだんうまく呑《の》み込めなくなってくるのだ」。彼は手のひらで自分の顔を撫《な》でてみたり、咳払《せきばら》いをして耳でその声を聴いて声の存在を確かめたり、という努力を続けていた。しかし、いくら努力しても、彼の肉体は水の流れにさらわれていく砂のように、少しずつその密度と重さをなくしていった。やがて彼は「肉体などというものは結局のところ、意識を中に収めるために用意された、ただのかりそめの殻に過ぎないのではないか」と感じるようになる。自分の肉体の存在を目で確認できなくなったことで、彼にとっての肉体は、日常を生きるための現実的な肉体から「見えない身体」の位相へとだんだんに変化していったと言ってもいいかもしれない。

そして彼は「夢というかたちを取っている何か」を体験する。それは、もう一つ別の世界に行く体験だった。そこはホテルの一室で、暗い部屋の中に一人の女性がいる。そしてその女性が「もし奥さんをみつけたいのなら、私の名前をみつけてちょうだい」とトオルに訴えかけてくるのだ。そこがクミコに近づくための大事な部屋であることはわかったが、そのときはその女性が誰であるのか、この部屋が何を意味しているのかはまったくわからなかった。そして顔の見えない追っ手から逃げるため、トオルはその女性と一緒に壁の中に滑り込んだのである。そのときの壁はまるで巨大なゼリーのように冷たくどろりとしていた。壁を通り抜けているときに彼は、右の頬の上に激しい熱のようなものを感じていた。そうしてやわらかくなった壁を通り抜けて、ホテルの一室からこちらの世界である深い井戸の底に帰ってきたのだった。

「壁抜け」をするということは、「見えない身体」の位相で起こることである。しかしそれがまぎれもない現実であり、「見える身体」と深く関係しあっているということを、彼はあとで思い知らされる。それは井戸から出て鏡を見たときに明らかになった。壁を抜けるときに熱を感じた右頬に、青黒いあざが刻印されていたのである。

半音違う新たな現実

「見える身体」と「見えない身体」は深く関係しあっている。娘のことで来談しているAさんも、このテーマに直面することになった。

娘がやっと穏やかに過ごすようになったころ、疲れが出たのかAさんは風邪をひいて数日間、寝込んでしまった。体調を崩すのはずいぶん久しぶりのことだった。そして熱がひいた後に、Aさんの身体に信じられないことが起こっていたことがわかった。

Aさんはピアノを弾くことが唯一《ゆいいつ》の趣味だった。娘に食事のことで文句ばかり言われていたときには、さすがにピアノに向かう気持ちにもなれなかったが、好きな曲を奏《かな》でることは彼女にとってとても大事な気分転換だった。熱も下がり、身体のだるさもとれたころ、久しぶりに弾いてみようかとピアノに向かったところ、音が狂っている。すべての鍵盤《けんばん》の音が半音、下がっているのだ。Aさんは完璧《かんぺき》な絶対音感の持ち主だったので、音の狂ったピアノで曲を弾くことはとてもできなかった。半年前に調律したばかりなのにおかしいな、どうして半音も下がっているんだろう、と不思議に思いながら、Aさんはすぐに調律を依頼した。ところが調律を終えて明らかになったのは、ピアノのほうにはまったく異常がないという事実だった。そう、Aさんの耳の聞こえ方のほうが、半音下がっていたのである。この鍵盤はこの音だというはっきりとした音程の記憶が自分のなかにはあるのに、その鍵盤を叩《たた》くと自分の耳には記憶とは半音違う波長が響いてくる。これはAさんにとって、自分が認識していた世界が覆《くつがえ》されていくほどの衝撃的な体験だった。

どうにも納得できないAさんは、耳が一時的におかしくなったのだと考えて病院を受診した。きっと風邪の影響でこういうことも起こるのだろうと自分を納得させたかった。病院ではさまざまな検査が行われたのだが、結局何の異常も認められず、聴力にまったく問題がないことが証明されただけだった。「医学的にはまったく問題がない。ちゃんと聞こえているのなら、何の不自由もないでしょう」と言う医者に、Aさんは自分でも信じられないくらいの凶暴な怒りを感じたのだという。「お医者さんから見るとたいしたことではないかもしれません。でも私には、世界が違って見えるほどのことなんです」とAさんは涙を流した。この体験を契機に、Aさんはこの世は目に見えているこの現実だけでできているわけではなく、違う世界とどこかで重なりあっているのだということを、実感として感じることになった。絶対音感のあるAさんにとっては、波長が違う世界に生きるというのは、違う現実を生きることと同じことだったのだ。Aさんの「見える身体」には医者も太鼓判を押すほど、まったく異常が見られない。しかしAさんの「見えない身体」の次元では、世界の波長がすべて半音下がるという、大きな変化が起こっているのである。

Aさんはやがて、この体験を娘の状態と関連づけて考えるようになっていった。「私にとってまったくたいしたことではないと思うことでも、もしかしたら娘にとっては、それこそ世界が変わるほどのこととして思えていたこともあるのかもしれません。そんなことに私は無頓着《むとんちゃく》だったかもしれない」と、半音違う新たな現実を生きなくてはならなくなった混乱を通して、また一層深いところで娘に近づくことになったのだ。精妙で微細な「見えない身体」の次元の問題に関わらざるを得なくなると、それまでとはものの見え方が変わってくるのである。

「壁抜け」から日常の世界へ帰ってきたトオルにも、現実的な変化が起こっていた。彼が井戸の底から地上に戻り、久しぶりに自宅に帰ると、クミコからの手紙が届いていたのである。それは離婚の意志を伝える手紙だった。井戸に降り、「壁抜け」をして別の世界の位相に開かれたことと時を同じくして、一方的に離婚の意志を伝える手紙という形ではあるが、失踪《しっそう》後のクミコと初めてかかわりをもつことができたのである。

そしてAさんにもこの後、娘との間に今までとまったく違う回路が開けてきたのである。

「あちら側」への螺旋階段《らせん》

Aさんの娘は、友人からのメールには時折返信しているようだが、家からは一歩も出ようとはしないし、風呂《ふろ》にもなかなか入れず、着替えもできない日々が続いていた。でも学校から帰ってきた弟の話し相手をするのは苦痛ではないようで、学校の様子をくわしく聞いては、自分も知っている先生のことを一緒になって話したり、弟が臨む行事について先輩としてのアドバイスを（けっこうえらそうな態度で）与えたりしていた。しかし時折、きっかけがはっきりしないままにものすごく不機嫌になり、何日か部屋に閉じこもってまったく口をきかないこともあった。

彼女が庭の設計図を描く作業に熱中していることについては先に触れたが、やがて彼女は立体的な家の構造や部屋の間取りを描くようになってきた。絵を描くことはもともと好きだったが、毎日、何時間も熱心に紙に向かう様子は、好きで描いているという域を超えて、その作業に自分を捧《ささ》げているといってもいいほどの没頭ぶりだった。Aさんは娘が真剣に絵に向かっている様子を、「まるで写経をしているような真剣さです」と言いあらわしていた。宗教的な何かを感じさせるような取り組みとしてAさんには映っていたのである。そしてあるとき、「すごく、この家の絵は良く描けたと思う」と、一枚の完成した絵をAさんに手渡してきた。自分から積極的に絵を見せてきたのは、これが初めてのことだった。Aさんはその娘の態度と、見せられた絵に特別なものを感じたので、この絵を治療者に見せてもいいかと思い切って娘に尋ねてみた。嫌がって断るだろうと覚悟していたのに、娘はすんなりとOKした。そしてAさんはその絵を持って面接にやってきたのである。

それは、家というよりも塔だった。各階、一部屋ずつという構造になっており、一部屋一部屋が積み重なって、螺旋階段で登っていけるようになっていた。それは垂直に延びている立体的な迷路のようにも見えた。そして最上階は雲の上に出ているくらい高い場所にあるらしく、窓の下あたりに雲が描いてある。

その雲の上に位置する最上階が彼女の居室だということで、部屋の中で膝《ひざ》を抱えて体育座りをしている女の子の姿が描いてあった。この絵には彼女以外の人物は誰も描かれていなかったが、「お母さん（Aさん）の部屋は一階だと思う」とそれだけ説明したらしい。絵をよく見るとその一階のAさんの部屋がこの建物の出入口になっているようだった。

もちろん、この絵を家族画として見ると、自分以外に人物が描かれていないこと、Aさんの居室のみに言及していることなどから、家族に対して彼女がもっているイメージが透けて見える部分もある。しかしこの絵はもっと別の視点で見たほうが、より彼女の置かれている状況を把握できると思う。この絵の中で最も目を引いたのは、他の何よりもはっきりと濃く描かれている室内の螺旋階段だった。塔の外部には梯子《はしご》も何もないが、塔の内部にある螺旋階段は、すべての部屋を経由して、きちんと最上階の彼女の部屋まで通じていた。このことをAさんと確認して、この階段がついている限り、彼女の許《もと》へ行くことは不可能ではないし、彼女も地上に降りてきて、外へ出ることが可能になるのだろうと話し合った。彼女が今、身動きのできない状況なのは、雲を突くような高い場所にいて、地上に降りてこられないためだと考えると納得できた。塔の外から彼女の部屋に入る梯子がないということは、やはり今のところ直接彼女に働きかけることは見合わせたほうがよさそうだ。

「見えない身体」の穢《けが》れ

このAさんの娘が描いた絵には、まだまだいろいろなメッセージが込められている。そのことを考える前に、クミコがなぜ、トオルのもとから失踪しなくてはならなかったのか、そしてクミコがトオルに送ってきていたメッセージとはどんなものだったのかということについて触れておきたい。

これはのちに彼女の手紙によって明らかにされたことなのであるが、クミコは突然、雷に打たれたような強い性欲に襲われたのをきっかけに、仕事仲間をはじめ、さまざまな男性と性的な関係を持つことになった。そしてそのような性的な関係を持っていることに対し、ある時までは何の罪悪感もなく、平気でトオルに嘘《うそ》をついていたのである。そして彼女自身にとってこれは、どうしてこのようなことを自分がしているのか、どうして平和な生活を自ら壊すようなことを自分がしなくてはならないのか、さっぱりわからないことだったのだ。このことを「見える身体」と「見えない身体」の関係で考えてみよう。

　クミコの兄である綿谷ノボルは、ある時から急に、クミコをトオルのいる世界から自分の生きている世界のほうへ何とか引きずり込みたいと考えるようになったようだ。そして綿谷ノボルは、トオルのもとからクミコを引き離すために、クミコに強力に働きかけるのだ。これが具体的にどのような働きかけかただったかは、作品のなかにはまったく描かれていない。つまりこれは「見える身体」を使って現実的に何か働きかけたというのではなく、「見えない身体」の位相でクミコに影響を与えていたということを示しているのではないだろうか。そしてこの兄の強い力の影響を受けて、クミコは「見えない身体」の位相で取り返しがつかないほど穢されてしまったのだと思う。そしてその「見えない身体」を穢された影響が現実の世界にも漏れ出てきて、彼女はわけがわからないままに「こちら側」の「見える身体」を使って、何人もの男性と性的な関係をもつことになったのではないだろうか。

　彼女は、トオルと一緒に暮らすことを願う穏やかな「こちら側」の自分と、何人もの男性と望んで性的な関係をもってしまう「あちら側」の自分とに、引き裂かれていた。「こちら」と「あちら」がまったく別の世界のこととして彼女のなかできっぱりと乖離《かいり》していたときには、クミコはトオルに対して何の罪悪感ももつことはなかった。ところが「あちら側」で関わっていた男性から、「一緒になろう」とプロポーズされたとき、クミコのなかで何かが崩れたようである。これは「あちら側」で関わっているはずの人に、「こちら側」での日常的なつながり方を求められたということである。この瞬間に、クミコは、「あちら側」と「こちら側」をまったく別ものとしてとらえることができなくなってしまい、激しい混乱が襲ったのではないだろうか。そして、その混乱のなかでクミコの「見えない身体」は完全にコントロールを失って「あちら側」の闇《やみ》の世界に閉じ込められてしまったように思う。それと同時に「こちら側」の現実で「見える身体」をもつクミコも、とてもトオルの側《そば》にいるわけにはいかず失踪し、監禁されているわけではないのに、部屋からまったく出ることができなくなった。「見えない身体」に及ぼされた穢れは、「見える身体」に大きなダメージを与えるのである。

「こちら側」のクミコが失踪するしばらく前から、聞いたこともない女の声で性的な誘惑をしかけてくる奇妙な電話がときどきトオルにかかってきていた。トオルにはその電話の意味がまったくわかっていなかった。しかし実のところそれは、クミコが穢されてしまった「見えない身体」を抱えながら、死に物狂いで「あちら側」にあるあの闇の世界のホテルの部屋からトオルに送っていたメッセージだったのである。「あちら側」に囚《とら》われているクミコは、見知らぬ女性の性的な「関係」の誘惑という形をとってしか、今までの「こちら側」での「関係」が危機的な状況にあることを訴える術《すべ》がなかったのだ。クミコはトオルのことを切実に必要としていた。しかし彼女は、それを直接的な言葉として口に出すことはできなかった。だからこそいろいろな方法で、さまざまに形を変えて、必死に何か大きな秘密のようなものをトオルに伝えようとしていたのだ。

これは、問題を抱えている思春期の子どものこととしても考えられる。トオルがクミコの必死のメッセージをいやらしいイタズラ電話だと思って黙殺していたことがあるように、万引き、援助交際、暴力行為などというさまざまな問題行動の形をとって、何か大きな秘密を伝えようとしている子どもの声を、そうと気づかないまま（ひどい場合は気がついていても）大人は黙殺していることがあるのではないだろうか。

さて、クミコが自分を取り戻してこの世で生きていくことが可能になるためには、「あちら側」のホテルに囚われているクミコを救い出すことが絶対に必要になってくる。「見える身体」をもつクミコと現実的に会うことは今のトオルにはできない。万が一、会うことができたとしても、クミコを救うような働きかけは何もできないだろう。クミコの「見えない身体」を闇の世界から救い出さなくては、彼女のたましいはこの世に戻って来ない。そのためには、トオル自身が「見えない身体」の位相で綿谷ノボルの力と対抗していくしかないのである。そこで綿谷ノボルが穢し、損なっていくその「見えない身体」の世界に、トオルは「治療者」として入っていくのだ（治療者としてのトオルについては、また後にくわしく検討する）。それは「こちら側」の現実から見ると、クミコを救うこととまったく関係がないことをしているように見える。しかし、クミコに近づくためにはこの方法しかないのである。だからこそトオルは井戸を必要とし、「壁抜け」の位相に自分をもっていこうとするのである。

クミコが自分のいる場所を必死でトオルに伝えようとしたように、Aさんの娘は、自分の「見えない身体」が存在している場所がどんなところであるのか、このような絵を必死で描くことで知らせてきたように思う。これは彼女の「見えない身体」が住んでいる「あちら側」の家の光景だと考えることもできるのではないだろうか。「あちら側」の家には、家族は誰もいない。自分がたったひとりで塔の上にいるのである。そして「あちら側」に来る可能性があるのは、唯一《ゆいいつ》、Aさんだけなのだ。あえて彼女が一階はAさんの部屋だと思うと言及したのは、そういう意味があったのではないだろうか。また、この絵を治療者に見せることを許可してくれたことからも、Aさんを通じて治療者とかかわる回路も開かれてきたように感じた。彼女の「見えない身体」があの塔の最上階から地上に降り立ち、外へと向かうことができるようになっていく……という大切な治療イメージを、彼女自身が提示してくれているのではないだろうか。

彼女が庭の見取り図を描き始めたころは、庭にも出られない状態の彼女が、絵を描くという回路を使って自分と外の世界を少しずつリンクさせようとしているのではないかと考えていたが、その挙げ句にこの塔の絵が出てくると、その庭の絵もまた違う意味をもってくる。彼女は、この天に届くような塔の基礎工事をするように、さまざまな庭を（これは「地」を意味しているのだろう）何度も何度も描いて土台を踏み固めていたのかもしれない。

超越への回路としての「耳」

Aさんには、「見えない身体」の次元で世界の波長がすべて半音下がるという、大きな変化が起こった。これは彼女にとって、今まで自分が信じていた現実が揺らぐほどのことだった。彼女は絶対音感という形でこの世の音とコミットしていたので余計に、音の聞こえ方が変わるということに大きな影響を受けたのだと思う。それにしても、音の聞こえ方が変わるというのはいったいどういう意味があるのだろう。「耳」という器官は、超越的なものとどう関係しているのだろうか。

「耳」といって村上作品で真っ先に思い出すのは、何といってもキキの「耳」である。『羊をめぐる冒険』のときのキキには名前が与えられていなかったが、主人公の「僕」を導く重要な女性として登場している（また「耳」でキキというのも「聴き」に通じるような気がする）。

「僕」は仕事を通じて、彼女の耳がアップで写された写真と出会い、強烈に魅《ひ》かれる。彼女は「耳」専門のモデルだったが、モデルの仕事をするときの耳は「閉鎖された耳」なのだという。そして実際に髪でいつも耳を隠していた。彼女は娼婦《しょうふ》でもあったのだが、その仕事をするときにも決して耳を出すことはなかった。彼女が耳を出して、なおかつそれを開放したときこそが、彼女が全体として生きているときなのである。だからこそ、めったなことで耳は出さないのである。「耳は私であり、私は耳であるの」と彼女は言う。耳を閉鎖した状態にして隠しておけば、それは自分の「見えない身体」での身体性がまったくかかわらなくなるということなのだろう。「なぜなら、それは本当の私じゃないから」とキキは言う。

彼女の耳について知りたがる僕に、彼女は耳を見せることが彼のためになるかどうかわからない、と言う。それはキキの開放した状態の耳を体験すると、彼の現実が大きく変化する可能性があることを示唆《しさ》していたようだ。この変化とは、「見えない身体」の位相に開かれていくことを意味しているように思う。しかし結局、彼女は開放した状態の耳を僕に見せた。耳を開放した彼女は非現実的なまでに美しくなり、周囲の空気を一変させた。「全《すべ》てが宇宙のように膨張し、そして同時に全てが厚い氷河の中に凝縮されていた。（中略）それは僕の知る限りのあらゆる観念を超えていた」のである。キキの開放された耳は、彼を超越的な場所へ導く力をもっていたのである。

鎌田東二によると、「雷」は「神鳴り」あるいは、「神成り」であるという説明の仕方が古くからあるらしい。そしてこの説明は、神々の出現と音との関係を示していると鎌田は述べている（『身体の宇宙誌』）。また、目で見ることのできない神のことを、音や声、つまり響きをとおして現れる存在だと考えるならば、「音声をキャッチする耳は神々の依代《よりしろ》であるといえるだろう。神々はまず最初に人間の耳に訪れる」と、耳が、日常を超えた超越的な世界に真っ先に開かれているものであることを明らかにしている。そして耳をなぜ「みみ」と呼んだかということについて、「身の中の身」、つまり「身身」あるいは「実実」であると鎌田は論じている。こう考えると、「みみ」という言葉は、生命や霊の依代としての耳の位相をはっきりと示しているといえるだろう。

さてキキの耳は、その後、僕をしかるべきところに導いていった。彼が巻き込まれた非現実的なトラブルに対して、彼女はまったく違う次元から啓示を与えるのである。泊まるホテルを決める時でも、彼女はホテルの名前を僕に順々に読み上げさせ、それを聴いて、ここだ、と決める。すべては音の響きによって決定され、それが間違うことはない。そして僕は亡《な》くなってしまった「鼠《ねずみ》」との会話が可能になる世界へと導かれていったのである。僕はこの旅の四年後、またこのキキの「見えない身体」レベルからのメッセージを受け取り、新たな旅を始めるが、そこでのキキは別の役割を果たしていく。

ところで『ダンス・ダンス・ダンス』で僕と深くかかわる一三歳のユキは、いつもヘッドホンでうるさい音楽を聴いている。彼女は、幼い頃から鋭すぎる感受性のため、さまざまな気配に敏感だった。誰かが怪我《けが》をしそうだとその気配がわかったりするのである。そのような霊媒的な要素を取り繕うことができなかった幼い頃、彼女は感覚を開きっぱなしにしていた。そして感じたことをそのまま言うとみんなから「お化け」と呼ばれて、深く傷ついていたのだった。それ以来、そういう感じ方をしないよう、自分でコントロールして感覚を閉じているのである。彼女は、音楽をじっと聴いているときはあまり警戒せず、リラックスしているのだという。音楽を聴くことが、敏感な感覚を閉じることの代わりになっている部分もあるのだろう。

ユキに限らず、思春期の子どもはイヤホンで一日中、耳をふさいでいることが多い。思春期でなくとも、最近はどこでもイヤホンでお気に入りの音楽を聴きながら移動している人をよく見かける。Aさんの娘も、調子が悪いときには特に大きな音で音楽をかけていた。これは音によって自分と周囲との間に守りのための結界を張り、自分のなかに不要なものが侵入してこないようにしているようにも感じる。この不要なものは、他からの干渉や雑音を意味しているのだろうが、そのなかには、超越的な感覚というものも入っているのではないだろうか。必要以上に感覚が鋭敏にならないよう超越への回路である耳をイヤホンでふさぐことが、こちら側での適応を守ることになっているのかもしれない。

羊男の世界

でも僕は何かを感じるんだよ。何かが僕と繋がろうとしている。……僕はきっと何かと結びつこうとしているんだろう。そういう気がするんだ。ねえ、僕はもう一度やりなおしてみたい。そしてそのためには君の力が必要なんだ。

——僕『ダンス・ダンス・ダンス』

人の身体には、目に見えて手で触れることのできるこの「見える身体」の他に、目にすることのできない「見えない身体」の存在がある。「見えない身体」は、「見える身体」よりも精妙で微細であり、こころや魂の領域と深く関係している。そして世界も目に見えていることの現実だけでできているわけではなく、違う世界——異界——と何層にも重なりあっているのである。前節では、このような現実の多層性について、「見える身体」と「見えない身体」という二つのキーワードを使いながら考えてきた。

『ねじまき鳥クロニクル』の中で主人公のトオルが行った「壁抜け」は、この「見えない身体」の位相で行われたことだと言えよう。その結果、トオルは「見える身体」に青あざを刻印されたが、同時に治療者としての特殊な能力を得ることになった。なぜトオルは、治療能力をもつことになったのだろうか。その問いを念頭に置きながら、治療という観点でみた場合、現実の多層性をどうとらえることが大切なのかを明らかにしていきたい。まずは『ダンス・ダンス・ダンス』から「見えない身体」の位相について考えていこう。

「いるかホテル」という次元

『ダンス・ダンス・ダンス』の主人公「僕」は、決して「現実」適応の悪い人間ではない。悪いどころか、彼ほど適応能力の高い人はなかなかいないのではないだろうか。彼は、「仕事のよりごのみをしなかったし、まわってくる仕事は片っ端から引受けた。期限前にちゃんと仕上げたし、何があっても文句を言わず、字もきれいだった。仕事だって丁寧だった。他の連中が手を抜くところを真面目《まじめ》にやったし、ギャラが安くても嫌な顔ひとつしなかった」のである。たいしたものだ。彼は与えられた仕事に対して常にベストを尽くし、一生懸命に取り組んでいた。その結果、周囲の人々は彼に信頼感や好意のようなものも抱いてくれたのである。目に見える現実での成果しか見ない人にとっては、これ以上何が必要なのかと言いたくなるような状況だろう。しかし「言うまでもないことだけれど、それだけでは足りなかったのだ。全然足りなかったのだ」。このような形で現実適応していても、彼にとってそれはやっと出発点に戻ったというだけのことだったのである。

そして彼は「いるかホテル」へと向かうことを決意する。彼が「いるかホテル」に戻ろうと思ったのは、夢の中でキキの存在を感じたからだった。前節で詳しく論じたが、キキはすばらしい耳の持ち主だった。彼女の開放された耳（つまり「見えない身体」の次元に開かれた耳）は、人を超越的な場所へ導く力をもっている。そのキキの耳の力によって、四年前に「僕」は「いるかホテル」に導かれたのだった。そのキキが夢の中で「僕」を「いるかホテル」に呼んでいる。キキは「僕」を超越的な次元に導く道標《みちしるべ》となる存在なのだ。

さて、この「いるかホテル」に戻るというのは簡単なことではない。「電話で部屋を予約し、飛行機に乗って札幌に行けばそれで終わりというものではない」のである。なぜかというと「それはホテルであると同時にひとつの状況なのだ。それはホテルという形態をとった状況なのだ。いるかホテルに戻ることは、過去の影ともう一度相対することを意味している」のである。つまりこの旅は「見える身体」を使っての物理的な横軸の移動だけで終わるものではなく、「見えない身体」の位相が開かれる場に深く入っていくという意味が含まれているのだ。そしてそこは現実適応と引き替えにしなくては赴《おもむ》けないほどの場所なのである。

この「僕」がみずからの思春期ともう一度つながり直す作業に取り組んでいったプロセスについては前に述べたが、そのプロセスが彼にとって本当に意味をもつ体験になるためには、「いるかホテル」で「羊男」と出会うことが必要だったのである。では「羊男」と出会う次元というのはいったい、どういうものなのだろう。そして「羊男」とはいったい何者なのだろうか。

動き出すイメージ、開かれる次元

札幌にある「いるかホテル」に戻った「僕」は、非常にしょぼかったホテルがいつの間にか二六階建ての巨大なビルに変貌《へんぼう》を遂げているのを見て驚愕《きょうがく》する。しかし同じ場所にある同じ名前のホテルなので、驚きながらもそのホテルにしばらく滞在することにしたのである。やがて「僕」はそのホテルのフロントで働いているユミヨシさんという女性と知り合い、このホテルの中に普通では見えない異質な空間が存在していることを聞く。その空間の存在とユミヨシさん自身に関心をもった「僕」は、その空間に何とかアクセスできないものかと、ユミヨシさんが辿《たど》った通りの方法で（夜、従業員エレベーターで一六階に行くというもの）何回かチャレンジしてみた。しかしそういう試みではその次元への回路は開かれることはなかった。そこは意識的に行こうと思って行ける場所ではないのである。

ある夜、ホテルのバーで一人飲んでいた「僕」は、何の意味もなくエジプト人について考えていたところ、勝手にイメージがどんどん湧《わ》いてきて、そのイメージが展開していくのを止められなくなった。イメージが能動的に動き始めたのである。そしてそのイメージの流れの中に突然、「羊男」のイメージが登場してきた。どうしてこんなところに突然「羊男」が出てくるのか、彼にはまったくわからなかった。それくらい「羊男」の登場は唐突だったのである。そのイメージにぼんやりと包まれながらエレベーターから出たところ、そこは漂う空気がまったく違う、真っ暗闇《くらやみ》の空間だった。彼はその瞬間、もう一つの「いるかホテル」、つまり「羊男」がいる次元へとアクセスしたのである。

このように別の次元へアクセスするときには、イメージの力が大きく関係してくる。それは、意識的に別の次元のことを必死でイメージすると、そのイメージの力によって別の次元にアクセスできるということとはまったく違う。意識的なコントロールを超えて、イメージが自発的に動き出すような状況になると、自然と別の次元への扉が開かれやすくなると考えたほうがいいだろう。このようにして「僕」は「羊男」が存在している、もうひとつの別の現実の中へと入っていったのだった。

「見えない身体」としての「羊男」

さて、この「羊男」の部屋は「僕」にとって、特別な意味をもっている。何しろここは「僕」のための場所なのだ。そして「僕」がいつでもここに帰ってくることができるように、前にあったホテルと同じ名前をこの巨大なホテルにつけておいたと「羊男」は言うのである。「僕の為《ため》に？　僕一人の為にこのでかいホテルの名前が『ドルフィン・ホテル』になっているわけ？」と驚き、「なんだか現実の話じゃないみたいだ」と笑う「僕」に、「現実の話だよ」と「羊男」は静かに答えて、「ホテルはこうして現実に存在しているよ」「おいらもちゃんとここにいる。ここにいてあんたを待っている。……あんたが帰ってこられるように。みんながちゃんとうまく繋がれるように」と言う。

こっちの世界（「羊男」の世界）が、「僕」のために存在していると言いながらも、こっちの世界に引き込まれないために、あちらの世界（いわゆる現実の世界）で決して足を停めてはいけないと「羊男」は忠告する。それに対して「僕」は、「ねえ、君の言うこっちの世界というのはいったい何なんだい？　……この世界は僕のために存在しているんだろう？　もしそうだとしたら、僕が僕の世界に入っていくことにどんな問題があるんだろう？　ここは現実に存在すると君は言ったじゃないか」と訊《たず》ねる。すると、「羊男」は「ここにあるのは、あっちとはまた違う現実なんだ。あんたは今はまだここでは生きていけない。……ここはもちろん現実だよ。……でもね、現実はたったひとつだけしかないってわけじゃないんだ。現実はいくつもある。現実の可能性はいくつもある。おいらはこの現実を選んだ。……でもあんたは違う。あんたには生命の温もりがまだはっきりと残っているんだ」と現実が何層も重なって存在していることについて言及しながら、「羊男」の世界のありようについても説明を加える。

「羊男」と話しているうちに、「僕」はふと「これまでの人生の中でずっと君のことを求めてきたような気がするんだ。そしてこれまでいろんな場所で君の影を見てきたような気がする。君がいろんな形をとってそこにいたように思えるんだ」と気がつく。それに対し、「羊男」は「そうだよ、あんたの言うとおりだよ。……おいらはいつもそこにいた。おいらは影として、断片として、そこにいた」と答えるのだった。そして今「僕」に「羊男」の姿が見えるようになったのは、「僕」がすでに多くのものを失い、行くべき場所が少なくなってきたからなのだ、と答えるのだった。その意味がわからなかった「僕」は「ここは死の世界なのかい？」と思い切って訊《き》いてみた。それに対し、「そうじゃない。ここは死の世界なんかじゃない。あんたも、おいらも、ちゃんと生きている。我々は二人とも、おなじぐらいはっきりと生きている。二人でこうして息をして、話をしている。これは現実なんだ」と「羊男」は説明するが、いくら説明されても「僕」には理解できなかった。

さて、この「羊男」とはいったい何ものなのだろう。「僕」のために存在しているという「羊男」。そして「僕」が自分の人生の中でずっと追い求めていたという「羊男」。「僕」と同じくらいはっきりと生きている「羊男」。この「羊男」のことをどう考えればいいだろう。それにはさまざまな見方が可能だと思うが、ここではこの見方を提示したい——「羊男」は「僕」の「見えない身体」なのではないだろうか。

「羊男」が現れるとき

ではここで、「羊男」が「僕」の「見えない身体」であるという見方を踏まえて、「羊男」の役割について考えてみよう。

「僕」と四年ぶりに出会った「羊男」は「あんたのことを話してごらんよ。ここはあんたの世界なんだ。……あんたにはきっと話したいことがあるはずだよ」と静かに促す。そして「僕」は「何とか自分の生活を維持していること。でも何処《どこ》にも行けないこと。何処にも行けないままに年をとりつつあること。誰をも真剣に愛せなくなってしまっていること。そういった心の震えを失ってしまったこと。何を求めればいいのかがわからなくなってしまっていること」など、自分の置かれている状況について正直にこころを開いて語る。「僕」は、現実的にかかわっている物事に対しては自分なりにベストを尽くすし、かなり有能かつ器用にこなしていくことができる。しかしその現実が何か自分の大事なものとつながっている実感がないのだ。つまり、「見える身体」の現実での横軸は何とかつながることができているけれど、自分の中の縦軸が途切れてしまっているのである。この自分自身の縦軸とのつながりが途切れるということは、超越的な次元——見えない身体（羊男）の次元——と自分自身とのつながりが切れているということである。それは、自分自身のたましいと切れている状態だと言えるだろう。そのつながりが切れていると、現実の横軸でどれほどの経験をしても、それぞれ打ち上げ花火のようにそのときだけの単発の出来事にしかなり得ず、ひとつの大きな流れをもった意味のある体験として感じられなくなってしまうのだ。

「僕」は羊男に向かって「僕が辛《か》ろうじて繋《つな》がっていると感じるのはこの場所だけなんだ」「僕は自分がここに含まれているように感じてきた。ここがどういう場所なのか僕にはわからない。でも僕は本能的にそう感じるんだ。僕はここに含まれているんだ」と語る。彼にとって自分自身の縦軸とつながっていると「本能的に」実感できる場所はこの「見えない身体」の（「羊男」の）次元だけなのである。

「羊男」は「ここでのおいらの役目は繋げることだよ。ほら、配電盤みたいにね、いろんなものを繋げるんだよ。ここは結び目なんだ――だからおいらが繋げていくんだ。ばらばらになっちまわないようにね。ちゃんと、しっかりと繋げておくんだ。それがおいらの役目だよ。配電盤。繋げるんだ。あんたが求め、手に入れたものを、おいらが繋げるんだ」と、自分の役割について語る。これが、「見えない身体」の役割なのではないだろうか。

「見える身体」をもつ「僕」が何かと本当に結びつこうとするときには、「見えない身体」（「羊男」）のつなげる力がどうしても必要となってくる。先にも述べたが、「羊男」は、「僕」が巡り会うひとつひとつの出来事を、ただの出来事のつながりとして横につないでいくのでなく、体験として「僕」自身の縦のつながりのなかに結びつけていく役割をしているのである。これは、「見える身体」の位相と、「見えない身体」の位相をきちんとつないでいくことに他ならない。そして、これは超越的なもの（「見えない身体」の位相）と、この地上のもの（「見える身体」の位相）という天と地をつなげていく作業でもあるのだ。

僕は「羊男」の世界を通じて、つまり配電盤としての彼を通じていろんなものとつながっているのだが、そのつながりに混乱が生じている。「僕」がうまく何かを求められなくなってしまったから、結び目が上手《うま》く機能しなくなり、混乱が生じてしまっているらしい。本来ならば「羊男」の世界は、目に見える現実の次元に不用意に侵食してくるものではないように思う。ところが僕がうまく何かを求められなくなり、つながりに混乱が生じた結果、ユミヨシさんのように、「羊男」に関係しなくていいはずの人が、突然、その次元とつながってしまうようなことも起きてきたのではないだろうか。またつながりの混乱という見方とは別の見方をすると、ユミヨシさんが「羊男」のいる世界に足を踏み入れてしまったのは、彼の「見えない身体」レベル、つまりたましいやこころに関係するレベルに彼女は近づくことができる人であるという暗示だったとも言える。だからこそ、その異空間の闇について何か知っているのではないかとユミヨシさんは彼と話したい気持ちにもなったのだろうし、僕のほうも初対面の時からなぜか彼女に心ひかれ、二人のあいだにはどこかしら相通じるところがあるように感じていたのだろう。

「僕」は、「羊男」と「いるかホテル」で再会した後、さまざまな出来事に巻き込まれていく。彼はそのひとつひとつの出来事に対して、誠実に、そして意識的にきちんと役割を果たし、自分にとってのスジを通して対処した。つまり、うまくステップを踏んで「踊り続け」たのである。やがて「僕」は、こころの底からユミヨシさんを求めることができるようになり、結ばれる。その後で「僕」は夜中にリアルなイメージを体験する。それは「羊男」がいなくなっているというものだった。求めるものがはっきりとし、行くべき場所がきちんとわかったときに、「羊男」は消えたのである。これは、「僕」の「見える身体」と「見えない身体」のつながりの混乱が解け、きちんとつながることができたため、「羊男」という姿で存在する必要がなくなったということなのではないだろうか。

「羊男」としての治療者

『ねじまき鳥クロニクル』におけるトオルの治療能力の意味について触れる前に、「羊男」の存在のあり方に見られる治療者イメージについて触れておきたい。

心理治療を希望して来談される方は、みな、現実の中に解決が難しい問題を抱えている。そして、現実的なところでどんなに努力をしても、それが解決に結びついていかない苦悩を抱えている人も多い。また、何とか自分の生活を維持しているけれど、どこにも行けないままに年をとりつつあることに非常な焦《あせ》りを感じている人もいる。恵まれた生活を送っているように見える人が、実のところ誰をも真剣に愛せなくなってしまって、苦しんでいることもある。そして、毎日が退屈でたまらず、人生に何を期待したり求めたりしたらいいのかがわからなくなっている若者もやってくる。最後の三つは、「僕」が「羊男」にこころを開いて語った内容の応用であるが、これはこのまま現代を生きる人たちの来談の主訴になりうるものである。

こういう問題は、「見える身体」でどれほど一生懸命努力を重ねたとしてもそれだけでは解決しない。この問題が解決へ向かうためには、自分の心やたましいといった目に見えない営みと深く関係している「見えない身体」との関係を回復することが、何よりも必要なのである。つまり、「羊男」が「僕」の配電盤として、いろいろなことがばらばらになってしまわないようにしっかりとつなげる役割を果たしていたように、面接室という囲われた部屋の中で、治療者はクライエントの配電盤として機能することも必要になってくる。治療者は、クライエントの「見えない身体」が具現化して目の前に向かいあっている存在であるとも言えるだろう。つまりこの文脈で考えると、治療者はそれぞれのクライエントにとっての「羊男」なのである。

「羊男」は、「僕」が「羊男」の世界だけで生きていくようにならないよう、「僕」に必死で「踊り続ける」ことを薦める。「どれだけ馬鹿《ばか》馬鹿しく思えても、そんなこと気にしちゃいけない。きちんとステップを踏んで踊り続けるんだよ。そして固まってしまったものを少しずつでもいいからほぐしていくんだよ。……使えるものは全部使うんだよ。ベストを尽くすんだよ。怖がることは何もない。あんたはたしかに疲れている。疲れて、脅えている。誰にでもそういう時がある。何もかも間違っているように感じられるんだ。だから足が停まってしまう」「でも踊るしかないんだよ」と、現実のなかでの動き方を抽象的な形ではあるが、しっかりと伝えている。これは、先にも述べたが、現実生活の中で起こってくるさまざまな出来事に対して、誠実にかつ意識的にきちんと役割を果たすことの重要性を示唆《しさ》している。

ダンスのステップを踏むときは、ただ漫然とたらたら歩いているときとは全身の動きが全然違ってくる。自分なりのリズムを大切にしながら、意識的に身体全体の筋肉を動かすことが必要になってくるのだ。このように現実の「見える身体」の世界で、自分にとっての動き方を大切にしながらひとつひとつの物事に対して、きちんとスジを通して対処していく姿勢がどうしても必要なのである。

心理療法は、このダンスのステップと同じ意味をもっている。日常の動きが、心理療法という場が加わることによって意識的なものに変わってくるのだ。そして、ダンス（踊りとか舞いなど）は、もともと「見える身体」を天に通じる「見えない身体」の位相に近づけ、天と地を結びつける役割をもっているものなのである。「羊男」の世界とつながっていくことが必要であることはわかったものの、普段の生活の中で何をどうしていけばいいのかまったくわからない状態の「僕」に対して、「羊男」は「踊るしかないんだよ」と言うのである。「羊男」は、「僕」があくまでも日常という現実の中に留まることを支えながら、超越的なもの（「見えない身体」の位相）と、この地上の日常的なもの（「見える身体」の位相）という天と地をつなげていく作業もしているのだ。このような「羊男」のありようが、心理療法場面での治療者のありようと重なる。「僕」が「見えない身体」との関係性をしっかりと取り戻し、自分の求めるものがはっきりしたときには「羊男」の姿は見えなくなった。それと同じように、クライエントが自分の「見えない身体」との関係性を回復したときは、治療者も消えるときなのだろう。

「空き家」になるということ

さて、「見えない身体」と「見える身体」がきちんとつながることが、大きな治療的な役割を果たすことについて、「羊男」の存在を考えながら述べてきた。この視点で見ると、なぜ「見えない身体」の位相で「壁抜け」をした後のトオルが、不思議な治療能力をもつことになったのか理解しやすい。つまり、「見えない身体」の位相に開かれているということは、相手の「見えない身体」にも働きかけることができるということなのだ。

トオルがクライエントと接しているとき、そこには彼の自我はまったく関与せず、「見えない身体」の位相が際《きわ》だつように、目かくしをして視力まで奪われている。そしてトオルは、自分のカラダをまさにカラにして、相手の「見えない身体」をすべて引き受けるための容れ物になる。

「現実感ははるか遠くにしかなかった。まるでひとつの乗り物から、スピードの異なる別の乗り物に飛び移ろうとしているような、不思議な乖離《かいり》の感覚がそこにはあった。その乖離の空白の中では、僕はちょうど空き家のような存在だった。（中略）僕は今ひとつの空き家なのだ」

トオルは空き家のイメージに自分を重ねることで、クライエントの「見える身体」と「見えない身体」が、つながりを回復するための容器になるのである。そしてトオルにとってクライエントは、この空き家に入ってきて、壁だか柱だかに勝手に手を触れているというイメージでとらえられている。そしてこの作業の中でクライエントは、自分の「見える身体」と「見えない身体」が急速に、強力に、つながりを回復していくのを感じたのであろう。週刊誌のチクリ記事によると、このトオルの治療は「信じられないくらい完璧《かんぺき》」なものらしい。

「見える身体」と「見えない身体」の乖離は、現代に生きる人たちの共通の問題だろう。そこをつないでいく作業が面接場面では必要になっている。しかし「関係の回復」はあくまでも「見えない身体」のレベルで行われるべきことであって、これを安易に「見える身体」のレベルの問題に置き換えてしまっては、「見えない身体」との乖離は広がるばかりなのだ。

天と地をつなぐために

現代では科学や医学の急速な進歩によって、「見える身体」がパーツとして切り離され、脳死移植だけでなく、再生医療や生殖医療もどんどん進んできている。このように「見える身体」に働きかける医療が進歩すればするほど、私たちには「見えない身体」のことも同じ真剣さで考えることが求められる。もちろん、医療のことはひとつの例にすぎない。生活全般にわたって「見える身体」の次元での価値観が何よりも尊重される傾向が強くなっているということである。現代社会では、「見えない身体」のレベルのことを日常の生活とひとつひとつ結び合わせて考えていく基盤が失われている。そのため、「見えない身体」について真剣に考えようとする姿勢がどこかでずれてしまうと、一気にオウムのような極端な宗教の世界へと暴走してしまう危険もある。現実との接点を失って「見えない身体」の世界に走ることは、非常に恐ろしい結果を生むことにもなりうるのだ。

現代は「見える身体」と「見えない身体」が大きく隔たっている時代だと言っていいだろう。だからこそ個人的な問題の背景に、この乖離の問題が潜んでいることが多い。そしてそこに視点を向けない限り、個人的な問題も変化していかないことが増えているように思う。するとどうしても「見えない身体」の次元の問題にまで踏み込まなくてはならなくなるのである。

天（見えない身体）と地（見える身体）を結びつけていくための「羊男」的な地道な作業は、それにかかわる治療者が、「見えない身体」に開かれていなければ取り組むことはできない。現実的な日常生活の中で、何に意識的に取り組めばいいのかという実際的な横軸を大切にしながら、それと同時にすべての次元を貫く縦糸を通していくことこそが、治療者の役割ではないだろうか。そのためには、まず治療者が自分の中の天と地を結びつけること、つまり自分の「見えない身体」と「見える身体」との関係に目を向けることが大切だと思う。

「入り口の石」

でも15歳のときには、そういう場所が世界のどこかにきっとあるように私には思えたの。そういうべつの世界に入るための入り口を、どこかで見つけることができるんじゃないかって

——佐伯さん『海辺のカフカ』

世界は何層にも重なりあった現実からできている。しかしそのようなことは普段の生活のなかでそうそう実感されることではない。平穏な日常が覆《くつがえ》されるような問題が起こったときに初めて、好むと好まざるとにかかわらず、別の位相とかかわることが必要になってくることがあるのだ。

このような現実の多層性の問題について、これまで「思春期体験」という視点や、「見える身体」と「見えない身体」というキーワードを用いながら考えてきた。ここでは、『海辺のカフカ』をテキストに、現実の多層性というのはどういうことなのか、また多層的な現実を生きるというのはどういう体験になるのかということについて考えてみよう。とくに、こ

の作品で描かれている「『入り口』を出入りする」とはどういうことなのか、そして、それが今の心理療法の現場の問題とどう関係してくるのかという視点から論じてみたい。それ

「入り口」を開く結合、暴力、血

猫と話ができるナカタさん、そして甲村《こうむら》記念図書館の館長を務める佐伯《さえき》さんは、ふたりとも「入り口」から別の世界（「位相の違う現実」の世界と言ってもいいだろう）へと「出入り」をしたことがある人たちである。この二人が「出入り」をした場所や時代はまったく異なっているのだが、「入り口」が開くときの状況という点から見ると、共通する要素があるのに気づかされる。それは、尋常ならざる結合の力（性の力）、そして暴力と血である。

ナカタさんの場合から考えてみよう。彼が国民学校の四年生のときのことだった。彼は疎《そ》開《かい》先の山梨県にいた。ある日、担任の岡持先生は、ナカタ少年を含むクラスの生徒全員を山に引率して野外実習をしていた。そこで子どもたちが集団昏睡《こんすい》する事件が起こったのである。この岡持先生は、彼らを山に連れて行く前夜、夢と現実の境界が見定められないほどの生々しい性夢を見ていた。そしてそのイメージにずっと支配されたまま、山へと向かっていたのである。そして岡持先生は山の上で予期せぬ月経によって思いもかけぬ血を流すことになった。そしてその血にまつわる出来事によって、岡持先生はナカタ少年に対して無意識に暴力をふるうことになったのだ。この一連の流れのなかで「入り口」は開いたのである。また時

代背景としての戦争があり、夢の中で激しく交わった岡持先生の夫は、やがて戦死する。ここでも暴力による血が流されている。

「入り口」が開いたとき、そこにいた子どもたちは全員、集団昏睡に陥った。その状態を目にした医者が「普通の人間が目にしてはならないものを、何かの手違いでこうして目の前にしてしまっているような」気がするほど、その昏睡の様子は日常性を超えたものだった。子どもたちは全員「入り口」近くまでは行ったようだ。しかしなぜかナカタ少年だけが運命によって選ばれ、「入り口」の向こう側へと足を踏み入れることになったのだ。

そして向こう側の世界から帰ってきたナカタ少年は、人間としての上等な性質はそのまま持ち帰ったが、知的な優秀さは記憶とともにすべて失い、文字も読めなくなっていた。向こう側へ「出入り」をしたことで、こちら側で生きるうえでの大きな犠牲を強いられることになったのである。

では佐伯さんの場合はどうだろう。彼女もとても恵まれた上等な資質をもっている人だった。彼女は小学生のころから決まった恋人がおり、その彼との間に一心同体と言ってもいいほどの完璧《かんぺき》な関係を築いていた。彼女たちは一四歳くらいから日常的に性的な関係ももっていたようだ。そして佐伯さんは、恋人との完全な世界を、外なるものに損なわせないために、みずからの意志で「入り口の石」を開いたのである。なぜなら「入り口」の向こうの世界は、ある限定された意味においては完全な世界だったからである。ところが「入り口」が開くとき、そこにはやはり暴力と血が布置される。あろうことか佐伯さんの恋人の血が流されてしまったのだ。それは学生運動のセクト間の対立の余波を食らったものだった。ナカタ少年のときのような世界全体を巻き込む戦争ではないものの、その背景には想像力を失った理不尽な暴力が動いていたのである。

深く愛していた恋人が死んでしまったのは、恋人との完全な関係を守ろうとして自分が「入り口」を開けてしまった報いだったのだと佐伯さんは気づく。そして彼女はその後の人生を、自分自身を損ないつづけながら深い苦しみとともに送ることになったのだ。しかし本当は佐伯さんも運命に選ばれて、「入り口」を開ける役目をさせられていただけだ。「入り口」の向こう側に行くという体験は、自分では選びようのないことなのである。

「入り口」の向こう側に行くということは、日常的な時の流れを飛び超え、因果関係で成り立っている世界から離れて、もうひとつ別の現実を生きるということである。この次元の現実を直接的な形で体験することは、ナカタさんや佐伯さんの例からもわかるように、この世的には相当な犠牲を強いられることになる。その犠牲の強いられ方は、人によってまったく違うようだ。ナカタさんは、こちら側の記憶だけでなく、向こう側での記憶もまったくもっていない。とにかく、訳がわからないままに空っぽになってしまったのである。

このナカタさんの様子からは、理由がはっきりしないままに問題を抱え、今までできていたことが普通にできなくなってしまっているAさんの娘のことが連想される。もちろんAさんの娘は意識を失ったわけでも、文字が読めなくなったわけでもないのだが、彼女も自分の状況を説明する言葉をもたなかった。違う位相での体験は、簡単に言語化できるものではない。Aさんの娘は、違う位相での体験を言葉ではなく、絵を描くことによって伝えてきた。向こう側の体験は、イメージを通じてしか伝わってこない。向こう側の様子を知るためにはイメージの力がどうしても必要になってくるのである。

「入り口」を出入りすることの光と闇《やみ》

「入り口」の向こう側を体験すること、つまり位相の違う現実での体験は、この世の常識を超えた力に接近することを意味している。ナカタさんは、向こう側から猫と話ができるという特別な能力を持ち帰った。それは非常に限られた範囲の人々に恩恵を与えるささやかな能力であった。

一方、佐伯さんは「入り口」の奥にある古い部屋の中で二つの特別なコードを見つけた。その和音の不思議な響きを彼女はこちらの世界に持ち帰り、そのコードを曲のつなぎ目に使って「海辺のカフカ」という曲を作ったのである。そしてその曲はミリオンセラーを記録する。向こう側から持ち帰ったものをこの世に通じるかたちで表現できたとき、それは優れた芸術として人々のこころを深いところから揺さぶり、温める力となる。けれども、人を変える力をもつほどの優れた芸術作品が生み出される裏では、人間的な幸福は犠牲にされることがある。この曲がヒットしている最中に、佐伯さんは恋人を亡《な》くしたのだ。そしてこの優れた芸術と人間的な幸福との関係は、カフカ少年の父親についても言えることだった。

佐伯さんは、落雷に遭って助かった人にインタビューを行って本を出版したことがあった。雷に打たれても命を失わないというのは、天からの啓示に身を貫かれ、その体験を超えてまた日常へと帰還してくるというイメージと重なる。これは「入り口」を出入りすることと、同じ体験だと言ってもいいかもしれない。だからこそ佐伯さんはこの作業にこころが動いたのではないだろうか。

カフカ少年の父親は、美術大学の学生の頃、雷に打たれた経験があった。そしてその体験以降、本格的に彫刻家として優れた作品を生み出すようになったのである。彼の作品のテーマは、一貫して人間の潜在意識を具象化するというもので、既成概念を超えた新しい独自の彫刻のスタイルは、世界的にも高い評価を得ているらしい。彼も運命によって選ばれ、啓示を受けた人間だったのである。そして向こう側から持ち帰ったものを、彫刻というかたちをとってこの世のものとする能力も持ち合わせている人だったのだ。しかし、そのような素晴らしい作品が生み出される陰で、彼は自分のまわりにいる人間すべてを穢《けが》し、損なっていた。そのためにカフカ少年は幼少期から多くのものを奪われてきたのである。

こちら側の現実では善と悪とははっきりと別れているべきものである。しかし向こう側には、善悪の峻別《しゅんべつ》はない。だから向こう側の世界の力と結びつくことは、善悪の峻別を超えた力と結びつくことになるのである。そのような力がこの世のものとなったとき、それは、偉大な善にも、とてつもない悪にもなりうる。たとえばカフカ少年の父の場合は、その力が人のこころを打つすばらしい芸術としての善にもなるし、人間的なレベルではすべてを損なってしまう耐え難い悪にもなってしまうのだ。

佐伯さんは恋人を失った二〇歳以降の長い年月を、ただひたすら、死が迎えに来るその時を待つためだけに過ごしていた。カフカ少年の父親も、世界的な評価というこの世での素晴らしい成功にもかかわらず、自分の血を引き継いだカフカによって殺されることを求めるほどに、生きることを病んでいた。向こう側の力に圧倒されたとき、この世の生は重みをなくし、歪《ゆが》んでしまう。世界の歪みが正されるとき、このような生にかかわる歪みも正される。そして歪みを正す役割を担《にな》っているのがナカタさんなのである。

善悪の峻別を超えた力

この『海辺のカフカ』は、一五歳のカフカ少年が家出をするところから始まる。彼は家から出ていく日のために、さまざまな準備を冷静に整えていた。これ以上、すべてが歪んでいる場所にいるわけにはいかなかったのである。

彼が四歳のとき母親は姉を連れて家を出ていった。彼は父親と二人きりで残されたのだ。姉は養女だったのだが、母は実子である彼を残し、姉だけを連れて出ていったのである。そのため、自分は母親に愛される資格のない人間なのではないか、自分は呪《のろ》われた人間なので母にも愛されなかったのではないかとカフカ少年はずっと苦しんでいた。この物語は、子どもも時代にたくさんの大事なものを奪い取られていたカフカ少年が、ひどい砂嵐《すなあらし》に巻き込まれるような思春期のイニシエーションをくぐり抜けるなかで、大切なものを取り戻していくプロセスとしてとらえることもできる。世界が生きることを病んでいる状態から回復するプロセスと、カフカ少年が自分の人生から奪われたものを取り戻していくプロセスとが並行して進んでいくのである。

さて、歪みが正されて世界が回復するためには、もう一度「入り口の石」を開ける必要がある。「入り口の石」が開かれるための最初の動きは、世界の歪みに耐えきれなくなったカフカ少年が家出をするという形で始まったのである。彼の家出は、彼個人の問題だけに留まらず、世界の回復のためにもなされなくてはならないことだった。しかしいくら回復のためであるとはいえ、「入り口の石」を開くためには、やはり性による結合の力と暴力と血が布置される。

ジョニー・ウォーカーという洋酒のキャラクターの姿を借りた、ある「力」は、ナカタさんの身体とこころを乗っ取り、ナカタさんの手にナイフを握らせ、大量の血を流させた。それはカフカ少年の父を殺すことにつながる残虐《ざんぎやく》な行為だった。しかしこの恐ろしい体験を契機に、ナカタさんはものごとをあるべきかたちに戻していくという使命に目覚めるのである。

ジョニー・ウォーカーは、暴力と血をアレンジすることによって、ナカタさんを覚醒《かくせい》に導いたとも言えるだろう。そして、性による結合の力は、カーネル・サンダーズの姿を借りたものによってアレンジされた。カーネル・サンダーズは、ナカタさんの旅に同行していたホシノさんにコールガールを紹介し、その後で「入り口の石」の在りかを教えてくれるのである。洋酒のジョニー・ウォーカーは「スピリッツ」に通じ、フライドチキンのカーネル・サンダーズは、「肉」に通じるようである。この二つの力も、向こう側では善悪の峻別などない、同じ力なのだろう。しかしこの力がこの世に現れるときには、善としてのカーネル・サンダーズ、悪としてのジョニー・ウォーカーとして感じられるような形で出現してしまうのではないだろうか。

性も暴力も、向こう側では善悪の峻別などない。しかしその力が直接的にこちら側の世界に入り込んでくると、その圧倒的な力に日常性が脅《おびや》かされる。すると暴力はもちろんのこと、性の力も悪としての側面ばかりが強調される形で表出してくることになる。この性と暴力の問題は、思春期の子どもの問題を考えるうえで決して外せないものである。たとえば援助交際という性も、向こう側の力と結びついている思春期の子どもにとっては、善悪の峻別など超えているのだ。だからこちら側の論理でそれは悪いことだといくら教えても、まったく通じない。そしてそれは暴力に関しても言えることである。性も暴力も、向こう側からやってくる力なのである。

さてカフカ少年の家出を出発点として、世界全体があるべきものをあるべきかたちへ戻すためにさまざまな次元で動き始めた。図書館の助手である大島さんが、彼に深い理解を示してくれたことによって、カフカ少年は安心して内向できる環境を与えられた。このようにしてあらゆる場所とあらゆる次元でひとつずつぬかりなく準備が整えられていったのだ。すべての状況が揃《そろ》ったとき、「失われた道義を隅々まで糺《ただ》すかのように」天から雷が落ちてきた。そしてそのなかで「入り口の石」は開かれたのである。

生の歪みを正す

カフカ少年は、大島さんのアレンジによって、図書館の仕事を手伝いながら図書館の一室で暮らすようになる。そこは佐伯さんの恋人が少年時代に使っていた部屋だった。そして彼は佐伯さんの謎《なぞ》につつまれた人生の断片を耳にするうちに、彼女こそが自分の母親なのではないかと考え始めた。さまざまな状況が符合するように感じられたからである。

やがて彼はその部屋のなかで佐伯さんの「幽霊」を見るようになる。正確にはそれは幽霊ではなく、一五歳の頃の佐伯さんだった。時間と空間を超えて存在している「入り口」の向こう側の一五歳の佐伯さんが、恋人の部屋に住むカフカ少年に引き寄せられて、こちらに「幽霊」として訪れてきたのだった。毎晩、静かに訪れては消えていくその少女に、カフカ少年は強くひきつけられ、恋をする。そしてその気持ちが一五歳の少女としての佐伯さんに対してのものなのか、それとも五〇歳を超えた現在の佐伯さんに対してのものなのか、彼にはわからなくなっていく。

やがてカフカ少年と佐伯さんは性的に結ばれるのであるが、それは実に多義的な結ばれ方であった。一五歳の少女である佐伯さんとの関係でもあり、五〇代の佐伯さんとの関係でもあり、また息子としての自分を母親に受け入れてもらう体験でもあり、佐伯さんの亡くなった恋人として、佐伯さんともう一度結ばれる体験でもあったのだ。

カフカ少年は、父親から呪われた予言の言葉を刻印されていた。彼にはその予言を乗り越えて、損なわれてしまった母との関係を取り戻すことが、これから生きつづけるためにはどうしても必要だった。その予言とは「お前はいつかその手で父親を殺し、いつか母親と交わることになる」というものだ。カフカ少年の父親は、幼い息子にこのような言葉を言いつづけなくてはならないくらい、歪んだ生を生きていたのである。

ナカタさんは、彼のかわりに父親を殺す役割を引き受けた。そして佐伯さんは、カフカ少年と母として交わることによってこの歪んだ予言を別の次元での現実とした。佐伯さんがカフカ少年の実の母親であるかどうかは問題ではない。もうひとつの別の現実のなかで、個人を超えて、母なるものが息子のすべてを受け入れるメタファーとして結ばれたということが大切なのだと思う。また佐伯さんにとっては、恋人との失われた時間を埋めていくことが生の歪みを正すためにはどうしても必要だった。一五歳のカフカ少年と五〇歳を過ぎた佐伯さんは、次元の違う現実のなかでは、同い年の恋人同士にもなるし、母と息子にもなるのである。「入り口」を出入りしたために損なわれたものがもとの形にもどされていくためには、この二人は結ばれなくてはならなかったのだ。

このような次元を超えた体験が必要だからこそ、今、また「入り口」が開かれているのである。向こう側の世界で起きることは、個人としての体験を超えている。生の歪みの回復と、新たなる結合の印として、向こう側から性の力が働いているのである。

このような向こう側の現実について、臨床の現場では夢やイメージを通じて語られることが多い。夢は、もうひとつの現実である。面接場面が向こう側に開かれている場であるとき、このような夢の体験は、生の歪みを正していくための大きな力になっていく。

さて、ナカタさんである。彼は「正しいことであれ、正しくないことであれ、すべての起こったことをそのままに受け入れて、それによって今のナカタがあるのです。それがナカタの立場であります」と佐伯さんに言う。彼は中身を向こう側に置いて帰った「空っぽ」の人間だ。「空っぽ」だからこそ、ナカタさんは善であろうが悪であろうが、すべての歪みをそのままに受け入れ、自分のなかでまっすぐに通していく（これは、『ねじまき鳥クロニクル』のトオルが、「空き家」のイメージのなかで治療を行っていることと、どこか重なって感じられる）。ナカタさんを通過することで、すべての歪みは正されるのである。生の歪みが正されるということは、この場合、きちんと死期を見定めるということも意味しているように思う。そのために、ナカタさんは息子によって殺されることを願っていたカフカ少年の父親を殺すことになったのだろう。そして死がやってくるのをずっと待っていた佐伯さんにも、ナカタさんはその時を告げる。世界をもとのかたちに戻すためには、そうしないわけにはいかなかったのである。そしてそこまでの仕事を終えたナカタさんもまた、この世から去っていく。入り口の向こう側にかかわって損なわれていた人たちは、歪みが正されるときに、誰もこちら側の現実に残ることはできなかったのである。しかしまだ、「入り口」は開かれたままであった。

理解し、ゆるすということ

佐伯さんと多義的な意味合いで結ばれたからといって、カフカ少年の苦しみ自体に大きな変化があったわけではない。彼は森の奥へと入っていき、そこで自分と母親とのことを考える。母親は彼をしっかりと抱きしめることもなく、ただ、「ひときれの言葉」さえ残さず、四歳のカフカ少年から顔を背けて出ていったのだ。そのため彼はひとりで間違った場所に残され、深く傷ついたのである。そのような仕打ちを彼にした母親が佐伯さんであると想像すると、それはあまりに不適切なことのように彼には思われた。そしてカフカ少年は、佐伯さんを通じて母親の気持ちに近づこうとする。もし佐伯さんが自分の母親だったとしたら、そんなふうに僕を捨てなくてはならなかったのには、きっと抜き差しならない理由と深い意味があったからではないかと考えるのである。どんなに息子である自分を愛していたとしても、捨てないわけにはいかなかった母親のこころを理解し、その痛みを自分のこととして受け入れ、ゆるすことが必要だと気づくのだ。これは、心理療法で行われていることの中核部分であると言えよう。現実の母親との関係が変化することが叶《かな》わなくても、自分の内側の現実のなかで母親との関係の変化を目指すことは可能なのである。

彼は、母親が味わっていた圧倒的な恐怖と怒りを理解しようとする。しかし愛しているはずのものを、傷つけることがわかっていながら敢えて捨てなくてはいけないほどの恐怖と怒りがどういうものなのか、なかなか理解できない。誰かを深く愛するということが、その誰かを深く傷つけるのと同じことになってしまうのはなぜなのか、まったくわからないのである。

カフカ少年は佐伯さんが自分の母親かもしれないという仮説を抱いたまま、森の奥に進み、入り口を超えていく。入り口の向こう側の現実を体験しなくては、母親との関係を見直すことはできなかったのである。そこで彼は一五歳の佐伯さんと出会う。しかしそこでは彼女は名前をもたず、彼が望む限りいつでもそこにいるという存在だった。いつでも必要としたら必ずそこに望む相手が存在する世界というのは、自他の区別がない世界である。「つまりあなたが森の中にいるとき、あなたはすきまなく森の一部になる。（中略）あなたが私の前にいるとき、あなたは私の一部になる」というように、世界と融合する体験なのである。入り口の向こう側の完全さというのは、このように個人も時間も超えたところにあるのだ。

そこに五〇代の佐伯さんがやってくる。そして佐伯さんはカフカ少年に対して、もとの世界へ戻るように言う。このときの佐伯さんがカフカ少年に伝える言葉も、実に多義的である。亡《な》くなった恋人に語りかけている内容のようでもあるし、母親として捨ててきた息子に伝えている内容とも取れるのだ。そしてゆるしを乞《こ》うてきた佐伯さんに、カフカ少年は「佐伯さん、もし僕にそうする資格があるのなら、僕はあなたをゆるします」と言うのである。これはカフカ少年が母親をゆるした瞬間であり、佐伯さんの恋人が彼女をゆるした瞬間でもある。歪みは正され、呪縛《じゆばく》が解かれたのである。個人を超えた場所では、個人を超えたゆるしが行われ、それは世界を変えていく力になる。佐伯さんは自分の腕から血を流し、その血をカフカ少年に与えた。暴力によって流される血ではなく、育《はぐく》んでいくための温かな血が受け継がれたのである。

「入り口」が開いている状態というのは、向こうの世界で起こることが、こちらの世界に大きく影響する状態である。つまり、向こうの世界でひとりの少年が自分の人生で起こった取り返しのつかない出来事をすべてゆるし、生き続ける意志をもつことが、こちらの世界全体が息を吹き返していくことにつながるのである。

さて、さまざまなことが起こり終わったら「入り口」は閉じられなければならない。邪悪なものがこの通路を出入りしたら、世界は混乱してしまう。その大事な役割は、ナカタさんの旅に同伴していたホシノくんが引き継いだ。ホシノくんも、大島さんも、大島さんの兄も、みんながそれぞれの場所で、それぞれの役割を精一杯、果たしたのである。

「海辺のカフカ」を聴く

自分を取り巻く世界の歪《ゆが》みに耐えられないとき、カフカ少年の家出のように思春期の子どもは問題行動を起こすことがある。思春期の問題について深く考えると、その子自身のパーソナルな問題を超えて、世界の歪みを正していくための動きなのではないかと考えさせられることがある。そして周囲の大人たちは子どもの問題を通じて、自分たちの歪みを正されることになるのだ。子どもの問題にまつわる親との面接のテーマはそこにあるし、治療者はもちろんのこと、その子どもにかかわっている人すべてがこのテーマを生きている。誰もが、それぞれの場所で、それぞれの役割を精一杯、果たさなくてはならないのだ。

「入り口」はいつ、開くのかわからない。いつ当たり前の日常が崩れてしまうかはわからないのだ。「入り口」が開き、違う位相の現実に不用意に足を取られることになるのは非常に危険なことであるが、「入り口」の向こう側の世界のことに無自覚なままでは、この世の傷や苦しみが救われることにはならない。では、私たちはどのようにして「入り口」とかかわることが大切なのだろう。どこに「入り口の石」はあるのだろうか。それは、イメージの力、つまり想像力に関係してくるように思う。言葉で表すことができないものを感じとり、それを何とかこちら側で通じる言葉にする努力を続けていくことこそが、向こうの現実とこちらの現実をつなげていくことになる。「海辺のカフカ」の曲のつなぎ目にある不思議な和音は、最初のうちは間違った不適当な和音にしか聞こえない。子どもの問題行動が、それまでの調和のとれた世界を乱す不協和音に思えるように……。しかしその和音は「入り口」の向こうから響いてくるものだ。どこまでも耳を澄ませて、注意深く、向こう側から響いてくるこの不思議な和音を聴きとろうとする想像力こそが、世界と世界を結びつける力になる。この不思議な響きがこちらの世界に深みを与えている……このことを感じとる想像力が、私たちの「入り口の石」になるのではないだろうか。

イメージの力

遅くならないうちにここを出なさい。森を抜けて、ここから出ていって、もとの生活に戻るのよ。入り口はそのうちにまた閉じてしまうから。そうするって約束して

——佐伯さん『海辺のカフカ』

はっきりと目で見ることができない違う位相の存在は、イメージを通じて感じとるしかない。そこで感じとったものはそう簡単に言葉にできるものではないが、この世での歪みや傷の問題に直面しなくてはならない心理療法の現場では、そこで感じとった何かを何とかこちら側の言葉に置き換えていく努力を続けていくことが必要となってくる。その努力こそが、違う位相の現実と、生身の身体が生きているこの現実とをつなげていく「入り口」になるのである。

さてこの節では、「入り口」の向こう側とかかわることが心理療法の現場の問題とどう関係してくるのかを結びあわせていきたい。では、不登校の娘のことで来談しているAさんの

事例のその後を紹介しよう。

心をなくしたイメージ

まったく家から出られなくなったAさんの娘は、一心に塔のような家の見取り図を描くようになった。彼女が囚《とら》われているもうひとつ別の世界の住まいを表しているようなその絵には、母親であるAさんの部屋が塔への入り口として描かれていた。これはAさんを通じて「向こう側」と「こちら側」がつながる可能性を示唆《しさ》しているように思われた。

彼女がそのような絵を描く直前には、世の中の音がすべて半音下がって聞こえるようになるというとんでもない事態がAさんの身に起こっていた。この体験を通じて、Aさんは現実は目に見える事実だけでできているのではなく、多層的なものであるということを実感するようになった。そんなAさんの変化に呼応するように、娘の描く絵は、「向こう側」の「見えない身体」が住む場所に、Aさんだけは来ることが可能であるというイメージを喚起するようなものに変わっていったのである。

それからもAさんの娘は、描いた絵を何度かにわたってAさんにことづけて治療者にも見せてくれたのだが、いつも自己イメージと思われる人物がひとりだけ、塔の中でいろいろと動いている様子が描かれていた。しかしやがて絵の中に他の人物が描かれるようになってきた。それはいつも四人だった。自分と、将来の結婚相手と生まれた子どもたちとおぼしき人物が描き込まれている絵もあった。いや、もしかしたら両親と幼い頃の自分と弟なのかもしれない。とにかくいつも、四人家族が描かれているのである。しかしこの四人が描かれている絵を見たとき、何とも言えない違和感があった。それは多分、人物の描き方によるものだと思う。すべての登場人物が正面を向いてにっこり笑っている。お互いに向かいあうことなく、貼《は》り付けたような同じ笑顔でこちらを向いて笑っているのである。きちんと丁寧に描かれてはいるものの、筆の勢いがなく、生きている印象がない。今までにひとりきりで描かれていた人物は、人物としての厚みと温もりをもった筆致で描かれていたが、四人描かれるようになってからは、途端に記号化された人物になってしまったのである。人物が出てきてよかった、笑顔でよかった、とは言いがたいような印象をその絵からは受けた。

カフカ少年が森の奥へと入っていった先の世界（「入り口」の向こう側）は、彼が望む限り、いつでも望むものがそこにある場所だった。そこで彼は会いたくてたまらなかった一五歳の佐伯さんと出会うが、そこでは彼女は名前をもたず、彼が望む限りいつでもそこにいるという存在だった。入り口の向こう側の完全さというのは、このように個人も時間も超えたところにある。だから、個人と個人のつながりとして考えると、まったく血の通った感じがしないのである。『世界の終りとハードボイルド・ワンダーランド』での、心をなくしているがゆえに完璧《かんぺき》さが保たれている「世界の終り」のありようと同じイメージである。

どこまでも静かで平和なのだけれど、生命力のようなものがまったく感じ取れない……という印象がAさんの娘の絵の人物からは想《おも》われて、とても気がかりだった。ひとりだけで塔の上にいる絵を描いていたときには、こちら側の現実に彼女が戻ってくるための治療イメージが湧《わ》いてきていたのに、家族がすべて描かれている絵を見たときのほうが、何か危ういものを感じたのである。彼女がいる「見えない身体」の位相の世界とこちらの現実をどうつないでいけばいいのか、その治療イメージが湧いてこなかったのだ。

地上に降り立つプロセス

やがてAさんの家族に事故が起きた。Aさんの息子が自転車で転び、そのはずみで腕を骨折したのである。腕に全体重をかけて転んだ場所がコンクリートの角であったことから思いもかけない大けがになり、手術も必要になった。その息子の腕のギプスがまだ取れない時期に、今度は夫が階段の最後の一段を踏み外し、たったそれだけのことだったのに、かかとを骨折し、松葉杖《づえ》での生活を余儀なくされたのであった。この度重なる家族の骨折をきっかけに、Aさんの娘の様子が変わってきた。今まで彼女は居間の一等席を自分の場所として確保し、そこをどうしても動こうとはしなかったのだが、その場所を父親に譲り渡した。そこが一番動線が少なく、あらゆることができる場なのである。そして父親が足をひっかけて転ばないようにと、どうしても整理することができず積み上げたままになっていた雑誌を、紐《ひも》でくくって倉庫へ片づけたのである。また、利《き》き手がギプスで動かない弟に代わってジャムの瓶の蓋《ふた》を開けてやったり、飲み物を取りやすい位置に動かしたり、服の着替えも手伝ったりと、実に細かな日常的な配慮をした。この二人の家族の怪我を契機に、彼女は家事に積極的に参加するようになっていった。風呂《ふろ》掃除をすること、掃除機をかけること、そして洗い物をすることなど、日常を一つひとつ整えていく作業を手伝うようになっていったのである。

家事に参加するようになってから、彼女はまったく絵を描かなくなった。家事をする以外は、またゴロゴロしながらテレビを見たり、雑誌をながめたりして過ごすのであるが、この変化には好ましい印象があった。家族の骨折とそれに対しての彼女の献身的な働きは、彼女の別の位相のなかでの「見えない身体」と、こちら側の「見える身体」を結びつけていくような地道な作業につながる出来事のように思えたのである。

これはとてもうがった仮説であるが、それを承知でくわしく述べてみよう。彼女は絵の中で、家族全員を「見えない身体」の位相の現実でとらえていた。つまり、家族全員を森の奥の「入り口」の向こう側の完全な世界に召還していたと考えられるのではないだろうか。「入り口」の向こう側に行くということは、日常的な時の流れを飛び超え、因果関係で成り立っている世界から離れて、もうひとつ別の現実を生きるということである。彼女は向こう側での、静かで平和な、何の問題もなくにこにこ笑うだけの家族のイメージを描いていた。そのイメージに浸り続ける限り、彼女はその世界から抜け出せない。それは、カフカ少年が森の奥の向こう側の世界にずっといることとどこかで重なる。それはこちら側の現実から、完全に退去してしまうことになるのである。だから穏やかではあるが生命力のない絵に、あまりいい印象をもたなかったのだと思う。そんななかで、現実の家族の「見える身体」に骨折という問題が起こり、彼女は否《いや》が応でも、現実の位相のなかでの「見える身体」に対する配慮をせざるをえなくなった。このことが、彼女のなかの「見える身体」と「見えない身体」の位相を結びつけていく動きになったのではないかと思う。また彼女が塔の上にある螺《ら》旋《せん》階段を下って、地上に着地するような構造の絵を描いていたことから、この螺旋階段を伝って地上に降りて、そこからこちらへ戻ってくるような治療の流れを思い浮かべていた。その流れから考えると、父親が階段の最後の一段を踏み外して骨折したということは、彼女が地上に着地することの困難さと同時に、いよいよ彼女のなかで地上に降り立つ動きが始まっているのかもしれないというイメージが湧いてきた。

「見えない身体」の位相が強くなりすぎているとき、「見える身体」との関係を取り戻す動きは、「見える身体」に問題が起こるというかたちをとることがある。現実的な部分で自分をコントロールしてしっかりと動けるようになっていく前に、高い熱が出たり、体調が極端に崩れたり、怪我をしたりという「見える身体」のほうに重大な問題が起こることもある。不登校だった子どもが、登校を始める前に大きく体調を崩すことはよく経験するし、離人感がなくなるときには、厳しい身体症状が前面に出ることがある。そして「見える身体」が回復していくプロセスのなかで「見えない身体」の位相と「見える身体」がひとつになっていくことがあるように思う。当然であるが、「見える身体」に何か重大なことが起こったからといって、それが即、「見えない身体」の位相との関係をつなぎ合わせることにはなりえない。あくまでもこの隔たった二つの位相をつなぎ合わせるための状況が整ったなかで、身体にかかわる何かがたまたま起こり、その回復のプロセスのなかで「見えない身体」レベルとのつながりが可能になってくることもありうる、ということである。

二つの世界の交差体験

ではここで身体症状とは違う形で「見える身体」を通じて「見えない身体」への働きかけが有効であったと考えられる例を紹介しよう。この事例については他所でくわしく述べたので（「思春期のイニシエーション」〈河合隼雄監修〉『心理療法とイニシエーション』岩波書店、二〇〇〇年）、ここでは簡単に紹介する。

そのクライエントは高校生の頃からもう何年も、家から一歩も出ることができない状態だった。ところが、母親が整体に通い始めたのをきっかけに自分もそこへ通うようになり、家から定期的に出かけられるようになったのである（この事例も母親面接のみでのかかわりだった）。

整体に行くという出来事が起こる一年ほど前から、このクライエントは分数を分数で割るということがいったいどういうことなのか知りたいと、分数の割り算の意味について説明してある本を一生懸命読むようになっていた。彼女はずっと長い間、この分数の割り算の他にも、もうひとつ疑問を抱いていた。それは一メートルを三で割っても割り切れないのに、一メートルのひもは三等分することができるのはなぜかということである。これは永遠に割り切れない世界と割り切れてしまう世界とが同時に存在しているということを自分のなかでどう結びつけていくのか、というテーマを考えているということなのだと思う。

かなり長い間、彼女はこの二つの疑問に取り組んでいた。そしてやがて、意味がやっとわかったと、非常に喜んで母親に報告があり、それをまた母親も大事なこととして治療者に伝えてくれた。日常的な生活感覚のみでは理解できない、この数学の意味を理解できたとき、それは彼女にとっては超越的なものと自分の日常とがクロスするような深い体験につながったようだった。それは自分が頭で理解したことが、身体レベルにまでつながっていくような、まさに「腑《ふ》に落ちる」感覚なのである。これは理論と、具体的に目に見えるものとがはっきりと交差する瞬間に、宇宙の理《ことわり》に近づいたような身体感覚をともなった知的スパークが起こったと考えてもいいのではないだろうか。この感覚を知ることは、「入り口」の向こう側のことを想像力によって感じとることと同じだと思う。

整体は西洋医学のように悪い部分を病因として特定してそこを改善するために直接的に働きかけるのではなく、身体を気の流れでとらえて、全体的なバランスを整えていくことで結果的に悪かった部分も良くなっていくという考え方をする。つまり身体を、内臓や筋肉、骨、血管、神経などでできているパーツの集合としての肉体ととらえるのではなく、気の流れの通路である経絡《けいらく》が作用している場と考えるのである。そしてその考え方から、身体はただ一個の肉体として閉じられているものではなく、そのまま宇宙とつながるための通路として開かれているものであるとされるのである。このクライエントがこのようなことを意識していたとは到底思えないが、分数の割り算が「腑に落ちた」あとで、今度は自分の身体を通じて超越的なものと交差する体験を行おうとしているように感じた。そんなときに、たまたま母親が腰を痛めて整体に通うようになり、整体の存在を知ったのである。このクライエントにとっての整体の意味は、肉体という「見える身体」を通して、自分のなかの「見えない身体」に働きかけることが可能であることを実感することであり、限界のある「見える身体」のなかに無限の「見えない身体」が存在することを知ることではなかったかと思う。そしてそれは彼女が数学で感じた、永遠に割り切れない世界と、割り切れてしまう世界とが同時に存在しているということを自分のなかでどう結びつけていくのか、というテーマにも通じることなのだと思う。その一見、同時に存在するはずのない矛盾する世界を結びつけているものが身体なのではないだろうか。

もちろん、このクライエントが整体をきっかけに外出できるようになったからといって、引きこもりには整体がいいのだなどと言う気はまったくない。クライエントのなかでさまざまな内的な準備が整い、体験の機が熟したから、整体を受けることが現実的な変化へと結びついただけである。そしてその後、このクライエントは必要がなくなったらすぐに整体へ通うのを止《や》めた。整体を通じて「入り口」の向こう側とこちら側を結びつけ、その作業を終えたら「入り口」を閉じるように、整体も終わったのである。

さてAさんの家族の場合は、Aさんと娘が「見えない身体」の位相に強くシフトしていたときに、残りの二人の家族が、まさに身体を張って「見える身体」に対する意識を強めるような事態をアレンジしたようにも考えられる。もちろんこれは意図せずに行われたことであり、弟や父親にしてみれば、それは不幸で不便な事故でしかない。しかし今までの経過のなかでは、どんなに弟が熱を出そうが、父親が体調を崩していようが、まったく自分のペースを崩すことなく過ごしていたAさんの娘が、今回の件ではまったく違う動きをしている。まるで家族全体で、「見えない身体」が生きる超越的な世界と、この世で生きるための「見える身体」とを、きちんと交差させようとしているようにも感じたのである。

実のところ、臨床場面ではこういうことは結構ある。「見えない身体」レベルの問題を抱えている本人の状態が佳境に入ってきたとき、家族の誰かが体調を大きく崩したり、Aさんの家のように骨折などというかたちで負傷者が出たりして、否が応でも現実の「見える身体」にしっかりとかかわることが必要になってくることがある。もちろん、問題を乗り越えていこうとしている本人の身体に同じようなことが起こることもあるが、家族全体でバランスを取るようにして引き受ける場合もあるように思う。家族の病気や怪我、もしくは家族が巻き込まれたトラブルなどを、このような全体的な視点を持って読み込みながら、そこで現実的にどうコミットしていくのかを丁寧に吟味していくことも、「入り口」の向こう側の位相とこちら側との問題を考えていくうえでは大切なことである。

通路としての思春期のからだ

さて、身体のことを考えるにあたってカフカ少年のことを思い出してみよう。彼は、自分の身体をコントロールすることに努力を惜しまない。彼は自分のからだを鍛え上げ、きちんと整えようととても意識している。

家出先でも決められたラウンドでの筋トレを欠かさないし、食事にも気を遣っている。まったく自分を知らない人だらけの街にいて、家出少年であることを見とがめられるのではないかと緊張して顔も身体もこわばっていたときでも、体育館でストレッチをして筋肉をほぐしているうちに、「少しずつ落ち着きを取り戻してくる。僕は僕という入れ物の中にいる。僕という存在の輪郭が、かちんという小さな音をたててうまくひとつにかさなり、ロックされる。これでいい。僕はいつもの場所にいる」と感じることができるのである。このように思春期の男子にとっては、自分のからだをコントロールする術《すべ》をもつということは、自分の「見えない身体」の落ち着き場所を「見える身体」のなかに確保することにつながることもある。

そんな彼であるが、なぜか学校では抑えがきかなくなることがあるのだ。「頭がかっとすると、まるでヒューズが飛んじゃったみたいになる。誰かが僕の頭の中のスイッチを押して、考えるより先に身体《からだ》が動いていってしまう。そこにいるのは、僕だけど、僕じゃない」という状態になってしまうのである。そのため彼はクラスメイトに暴力を振るってしまったこともあり、ある種の問題児として扱われていたようだった。どれほど努力をしていても、自分のコントロールを超えたところからくる衝動に、彼の身体は抗《あらが》うことができないことがあるのだ。

臨床現場でも、カフカ少年と同じような状況の子どもとはよく出会う。落ち着いているときにはとてもよくものがわかっているのに、些細《ささい》なきっかけであっても頭の中のスイッチが押されてしまうと、暴力行為に及んでしまうのである。そしてそのときのことを振り返っても、どうしてそこまでの行為をしなくてはならなかったのかが自分でもはっきりしない。大人から理由を強く問われると、「カッとしたから」「ムカついたから」という短絡的な理由を口にするが、本当のところは自分でもよくわかっていないことが多い。

思春期の女子によく見られるリストカットの問題も、この文脈で考えることもできる。なぜリストカットをするのか、という問いに対しては、「ムシャクシャしたから」「切るとすっきりする」「なんとなく」などという答えが返ってくることが多く、それ以上、その行為に関しては言語化がなかなか進まない。彼女たちは本格的な自殺企図のためにリストカットをすることはまずない。こちらで生きるためのバランスをこういうかたちで取らなくてはならなくなっているのである。

思春期の身体は、変化の途上にあるというその境界性ゆえに「向こう側」に開かれやすく、違う位相からの衝動の通路になりやすい。日常性を脅かす暴力もまた、「向こう側」からやってくるのである。

ところでカフカ少年は、父親から「お前はいつかその手で父親を殺し、いつか母親と交わることになる」という呪《のろ》いのような予言を繰り返し告げられていた。しかも、交わるのは母だけでなく、姉とも交わるというのである。そのうえ、どんなに手を尽くしてもその運命から逃れることはできず、予言は時限装置みたいに遺伝子のなかに埋め込まれていて、何をしようとそれを変更することはできないと幼い頃から告げられていたのである。カフカ少年は、この呪いから何とか逃れようと、家出を決行したのだった。

この言葉を生身の父親が息子に向かって言ったものとして考えると、まったく最低最悪の呪いの言葉である。しかし別の側面から見ると、この不吉な予言は「性」と「暴力」に関する予言であると考えることもできる。成長してある時期になると、この二つの力に圧倒される時が来るだろう、そしてそれはどんなに手を尽くしても逃れることはできないのだという予言として聴くこともできるのだ。思春期は男女ともにこの力に突き動かされやすい時期ではあるが、学校現場では、男子では「暴力」が、そして女子にとっては「性」が問題になることが多い。

性と暴力という「向こう側」の力が、直接的にこちら側の世界に入り込んでくると、その圧倒的な力に日常性が脅《おびや》かされる。先にも触れたように、援助交際という性も、「向こう側」の力と結びついている思春期の子どもにとっては、善悪の峻《しゆん》別《べつ》など超えたものなのだ。だからこちら側の論理でそれは悪いことだといくら教えてもまったく通じない。Aさんの娘も、援助交際が発覚したとき、何でそんなに叱《しか》られなくてはならないのかと居直る風情が見られていたが、それも彼女が「向こう側」からの力に動かされていたからだろう。

前にも述べたが、女性側も、大人の男性に対して思春期が売りになることがよくわかっているので、卒業していてもわざわざ過去の制服を着て援交をすることがある。そして、実はもう卒業している年齢であるということがわかったときに、ものすごく失望したり、怒ったりする男性もいるということから、大人の男性にとっては、「向こう側」に開かれている思春期の身体だからこそ、買う価値があるのだと考えられる。「向こう側」とのつながりは、「こちら側」の硬直している生に何らかの影響を与える。しかし「入り口」にかかわろうとする試みが「向こう側」に開けている思春期の性の力に頼ろうとするものであると、その破壊力に「こちら側」での日常が脅かされ、現実適応を徹底的に崩す危険もある。そして、それはもちろん大人の側だけでなく、向こう側の力に乗っ取られている思春期の子どもにとっても、大変な危険と背中合わせなのである。

「向こう側」から来る性と暴力

もしミュウがわたしを受け入れなかったらどうする？

そうしたらわたしは事実をあらためて呑み込むしかないだろう。

「いいですか、人が撃たれたら、血は流れるものなんです」

――すみれ『スプートニクの恋人』

何か問題が生じたとき、「こちら側」で起こっている事象だけを因果で結びつけて考えても何の解決の方向性も見えないことがある。複雑な問題になればなるほど、「向こう側」との関係を含めて考えていかなくては問題の全体像が見えにくい。しかしいくら「向こう側」の視点を持ち込んだとしても、「こちら側」で起こったことの原因が「向こう側」にあるのだというような単純な考え方に陥ってしまうこともある。そうなるとそれは「向こう側」の視点で見たものとは言えない。たとえば、「向こう側」（異界）への視点が、成仏できない霊とか供養の問題などばかりに還元されてしまうと、それは本来の「向こう側」の視点とはまったく異なったものになってしまう。そして下手をすると、あの世からの啓示ばかりに気をとられて、この世での日常的で常識的な日々の積み重ねを軽視するようなことになる危険もある。

さて『海辺のカフカ』では、「向こう側」と「こちら側」の境界には「入り口の石」があった。この「入り口の石」が開くとき、二つの世界がつながるのである。「入り口」が開き、違う位相の現実に不用意に足を取られることになるのは非常に危険なことである。しかし「入り口」の向こう側のもうひとつの世界のことに無自覚なままでは、この世での歪《ゆが》みや傷が救われることはない。「向こう側」とのつながりは、「こちら側」の硬直している生に何らかの影響を与えるのである。

前節では、『海辺のカフカ』でのカフカ少年の父親の予言などから、「向こう側」の力がこの世に顕現してくるときには「性」と「暴力」といった形を取りやすいのではないかということについて触れた。この節ではこの「向こう側」から来る性と暴力について、村上春樹の『スプートニクの恋人』を中心に読み解きながら考えていきたい。

「向こう側」と「こちら側」を結ぶ通路

『スプートニクの恋人』の登場人物であるすみれは、小説家志望の二二歳の女性である。彼女の頭のなかには、書きたいことがぎっしりと詰まっていたし、よどみなく文章を書くこともできた。彼女の文章には独特の鮮やかさがあり、自分のなかにある何か大事なものを正直に書きろうという、まっすぐな心持ちが感じられた。しかし彼女は、自分のなかにあるものを文章にしてみるといつも、何か大事なものが失われてしまっているように感じていたのである。「水晶は結晶することなく、石ころのままで終わってしまう」のだ。そのため結局のところ、すみれはひとつとして始めと終わりのある作品を完成させることができなかった。彼女はこの物語の語り手である「ぼく」に向かって、「わたしにはもともと何かが欠けているのかもしれない。小説家になるために持っていなくちゃいけない、何かすごく大事なものが」と打ち明ける。そのとき「ぼく」は、すみれに向かって中国の城壁の門の話をする。それはこういう話だった。

昔の中国では、古戦場に散らばっている白骨を集め、それらを塗り込んで大きな門を作った。慰霊をすることによって死んだ兵士が町を守ってくれるように望んだからである。そして門ができあがると、生きている犬の喉《のど》を短剣で切り、その温かい血を門にかけたのである。それは、ひからびた骨と新しい血が混じり合い、そこで初めて古い魂は呪術《じゅじゅつ》的な力を身につけることになると考えられていたからである。

「ぼく」はこの話をすみれに伝え、「物語というのはある意味では、この世のものではないんだ。本当の物語にはこっち側とあっち側を結びつけるための、呪術的な洗礼が必要とされる」と言う。どんなにすばらしいエピソードをつないでストーリーを組み立てたとしても、それがあちらとこちらを結びつける力を持っていなければ、本当の物語として成立することはない。本当の物語は、この中国の城壁の門のように、そこに生きる人々を守る力を持つのであるが、その成立のためには何らかの犠牲が求められるのである。

呪術的な洗礼を終えた城壁の門が、あちら側とこちら側を結びつける門となるというイメージは、そのまま『海辺のカフカ』での「入り口の石」のイメージと重なる。「入り口の石」が開く全体的な状況が整うとき、そこには温かい血が流されることが求められる。それは大きな犠牲を払わなくてはならないものであるが、そのときに向こうとこちらをつなぐ通路が開かれるのである。それは危険なことでもあるが、この通路が開かなければこの世の生に力を与えることもできないのである。

さて、「ぼく」はすみれに恋をしているのだが、すみれは性欲というものを感じたこともなければ、恋をしたこともなかった。「実をいうとね、わたしには性欲というものがよく理解できないの」とすみれは言う。そして本当の物語を作ることができるようになるためには、時間と経験が必要なのではないかというぼくに対して、「経験？　経験の話なんてしないで。自慢じゃないけどわたしには性欲だってないのよ。性欲のない作家にいったいどんなことが経験できるっていうの？」と言う。また、すみれは社会適応がなかなか難しい人だった。ぼくを別にすれば友人もなく、頑迷でシニカルで、気の合わない世の中の大多数の人々とはろくに口をきくこともなかった。服装もめちゃくちゃで、靴下も右と左とで違うものをはいているくらいだった。また気にかかることがあれば、それが夜中の三時であろうと四時であろうと、公衆電話から電話をかけてぼくをたたき起こし、無理矢理にでも話をするのである。つまりすみれは一般的な社会常識からは、かなりかけ離れたところで生きていたのである。

そのすみれが二二歳の春に、「広大な平原をまっすぐ突き進む竜巻のような激しい恋」に落ちた。それはすみれにとっての初恋だった。相手はミュウという名の、一七歳年上の女性だったのである。

引き裂かれた「見えない身体」

ミュウは幼い頃からピアノの演奏に優れていた。ピアニストとしての将来が彼女の前には明るく開けているように見えていたが、あるときを境に彼女は二度と鍵盤《けんばん》に手を触れなくなったのである。それは二五歳のミュウが遭遇した奇妙な事件と深い関係があった。

一四年前、ミュウはスイスのある町で、ふとした手違いから、観覧車のなかにひとりで一晩閉じこめられてしまった。そして閉じこめられた観覧車のなかから自分のアパートの部屋を双眼鏡で覗《のぞ》いたミュウは、激しく混乱する。その部屋のなかには自分自身がいたからである。そこにいるもうひとりの自分は、フェルディナンドという男と性的な関係を持っていた。その男は、ミュウが日頃嫌悪《けんお》している男性だったのに、部屋のなかのミュウは喜んで彼を受け入れているのである。翌朝、ミュウは意識を失った状態で観覧車から助け出された。腕と顔に少なからぬ数の擦過傷があり、ブラウスは血で汚れていたが、ミュウがどのようにして傷を負うことになったのか誰にもわからなかった。そして彼女の髪は一夜にしてすべて真っ白になってしまっていたのである。

「わたしはこちら側に残っている。でももう一人のわたしは、あるいは半分のわたしは、あちら側に移って行ってしまった。わたしの黒い髪と、わたしの性欲と生理と排卵と、そしておそらくは生きるための意志のようなものを持ったままね。そしてその残りの半分が、ここにいるわたしなの」とミュウは言う。彼女はこの事件以来、誰とも肉体関係を持つことができなくなった。そして決定的に引き裂かれてしまった半分の自分は、「まだ向こう側にきちんと存在しているはずなの。わたしにはそれがわかる。わたしたちは一枚の鏡によって隔てられているだけのことなの。でもそのガラス一枚の隔たりを、わたしはどうしても越えることができない」のである。

観覧車のなかに閉じこめられていたのは「こちら側」で「見える身体」を持っているミュウである。そして部屋のなかにいたのは、「向こう側」にいる「見えない身体」の位相でのミュウだと言えるだろう。そして「向こう側」のミュウが穢《けが》されたことによって、ミュウの「見える身体」と「見えない身体」は暴力的に引き裂かれたのだ。「見えない身体」に及ぼされた暴力が、「見える身体」のミュウの身体にも傷を作っていたのである。

この体験の後、ミュウは音楽を作り出すための力を失い、ピアノをやめたのであるが、彼女の現実適応が崩れたわけではない。それどころか、亡《な》き父親に代わって会社をきりもりするし、肉体関係なしでという条件で幼なじみの優しく有能な男性と結婚して、穏やかな生活を送っているのである。「見えない身体」がいかに穢されていても、そのことを実感せず、乖離《かいり》して忘れてさえいれば、表面的な現実適応は崩れないですむのである。しかし、その引き裂かれた「見えない身体」ごとミュウにかかわりたい、と熱望するすみれの存在によって、事態は大きく動いたのである。

さて、性欲のないすみれは、男性としての「ぼく」にはまったく関心を抱いていない。「ぼく」のほうは彼女と恋人同士になれたらどんなに素晴らしいだろうといつも考えていたのだが、すみれはそんなことはまったく想像もしていない。これは「向こう側」に性欲を切り離されてしまっている状態であると言ってもいいだろう。ある意味、二つに引き裂かれているミュウと同じ状態なのである。そしてミュウと出会ったことで、すみれのなかには激しい恋愛感情とともに、ミュウに対する強い性の衝動が訪れた。それは「向こう側」からやってきたものだった。これは、すみれ自身のなかにある大きな亀裂《きれつ》をつないでいく作業でもあったのである。自分のテーマと重なりのないことには、人は決して巻き込まれない。取り組まなくてはならない課題があることを「向こう側」の自分は見逃さない。これは、観覧車の事件に巻き込まれたミュウにとっても言えることだった。

「向こう側」とのかかわり方

黒髪を持っていたころのミュウは、テクニックに優れた演奏はできていたが、それは真に人を深く感動させるような演奏ではなかった。コンクールに出ても、最後の段階で他の人にうち負かされるのである。ミュウは漠然と、「よくわからないけれど、なにか大事なもの。感動的な音楽を作り出すために必要な人としての深み」のようなものが自分には欠けているということに気がつき始めていた。そんなとき、観覧車での事件が起こったのである。これは小説家になるのには、自分に何かが欠けていると感じていたすみれと同じである。ミュウもすみれも、「向こう側」に対して閉ざされていたため、人を深いところから揺さぶる音楽や物語をこちら側につなげることができなかったのである。

ミュウは、「こちら側」の自分の能力と努力に非常に価値を置いていたため、「向こう側」はもちろんのこと、「こちら側」でも、自分が生きている位相以外は見ようともしていなかった。「強くなることじたいは悪いことじゃないわね。もちろん。でも今にして思えば、わたしは自分が強いことに慣れすぎていて、弱い人々について理解しようとしなかった。幸運であることに慣れすぎていて、たまたま幸運じゃない人たちについて理解しようとしなかった。……いろんなことがうまくいかなくて困ったり、立ちすくんでいたりする人たちを見ると、それは本人の努力が足りないだけだと考えた。……当時のわたしの人生観は確固として実際的なものではあったけれど、温かい心の広がりを欠いていた」とミュウは振り返る。

また彼女は一七歳のときから、決して少なくない数の人と寝ていた。そういう雰囲気になればよく知らない人と寝たこともあった。しかし誰かを心から愛したことはなかったのである。彼女にとっての性はその程度のものだったのだ。そしてミュウは「そういう意味では、14年前にスイスでわたしの身に起こった出来事は、ある意味ではわたし自身がつくり出したことなのかもしれないわね」と言う。

この世のことは、努力さえすれば何でもできるはずであるという「こちら側」だけに片寄った世界観で生きていたミュウが、「向こう側」と接触するとき、それは強烈な穢れの侵入というかたちを取らざるを得なかったのだろう。そして生きるための力を得る通路が「向こう側」との間にできるのではなく、すっぱりと二つに引き裂かれてしまったのだ。これは、現代を生きる人々が共通して抱いている課題なのだと思う。

ミュウはこのような強烈なプロセスによって二つに引き裂かれてしまったことで、逆に「向こう側」の世界を強く意識しながら生きることになる。失われたものに対しての深い想《おも》いを秘《ひそ》かに抱えて生きていくことになるのだ。これもある意味では、「向こう側」とのかかわり方だといえるだろう。このミュウのありようが、すみれを強く引きつけたのではないだろうか。

混沌《こんとん》を呑《の》み込む

ミュウの洗練された適応の様子は、『海辺のカフカ』の佐伯さんを思わせる。二人とも「向こう側」と「こちら側」に自分を引き裂かれているが、その亀裂に対して深い自覚を持っている。佐伯さんも、「向こう側」にかかわって以来、自分自身を損ない続けながら深い苦しみとともに生きていたが、見事に洗練された現実適応を崩さなかった。

「向こう側」にかかわるということは、日常的な時の流れを飛び超え、因果関係で成り立っている世界から離れて、もうひとつ別の現実を生きるということである。この次元での現実を直接的なかたちで体験すると、佐伯さんやミュウのように一見「こちら側」の現実は崩れていないように見えても、自分全体で生きているという感覚がまったく持てなくなる。しかし佐伯さんに対してはカフカ少年が、そしてミュウに対してはすみれが強い恋愛感情を持ったように、強烈な吸引力もともなうのである。そしてそこには「向こう側」と「こちら側」を結びつけるものとしての「性」が介在してくるのだ。

ミュウと出会ってからのすみれは、それまでの彼女とはまったく変わっていった。定時にきちんと電車で出社し、きちんとした身なりをし、たばこを吸うのもやめ、パソコンを覚え、秘書としての勤めをしっかりと果たすようになったのである。彼女のなかで何かが開花し、外見もどんどん美しくなっていった。すみれはそんな自分の状態を「遅いめの思春期みたいなものかな。朝起きて鏡を見ると、自分がべつの人間みたいに見えることがあるの」と言っている。たしかにこのすみれの状態は、思春期だと言ってもいいだろう。ミュウに対して理不尽なまでの恋愛感情を抱くというかたちで、「向こう側」からの性による侵入を受けたとき、それはすみれにとって穢されるものとしてではなく、「こちら側」での生を生まれ変わらせる力として現れてきているのである。

ミュウが二五歳で遭遇した事件も、彼女にとっての遅いめの思春期での出来事と言えるかもしれない。そもそも思春期というのは、一定の年齢を区切った時期を言うのではなく、「向こう側」からの侵入を受けた「こちら側」の自分が、「向こう側」とどう結びついて「こちら側」を生きていけばいいのかという問題に直面する時期だと考えたほうがいいだろう。佐伯さんも一五歳のときに「向こう側」にかかわり、それ以降、一五歳を終われないでいた。そしてカフカ少年と性的に結ばれることによって一五歳を完遂したのである。彼女は永遠の思春期を生きていたとも言えるだろう。

ミュウは、引き裂かれてしまった自分の半分といつかどこかで再会して、またひとつに融合することがあるかもしれないという可能性も考えている。しかしそこにはとても大きな問題がある。ミュウは「それは、鏡のどちらの側のイメージが、わたしという人間の本当の姿なのか、わたしにはもうそれが判断できなくなってしまっているということなの。たとえば本当のわたしとは、フェルディナンドを受け入れているわたしなのか、それともフェルディナンドを嫌悪しているわたしなのか。そんな混沌をもう一度呑み込めるという自信がわたしには持てない」と言うのである。

このミュウの言葉からは、まったく何も考えず、とても簡単に性体験を繰り返していた思春期の少女が、突然に自分のしてきた行為の意味を「向こう側」から突きつけられ、いかにそれが自分を穢す行為であったのかを思い知って強い自己嫌悪《けんお》にさいなまれている様子が連想される。過去に何の痛みも感じずにバイト感覚で援助交際をしていた人が、一〇年近くたってからいきなりその行為の意味に気づき、自己嫌悪のあまり、希死念慮にさいなまれることもある。しかしどんなに辛《つら》くても、この混沌を自分のうちに呑み込んでこそ、全体性を持った生き方ができていくのである。呪術《じゅじゅつ》的な洗礼を終えた城壁の門が、あちら側とこちら側を結びつけ、人々を守るものとなるように、この混沌を呑み込むときの痛みと苦しみに耐えることができたとき、向こう側とこちら側をつなぐ通路が開かれ、その人はその人全体として生きていくことができるようになるのだ。このときに襲ってくる後悔や痛みや苦しみこそが、守りの呪術を完成させるために流される温かい血なのではないだろうか。

心理療法の場面では、さまざまな混沌を自分のなかに呑み込まなくてはならない人が訪れてくる。この世の道徳的なレベルでその人たちの行動を裁くようなことは心理療法の場面ではあり得ないが、もうひとつ踏み込んで、その人たちの苦しみを、このような次元で考えてみることも必要だろう。混沌を呑み込むというプロセスは、非常に倫理的で厳しい行為なのである。

鏡と思春期

ミュウは前に引用したように、「向こう側」と「こちら側」に引き裂かれた自分について、鏡のたとえで説明している。思春期を「向こう側」と「こちら側」の問題に直面する時期だとしてとらえる視点から、少し、鏡と思春期について述べておこう。これは他でくわしく論じた（「思春期における〝からだ〟」『臨床心理学』三巻一号、金剛出版、二〇〇三年）ので、ここでは簡単に紹介する。

思春期の子と話していると、鏡にまつわる不思議な話題が出てくることがある。大体、鏡を見る時間が長くなったら思春期に入ったと考えてもいいくらい、思春期と鏡の関係は深い。さて、中学生が好む鏡にまつわる不思議な話題には、合わせ鏡をした先には、自分と似ているけど違う人の顔が映っているという話や、午前〇時ちょうどに鏡を見るとその顔は自分の死に顔であり、鏡のなかの自分と目が合うと死ぬ、などといった話などがある。午前〇時につい鏡を見てしまったらどうしようと思うと、鏡を見ること自体が怖くなったという生徒もいた。このようなエピソードからは、思春期の彼らにとっての鏡は「こちら側」をそのまま映すだけのものではなく、「向こう側」の何かを見せるものでもあることがうかがえる。午前〇時の話に至っては、午前〇時という日付の「境界」が「向こう側」の世界に通じる瞬間であり、それは死の世界と直結するものでもあるというものである。そして「向こう側」の自分を見ることが死につながるというイメージも動いているのだ。こういう話が思春期の子の間でされていること自体が、興味深い。

ルネ・ザゾの『鏡の心理学』の訳者である加藤は、訳者解説のなかでみずからの鏡をめぐる思春期の体験を述べている（ルネ・ザゾ著、加藤義信訳『鏡の心理学——自己像の発達』ミネルヴァ書房、一九九九年）。

「あるとき、鏡の向こうに映った自分の姿を見ていると、瞬間的に『ここの私』のリアリティと『あそこの私』のリアリティが入れ替わって、私は『あそこ（鏡の前）』にいて、『あそこ』から『ここ』にいる私が見られているような気持ちになった。頭では私の身体が『ここ』にあることはわかっていた。いま自分が鏡の前にいるという意識も消えたわけではない。にもかかわらず、『ここ』にいる私には何のリアリティも感じられなくなって、『あそこ』にいる『私』こそ私であるような気がしたのだ。その濃密なリアリティをもつ鏡の向こうの『私』が、『ここ』にいる私を見つめている。こうした状態で長く鏡の前にいることは不可能だった。『ここ』にいる私の何かが、吸い取り紙によって吸い取られ消えていくような感覚が襲い、私は不安になった」

この体験は、世界が反転するようにいきなり自分の意志とはかかわりのないところで起こり、同じ体験を意識的に起こそうと思ってもどうしてもうまくいかなかったらしい。そしてこの感覚は二〇歳を越えるとそのようになくなったという。

境界性を内包している思春期の身体は、この世の日常とは違う位相に開かれやすい。そのとき鏡は、違う位相への通路になる。そして鏡の中にいる「向こう側」の自分、つまり位相の違う別の世界の自分が、「こちら側」の自分よりもリアリティを持つことは充分に考えられる。この加藤の体験は、鏡の中にいる「向こう側」の自分こそ自分の本質だと直観した体験だと考えることもできるだろう。ミュウが観覧車のなかから部屋にいる自分の姿を見たことも、この体験に近いのではないだろうか。もちろん、思春期の誰もがまるで何かの啓示を受けるように、「向こう側」への視点がくっきりと際立《きわだ》ち、はっきりとした形で本質が迫ってくるような体験をするわけではない。しかし、なかにはこのような体験がその後の人生を決定的に方向づけることもあるのだ。

一夜の出来事～『アフターダーク』から

とにかくそのあいだ、エリは真っ暗な中で、私を抱きしめていてくれた。それも普通の抱きしめ方じゃないのよ。二人の身体が溶け合ってひとつになってしまうくらい、ぎゅっと強く。

——浅井マリ『アフターダーク』

『アフターダーク』では、「向こう側」に閉じこめられている美しいエリと、その妹である一九歳の女の子浅井マリが「こちら側」で過ごす都会での一夜の様子が描かれている。美しいエリは、突然、眠り始め、二ヵ月間もの間、目覚めることがない。それは「こちら側」での意識を完全に奪われているということである。そしてそのような姉のいる家で夜を過ごすことがどうしてもできなくなったある日、マリは家出を決行したのである。その家出は、結果的に一一時五六分から朝六時五三分の七時間という短いもので終わったのであるが、決定的な意味を持つ一夜となった。

「向こう側」と「こちら側」に分かたれてしまったエリとマリが、そのつながりを回復していくためには、どのような物語を必要とするのだろうか。

「傷」を見る

エリの眠りは普通の眠りではない。彼女の眠りは「純粋であり、完結的」なのだ。非常に美しく、周囲からちやほやされていた彼女は、その華やかさとは裏腹に「人生のいちばん大事な時期に、自分というものをうまく打ち立てることができなかった」ため、深く傷つき、病んでいた。そして突然、ある日を境に日常から遠く離れて深い眠りへと向かったのである。一方、妹のマリは、美しいエリと残酷なまでに比較され続けた日々に自信を失い、人との深い関わりを避けていた。しかしエリがその異常な眠りについてから二ヵ月たったある夜、マリは繁華街で夜明かしすることを決意する。マリにとっては眠らない夜を過ごすことが重要だったのである。今まで人と交わることがほとんどなかったマリなのに、この特別の夜には、何人もの人と血の通った交流を持つことになったのである。

まずエリの知り合いの高橋が、偶然、マリを見つけて声をかけてきた。彼は何よりも好きだったバンド活動を今月いっぱいでやめて、音楽から足を洗うのだと言う。それは司法試験を目指すためだった。高橋は、自分がそう決心した理由をマリに話す。それは裁判所で凶悪事件の傍聴をしたときの体験だった。彼は、まったく自分と関係ないと思っていた凶悪犯と自分とを隔てる壁の薄さに気がつき、大きな衝撃をうけたのだ。そしてその時から犯罪だけでなく、裁判という制度そのものも、「巨大なタコのような生き物」として映るようになったと言う。それは「どれだけ遠くまで逃げても、そいつから逃れることはできないんだという絶望感みたいなもの」であり、その前では「あらゆる人間が名前を失い、顔をなくしてしまう」ような、深い恐怖を呼び起こすものとして感じられたのだ。

それは高橋の父が罪を犯す側の人間であったこと、そのためにどれほどの孤独を自分が味わったのかという傷と改めて向かい合うことも意味していた。「とにかくその日を境にして、こう考えるようになった。ひとつ法律をまじめに勉強してみようって。そこには何か、僕の探し求めるべきものがあるのかもしれない。法律を勉強するのは、音楽をやるほど楽しくないかもしれないけど、しょうがない、それが人生だ。それが大人になるということだ」と高橋は言う。

人を無惨な死に至らしめる凶悪犯罪というのは、この世の日常的な感覚でできるものではない。違う位相からの何かのエネルギーが、信じられない凶暴性としてこの世に顕現してしまったときに起きる出来事である。高橋は、そんな「あちら側」からの出来事をこの世の法律で裁くことに対して強い違和感を覚えながらも、そこから逃げるのではなく、正面から取り組もうと決意したのだ。彼は裁判を傍聴したその時に、善と悪、犯罪者と自分、「こちら側」と「あちら側」のすべてを含んだ感覚に貫かれたのだと思う。そしてその体験を縦軸にして、「あちら側」の問題に取り組むために、現実的な努力をこの世で積み重ねていこうとしているのである。この高橋の話にマリはじっと耳を傾け、自分のなかで咀嚼《そしゃく》していく。また、マリは、サラリーマンの白川から理不尽な暴力を受けて深く傷ついた、美しい一九歳の中国人の娼婦《しょうふ》ともかかわることになる。そして「ほとんど話もしていないのに、今ではなんだかあの女の子が、私の中に住み着いてしまったみたいな気がするの。彼女が私の一部になっているような」というほど、強くて深い感情をその女性に持つ。この傷ついた女性を自分の一部として感じるほどに、マリ自身も深く傷ついているのである。

ラブホテルで働いているコオロギも、深い傷を負っている。彼女は普通のOLだったのだが、（多分、高橋の言うところの異様で巨大なタコに追いつめられた結果）自分の本名も捨てて逃げ回らなくてはならなくなっている。そして今まで誰にも見せたことがなかったという、焼きゴテを当てられた拷問《ごうもん》の痕《あと》をマリに見せる。それは彼女を追ってくるものからの刻印だった。そのコオロギに、マリはエリが異常な眠りについていること、自分がどれほど傷つきやすく、弱い人間なのかということを語る。コオロギはその話を真剣に聴くのだった。

傷が癒《い》えるためには、まずその傷をしっかりと見ることが必要になる。中国人の娼婦やコオロギの傷を、自分のこととして見つめることを通じて、マリは自分の傷を直視することになった。そして傷を負った当人と同じだけの痛みを感じながらその傷に向かい合うことができるような交流のなかで、温かい血が通い合っていくのをマリは感じるのである。それは無意味に傷つけられ、流されていた血が、「向こう側」と「こちら側」をつなぐための犠牲の血として変化する瞬間でもある。

そのような体験をしたマリは、不思議なくらいに安らかな気持ちになり、狭い淫靡《いんび》なラブホテルの一室で、彼女が長い間求めていた、短いけれど深い眠りを体験するのである。

「あちら側」と「こちら側」

マリがこのような体験をしている間、眠っているエリにも変化が起こっている。白川を思わせる、暴力的なエネルギーをたたえた不気味で顔のない男が、テレビの画面という「あちら側」から、眠っているエリを凝視していた。すると、その視線によってエリは「あちら側」に運び去られてしまった。そして異なった世界のベッドで寝ているエリを、その顔のない男はずっと凝視し続けている。河合はこの不気味な男の視線について、「これは話の最初から登場する『私たちの目』に呼応している」ととらえ、「私たちの目」が、「遠い高さから全体を見ているように、この『目』は遠い深いところから全体を冷たく見ている。これに見入られたとき、エリはあちらの世界に行ってしまうのだ。あるいは、この『目』から見ると、この世でちやほやされているエリの魂は、あちらに閉じこめられているという真実が見えるのである」と述べている（河合隼雄「河合隼雄のベストセラー診断：村上春樹『アフターダーク』にみる『コミットメントの条件』」月刊「現代」講談社、二〇〇五年一月号、傍点原文ママ）。

やがてその顔のない男の視線が消えた。それから長い時間をかけてエリは「あちら側」の世界のベッドのうえで目を覚ます。ところがせっかく目を覚ましても、その部屋からはどうしても出られない。ドアを叩《たた》いても、大声を出しても、その音も声もどこかへ吸収されてしまうのだ。まったく出口がない場所に閉じこめられているとわかったエリは、これは夢を見ているのだろうかと考える。しかしその部屋にあるものを実際に触ることもできるし、そこにある鉛筆の先で手の甲を強く突いたら、ちゃんと痛みがある。「これは現実なのだ、と彼女は結論を下す。別の種類の現実が、なぜか私の本来の現実に取って代わっているのだ」と、位相の違う現実のなかに自分が取り残されてしまったことに気づくのである。エリは「あちら側」の世界から、テレビ画面を通して「こちら側」の情景を見ている。そして「自分の目がそこで捉《とら》え、自分の感覚がそこで感じていることを、少しでも適切な、わかりやすい言葉に置き換えること」をしようと必死で努力する。しかしその言葉は「こちら側」にはまったく届かない。ところがいつの間にか「こちら側」のベッドにエリは戻ってきて、また深い眠りについている。一見すると、まったく変化がないように見えるが、エリが「あちら側」の現実に触れ、「こちら側」に移行する瞬間に僅《わず》かではあるが変化は起きているのである。

このようなエリを巡る一連の流れが秘《ひそ》かに進行しているなかで、マリは幼稚園のころエリと二人きりで、真っ暗になったエレベーターのなかに閉じこめられたときのことを急に思い出す。それはエリと心を重ね合わせ、隔てなくひとつになれた瞬間の記憶だった。そしてこの記憶を携えて明け方に家に帰ったマリは、寝ているエリの側《そば》に行き、口づけをする。「なんだか自分自身と口づけしているみたいだ、とマリは感じる。マリとエリ、一字違い。彼女は微笑《ほほえ》む。そして姉の身体のわきで、ほっとしたように身を丸めて眠る。姉と少しでも密着して、身体のぬくもりを伝え合おうとする。生命の記号を交換し合おうとする」のである。エリは、マリ自身でもあるのだ。これは幼稚園の時以来、見失ってしまっていた自分の半身と、位相の違いを超えて巡り会うことで、また一つに再構築されていく可能性を示していると言ってもいいだろう。これはマリが、マリの「見えない身体」としてのエリと、つながりを回復しようとしていると言えるかもしれない。しかしそれはそう簡単なものではない。エリとマリが身を寄せて眠っているときに、「一瞬の、一秒の十分の一くらいの、素早い震え」でエリは変化の兆《きざ》しを目に見える形で示すが、まだ「あちら側」に閉じこめられたままなのだ。

この世の現実のなかに自分の位置を見失っている子どもたちが、決定的な変容の可能性をどこかで期待し、特別な一夜を求めて夜の街に出かけていくことがある。しかし当然のことながら、マリのような体験が訪れるわけではない。自分が何を求めてここに来たのかもわからないままに徹底的に損なわれてしまう場合がほとんどだ。その残酷な部分の表象は白川の暴力に傷ついた一九歳の中国女性が背負っていると考えてもいいだろう。

違う位相の「あちら側」の現実に引きずり込まれるのは非常に危険なことである。白川のように勤勉なサラリーマンが、違う位相のエネルギーと結びつくと、理不尽な暴力をふるって人を深く傷つけてしまうこともある。また白川を思わせる顔のない男の視線に晒《さら》されたエリのように、「あちら側」に閉じこめられてしまうと、「こちら側」に伝える言葉を失ってしまうこともある。しかし「あちら側」の世界のことをまったく無視したままでは、この世の歪《ゆが》みや傷が救われることもないし、本質的な部分で変容していく可能性もなくなる。『アフターダーク』は、このような変容の本質について物語の形をとって私たちに示していると思う。

「本当の物語」の生成

心理療法のプロセスでは、治療者との関係に支えられたクライエントが、自分の内側にひそんでいる自分自身の物語を見出《みいだ》し、その物語を生きていけるようになることを目指している。もちろん、このようなレベルにまで踏み込まずに終わる心理療法もある。しかし問題が複雑になればなるほど、どうしても「本当の物語」の生成が必要となってくるのである。過去の辛《つら》かったエピソードや、これからの展望をクライエント自身がいくら語ったとしても、それだけでは、自分の物語を見出すことにはならない。クライエントの語りが、この世の生を支える力をもつ物語になっていくためには、向こう側とこちら側を結びつけることが必要になってくる。つまり、温かい血が供物《くもつ》として必要とされるのである。これは、すでに述べたように、クライエント自身を襲う、厳しい痛みや苦しみとして現れることが多い。しかしそのクライエントが生成する物語に治療者が深くかかわるとき、治療者のほうもその血を流すのだ。治療者側が自分自身の課題へと切り込んでいくときに流される温かい血を供物として提供して初めて、クライエントの語りは、本当の物語へと変容するのである。人の話を深くコミットしながら聴くということは、相手の物語のなかに自分が含まれてしまう危険をおかすことでもある。

マリは自分の話を積極的に語るより、中国人の少女や高橋、そしてコオロギやコムギの話に深くコミットして聴いている。話をしっかりと聴くという行為のなかで変容が生まれてきているのだ。

またミュウは、観覧車の話をすることをひどくためらっていた。しかしすみれはどうしてもその話を共有したいと懇願したのである。ミュウは「もし私があなたにその話をしてしまったら、わたしとあなたはこれからずっとその話を二人で共有することになる。（中略）わたしがもしここで箱のふたを開いてしまえば、あなたもまたこの話に含まれてしまうかもしれない」と、話すことに大きな躊躇《ちゅうちょ》を感じていた。そしてその話を聴いた結果、すみれはまさにミュウの物語のなかに含まれてしまい、向こう側にいるミュウのもとへ、こちら側を生きる「見える身体」ごと、次元を超えて召還されてしまったのである。

　では「向こう側」と「こちら側」が結ばれて物語が生成されるとき、治療者の立場の人間、つまり聴く側の人間にはいったい何が起こるのだろう。本当の物語が生成されるときに、聴く側の人間に、「向こう側」とのつながりがどう関係してくるのか、次章ではこの続きを、事例を通して考えていきたい。

第五章　本当の物語を生きる

物語の共有

月の光はそこにあるあらゆる音をゆがめ、意味を洗い流し、心のゆくえを惑わせていた。……それは（おそらく）存在するはずのない音楽をかなで、ぼくをここに運んできた。ぼくの前には底の知れない闇がひろがり、背後には淡い光の世界があった。

——ぼく『スプートニクの恋人』

「向こう側」と「こちら側」を結ぶ物語が生成されるとき、話を聴く側の人間に何が起こりうるのだろう。そのときに必要とされる聴き手の態度とは……？　そして物語を共有するというのはどういうことなのだろうか。

話を聴く側の人間に何が起こりうるのかを考えるに当たり、まず「羊男」のことをもう一度考えてみよう。なぜなら「羊男」は「僕」の話を聴くためだけに存在しているからである。

「羊男」は、いるかホテルの一室に、時間も空間も超えて「僕」のためにずっと存在し続けている。彼の役割は「僕」にとっての「配電盤」なのだ。彼は「僕」が巡り会うひとつひとつの出来事を、「僕」自身の縦のつながりのなかに結びつけていく作業を担《にな》っているのである。第四章で「羊男」について考えたとき、「羊男」は「僕」の「見えない身体」が実体化したものなのではないだろうかと述べた。

「羊男」は「あんたのことを話してごらんよ。ここはあんたの世界なんだ。（中略）あんたにはきっと話したいことがあるはずだよ」と静かにうながす。そして「僕」は、自分の置かれている状況について正直にこころを開いて語る。「僕」は、現実的にかかわっている物事に対しては自分なりにベストを尽くすし、かなり有能かつ器用にこなしていくことができる。しかしその現実が何か自分の大事なものとつながっている実感がない。つまり、「見える身体」の現実での横軸は、何とかつながることができているけれど、自分のなかの縦軸が途切れてしまっているのである。

この自分自身の縦軸とのつながりが途切れるということは、「向こう側」の見えない身体（羊男）と自分自身とのつながりが切れているということである。それは、自分自身のたましいと切れている状態だと言ってもいいだろう。そのつながりが切れていると、現実の横軸でどれほどの経験をしても、それぞれの経験はそのときだけの単発の出来事にしかなり得ず、ひとつの大きな流れをもった意味のある体験として感じられなくなってしまうのである。「羊男」は「僕」の話を聴くことによって、「見える身体」の位相と、たましいにかかわる「見えない身体」の位相とをきちんとつないで、「僕」が自分自身の物語を生きていける役割をになっている、と言えるだろう。

しかし「羊男」は、常に「向こう側」に存在しているので、「こちら側」でのリアルな生を生きているわけではない。そこが、生きている普通の人間である治療者とは違うところである。「羊男」の存在のありようが、いくら面接場面での治療者の役割と似ていると言っても、そこのところに大きな違いがあるのを忘れてはいけない。

では、「こちら側」での生身の生をもつ人間のままで、「向こう側」と「こちら側」をつなげる役割を担っていた人物を考えてみよう。『ねじまき鳥クロニクル』でのトオルが、まさにその役割を担っていたと言える。なぜトオルが治療能力をもつことになったのかということについては、すでにくわしく述べたが、それは彼が「見えない身体」の位相で「壁抜け」を行い、「向こう側」へ超えていった体験と大きく関係している。「見えない身体」の位相に開かれるということは、「向こう側」と「こちら側」を結ぶ能力をもつということになるのである。

彼の治療は目かくしをしたまま行われ、クライエントを見ることもない。これはプライバシーを厳重に守るため、という実際的な意味もあるとは思うが、自我の関与をことごとく排除し、「見えない身体」の位相をできる限り際立《きわだ》つようにするためだとも考えられる。そして治療中のトオルは、自分自身が空き家になっている状態であるとイメージしている。つまりイメージのなかで、「容器」になることに全力をあげて集中しているのだ。トオルにとってクライエントとの関係は、空き家と、その空き家に入って柱などを勝手に触って確かめている人、というイメージでとらえられている。クライエントはトオルという「向こう側」に開かれている容器のなかに入ることで、自分自身の「見える身体」と「見えない身体」のつながりを急速に回復していく。そのつながりが回復したとき、現実的なレベルでは、症状の消失という成果に結びつくのである。その証拠に、このトオルの治療は「信じられないくらい完璧《かんぺき》」なものなのである。

トオルの治療のように、これほど短い時間のなかで「向こう側」と「こちら側」を結びあわせるための効果的な「容器」が提供されると、結びあわされ、つながることの象徴として、そこに性的なイメージが賦活《ふかつ》される可能性がある。トオルもその一連の作業のなかで、自分の意志とはまったく関係なく性的に興奮し、射精していたのである。

「向こう側」から、何らかの力がこの世に顕現してくるとき、その力は性という通路を通って現れることがある。この文脈でトオルの治療について考えてみると、「向こう側」から「こちら側」へと結びつくための力が働いたとき、それを活《い》かすだけの容器がそこに存在していると、そこに布置された性的なイメージは、新たなる結合の印としての力をもつということなのだろう。そのとき初めて、その性的なイメージは、クライエントの「こちら側」での生の歪《ゆが》みを回復するものとして、意味をもつのである。

トオルの治療は、まったく言語を介していないだけでなく、トオルの人格そのものもまったく関与していない。パーソナルな感情の交流を起点にしたものは何も、そこには存在しない。ただひたすら「向こう側」（見えない身体）と「こちら側」（見える身体）とをひとつに結びつけるための「容器」になっているのである。だからこそ、完璧な治療効果があるのだろうし、「向こう側」から結合の象徴としての性の力が介入してきても、それがクライエントを脅《おびや》かさずにすむのである。

このトオルのような治療は、実際の心理療法の面接ではあり得ない。もし万が一、同じようなことをしようとしたら、「向こう側」からやってくる力の破壊的な側面に襲われて、すべてが損なわれてしまうだろう。トオルの治療は、シナモンという「向こう側」の視点に開けた有能な人物が、現実的な守りの結界を細部にわたって丁寧に張っているからこそ、成功しているのである。しかし面接場面自体が、「向こう側」と「こちら側」をつなぐための丈夫で信頼のおける容器となることを目指すという点では、トオルのしていることは、心理療法の核心を示しているとも言えるだろう。

では、このつなぐ作業が、話を聴くことによって物語を共有するというかたちをとって行われるときには、どんなことが生じるのだろうか。その点を『スプートニクの恋人』から考えてみよう。

核心を聴く覚悟

ミュウには、一四年のあいだ自分ひとりだけで抱え込んできた秘密があった。それは、自分が「こちら側」の自分と「向こう側」の自分に、穢《けが》れの侵入によって引き裂かれてしまった、という体験にまつわる秘密だった。そして彼女にとって最も苦しかったのは、その穢れを受けた体験は、実のところ自分自身のあり方が呼び込んだものだったのではないかという直観にあったのである。

彼女は、出会った当初のすみれに対して、「ここにいるわたしは本当のわたしじゃないの。今から14年前に、わたしは本当のわたしの半分になってしまったのよ。わたしがそっくりわたし自身であったときに、あなたに会えたらどんなにか良かっただろうと思う。でもそれはいまさら考えても仕方のないことなの」と言っていた。これは出会ったばかりの頃に、ミュウはもうすでに秘密の核心をすみれに話しているということである。その体験が具体的にどんなことであったのかは語られていないが、ミュウはすでにこの時点で、この話をすみれと共有しはじめているのである。

『ねじまき鳥クロニクル』でも、出会ったばかりの岡田トオルに対して、笠原メイは「死ぬのって、素敵よね」と話しかけている。彼女はだいぶ後になってから、自分がふざけて目かくしをしたために、バイクを運転していた男の子を死に至らしめてしまったという事実をトオルに語るのだが、彼女が抱えている問題の本質的なところは、出会った当初に語られているのである。

これは実際の面接場面でも言えることだ。面接開始当初、クライエントがまるでミュウの語りのように、何のことなのかはっきりとわからない漠然とした内容ではあるが、こころに強く働きかけてくる話を語ることがある。治療者としても、よくわからなかったのなら、もっとくわしくそのことを説明してもらうように言えばいいようなものなのだが、なぜかそういう働きかけを拒むような空気がそこに漂うのだ。ミュウの話を聴いたすみれも、あまりにびっくりして、それ以上口をきくことができなくなってしまったが、それと似たような感覚に襲われることもある。また笠原メイのように、まるで当たり前の一般論のようにして、大変な内容をクライエントが語るときもあり、こころにひっかかりが残ることがある。そしてそのことを話題にしようとしても、なかなか応じてもらえない。話題が次々と流れていったり、こちらの質問を別のかたちでかわされることも多く、そのことについて、個人的な話題としては今、とても話せないのだというメッセージが伝わってくるのである。笠原メイの場合も、何か聞こうとしたトオルに「質問はしないで」と言っている。

ミュウの場合も、笠原メイの場合も、この時点ではまだ話す準備ができていないということなのだろう。しかし物語の全体像を示す予告編のようなメッセージは、どうしてもこの相手には伝えておきたい。そんな気持ちが動いたときに、このようなもどかしさの残る話し方になるのではないだろうか。これは話す準備がまだできていないという話し手側の問題だけでなく、その話を聴く側にも聴く準備が整っていないということも示している。物語の核心は、このようにして出会いの最初に、まるで行く先を示す道標のようにして語られることもあるのだが、あの話が道標だったのか、と後になってから気がつくことも多い。

さて、ミュウの黒髪が染めてあるものであり、実際の彼女の髪は雪のように白いのだと知ったすみれは、それをきっかけに彼女の重大な秘密に近づこうとする。先にも述べたが、その秘密が示すものについて、ミュウはもう出会いの当初に核心の部分は話している。ミュウを愛しているすみれは「どんなことにだって語るべきときがあるのよ、（中略）そうしないと人はいつまでもその秘密に心を縛られ続けることになる」と言う。そんなすみれに対してミュウは、重大な話を語ること、そしてそれを聴くことによってどんなことが起こりうるのかについて、こう言う。前章でも引用した部分だが、もう一度、ここに示そう。

もしわたしがあなたにその話をしてしまったら、わたしとあなたはこれからずっとその話を二人で共有することになる。そうね？　でもそれが果たして正しいことなのかどうか、わたしにはわからない。わたしがもしここで箱のふたを開いてしまえば、あなたもまたこの話に含まれてしまうかもしれない。それがあなたの求めていることなの？　私がどんな犠牲を払っても忘れてしまいたいと願っているものを、あなたは知りたいの？

心理療法の治療関係のなかでは、どうしても秘密を話すようにと促すようなことはないし、秘密を語らなくては状況に変化が起こらないなどとクライエントに伝えることもない。ただ、どんな秘密でも聴く覚悟で会っているという態度を示し続けるだけである。その人を苦しめている大きな秘密は語られるべきであり、語ることによって、人はとても気持ちが軽くなるなどというストレートな図式は心理療法の場では通用しない。もちろん、話すべき状況がすべて整っているなかで語られた秘密は、言葉として表現され、問題として共有することを許された瞬間に、長年の呪《のろ》いが解けるようにその人を苦しめる力を失っていくこともある。しかし、大きな秘密は、語られ、共有することによって、その話を聴いた治療者をその物語のなかに含んでいく力をもっている。そんなときに治療者が、自分自身の置かれている（無意識を含んだ全体的な）立ち位置にあまりに無自覚でいると、足場を失って、生きるための力を得る物語の生成どころか、決定的に何かが損なわれてしまうことにもなりうるのである。

温かい血を流す

幼い頃に実の母親を亡《な》くしたすみれには、母親についての記憶がほとんどない。でも一度だけ、「わたしのお母さんはいったいどんな人だったの?」と父親に質問したことがあった。しかし父親は「とても物覚えがよくて、字のうまいひとだった」といった奇妙な人物描写を行っただけだった。「彼はそのとき幼い娘の心に深く残るなにかを語るべきだったのだ。彼女がそれを熱源にして、自らを温めていくことができる滋養あふれた言葉を。（中略）彼女のおそらくは根拠不確かな人生を、曲がりなりにも支えてくれる、軸となり柱ともなる言葉を」と「ぼく」は思っていた。言葉によって与えられる温かいイメージは、この世の生を支えるパワーになりうるものである。すみれの父親は、幼いすみれに対してそのようなイメージを与えることができなかった。すみれは、母親との関係というかたちで示される「こちら側」での基盤が、実に不安定だった。自分がなぜ生を受けたのかという「こちら側」を生きるうえでいちばん基本となる、温もりのある物語の守りが薄かったのである。

すみれは、ミュウと二人きりで旅をしていたギリシャの島で、本当の自分の母親と出会う夢を見た。しかし母親は暗い穴のなかに吸い込まれ、消えていってしまい、顔を思い出すこともできなかった。そこで母親が口にした大事な言葉も、失われてしまったのである。この夢を見たあとで、すみれはミュウに対して、自分が求めているフィジカルな愛について打ち明けようと重大な決心をする。つまりミュウと性的な関係を持ちたいと強く願っているということを伝えることにしたのである。それは「向こう側」のミュウに近づく試みであったが、同時に、自分が「こちら側」で生きていくための本当の物語を手に入れるための切実な働きかけでもあった。そのためすみれは、ミュウの秘密を何としても聞き出し、共有することを望んだのである。そしてミュウの話を聴き、その話を共有した後で、すみれはミュウに「見える身体」を使った「こちら側」でのフィジカルな愛を求めていく。しかしそれはかなえられないのである。ミュウの身体は何の反応も示さず、ミュウの引き裂かれた半分を「向こう側」から連れ戻すことはできなかったのである。その結果、「こちら側」での基盤が薄いすみれは、「向こう側」のミュウのもとへと、「見える身体」ごと含まれてしまった。秘密を共有すること、そして相手の物語に含まれるということは、自分の「こちら側」での存在が消失するほどの重みをもつのである。すみれは本当の物語の生成のために、自分自身の存在を賭《か》けて温かい血を流したのだ。

簡単にはほどけないほど複雑に入り組んだ運命の糸に苦しみ、病んでいるクライエントが、こちら側の現実世界で生きていく力を得るためには、新しい本当の物語の生成が必要とされる。この物語の生成に深くかかわるとき、すみれが自分の存在を賭けて温かい血を流したように、治療者にも、向こう側との通路を開くための温かい血を流すことが求められる。この犠牲として流される温かい血というのは、治療者が深く傷つく出来事に遭遇するとか、何かを現実的に失うといった意味ではない。もちろんそのような形でのキツさを通じて、向こう側への通路が開かれ、温かい血が供物《くもつ》として捧《ささ》げられることもあるだろう。しかしこの流される血の意味は、クライエントのあり方と自分のあり方とは、決して無関係ではありえないのだという深い自覚に覚醒《かくせい》するときに感じる痛みの感覚だととらえたほうがいいように思う。すみれが、母親に関係する夢を見たことで、「向こう側」と「こちら側」に引き裂かれているのはミュウだけでなく、自分自身もそうなのだと覚醒したのと同じように……。

複雑で困難な宿命の糸に縛られたクライエントと出会うとき、「このクライエントと出会ったのには、自分にとっても何か大きな意味があるはずだ。だからこそ、必死で取り組まねば」と治療者は考えることがある。何とか無力感をもたないで治療に取り組むための治療者側の意識的な努力として、このような視点をもとうとするのである。しかし実のところ、どんなにこの視点をもとうと努めていても、あまりの現実的な困難さに気力も体力も奪われて、なかなか実感できないことが多い。しかしある時、まったく意識的な努力とは関係なく、ふいに自分の認識自体が変容させられるような体験として、クライエントと自分の宿命の重なりについての自覚が襲ってくることがある。それは今まで閉ざされていた何かがいきなり覚醒したとしか言いようのない衝撃であるし、どこかで血が流されているといった実感もともなう。このときに、「こちら側」と「向こう側」の通路が開かれるのだと思う。

すみれは、「向こう側」と「こちら側」を結びつけるための通路を開くことはできなかった。完全に「向こう側」に含まれてしまったのである。これは治療者として二つの世界を結びつける世界にかかわるとき、治療者が「こちら側」での基盤にしっかりと守られていることが非常に重要なのだということを示唆《しさ》している。治療者の「こちら側」での基盤が弱いと、安易に「向こう側」へと呑《の》みこまれてしまい、結局のところ、クライエントの「こちら側」での生に命を吹き込むための一番大切な働きかけができなくなってしまうのだ。「向こう側」に呑まれてしまうことと、きちんとつながりをもつこととは、決定的に違うのである。

さて、この二つの世界を結びつけるための仕事は、すみれに恋をしていた「ぼく」によって引き継がれることになった。すみれが書き残していたミュウと自分自身についての文章を見つけ、ここに至るまでの経緯を知った「ぼく」も、この物語のなかに含まれ始めていたのである。

温かい血の力

「ぼく」はすみれと会って話しているときに自分という人間の存在をいちばんありありと感じることができていた。すみれが「ぼく」に対して、まったく男性としての関心をもっていないという事実は、彼を苦しめた。そのため彼は苦痛をやわらげ、危険を回避するために、ほかの女性たちと肉体的な関係をもつことになったのである。そして現在は、小学校で「ぼく」が担任しているクラスの生徒の母親と関係を続けているのだった。

「ぼく」は小学校の教員としての仕事に深い敬意と愛情を抱いているし、生徒や同僚、生徒の保護者ともおおむね良好な関係を維持していた。それでも彼にとっては充分ではなかった。すみれといるひとときこそが、「ぼく」にとっては何よりも貴重な時間であり、彼女だけが彼の属している世界の外縁をひとまわり広げて、大きく息をつかせることができたのである。そんな「ぼく」にとって、すみれが「こちら側」から煙のように消えてしまったことは、世界が色を失うほどの、激しい孤独に襲われることであった。

そのような状態のとき、「ぼく」が性的な関係をもっている母親から子ども（あだ名がにんじんという）が万引きをして捕まったという連絡があった。それは初犯ではなく、もう三度目であるうえに、同じ商品を多量に取るという非常に悪質なものだった。にんじんは、表面的には何も問題を感じさせない子だったため、動機はまったくわからなかった。「ぼく」は、にんじんが万引きしたスーパーに出向き、彼と向かいあう。しかし彼は何も話そうとせず、目の焦点もあわなかった。そんなにんじんに対して、「ぼく」は大事な友人を失ったこと、そして自分が世界に対して感じている孤独について静かに話をしたのである。具体的な話の内容はともかく、「向こう側」と「こちら側」とがうまく結ばれていない孤独について、にんじんを相手に真剣に語ったのである。にんじんは何も言わず、ずっと黙っていたが、「ぼく」はそのとき、にんじんに理解され、受け入れられ、ゆるされたとさえ感じたのだった。

「ぼく」はその直後、にんじんの母親に対して、性的な関係を終結させることを告げる。これには、今回の子どもの問題に自分たちの関係が影響しているのではないかと感じたためという理由もあるだろう。しかし実のところそのとき「ぼく」が考えていたのは、すみれのことだけだった。「向こう側」に行ってしまったすみれと、もう一度つながり直すためには、結び目の混乱はほどかなくてはならない。本当に求めているわけではない相手との関係は解消するしかないのだ。それを「ぼく」は、すみれと自分にまつわる物語をにんじんと共有したことで確認したのである。にんじんも「向こう側」から来る力に襲われ、「こちら側」では犯罪でしかない理不尽な行為に手を染めていた。それはにんじんにとって、何かが歪《ゆが》んでいる感覚だったのだと思う。彼にとってもこの「ぼく」の話は、「こちら側」を生きていくうえで何らかの力を与える話になったのではないだろうか。この万引き事件の後、にんじんは次の問題を起こすわけでもなく、ごく普通の生活を送ることになったのである。このように、すみれによって流された温かい血は、すみれのあずかり知らぬところで、こちら側での歪みをひとつひとつ糺《ただ》していく力となっているのだ。

「向こう側」とつながる言葉

にんじんを捕まえたスーパーの警備員は、にんじんの万引きの仕方から、人に脅されてしているわけでも、お小遣いが少ないからというわけでもなく、ただ盗むために盗んでいる確信犯であると厳しく責める。その警備員に、子どもの常習的な万引きは、犯罪性よりは精神的な微妙な歪みから来ているものであることが多いので、行為だけを取り上げて罰を与えても、すぐ治るものではないと「ぼく」は説明する。そしてたとえ効率は悪くても時間をかけて対面して話しあっていくしかないのだと伝える。そんな「ぼく」に対してその警備員は、話を聴いて理解したふりをして問題を先送りにすることの気楽さを、厳しく指摘する。たしかにそれはある意味では正しい指摘である。「しっかりと話を聴く」という言葉を、何かの免罪符のように使うと、現実をまったく無視した、ただの生ぬるいきれいごとの言い訳になってしまう。

治療者として物語の生成にかかわるとき、それがうさんくさいものになってしまうのか、それとも本当に意味をもつものになるのかという境目は、「向こう側」に開かれた想像力にあふれた言葉が使えるかどうかというところにある。「向こう側」とつながらない言葉は、空虚なものとなって人のこころを濁らせる。治療者が、自分の置かれている状況と立ち位置に対して（無意識的なものにまで想像力をふくらませて）常に自覚的であること、そして「向こう側」とつながる言葉を育《はぐく》むことこそが、困難で入り組んだ宿命を生きているクライエントが、自分の物語を生成していくときの力となるのである。

全体性を取り戻す

猫はまるで何かを取り戻そうとするかのように、深く熟睡していた。……僕はときどき手を伸ばしてその温かいからだに触れ、猫が本当にそこにいることを確認した。手を伸ばせば何かに触れられること、何かの温かみを感じられること、それは素晴らしいことだった。

——岡田トオル『ねじまき鳥クロニクル』

物語と猫

村上春樹の作品には、作者の猫好きを反映している部分もあるのだろうが、猫がよく出てくる。そして、実に重要な役割を猫が果たしていることが多いのである。この節では、「向こう側」と「こちら側」が結ばれるときにどんなことが起こりうるのかを、村上作品に登場してくる「猫」に注目しながら事例を交えて考えてみたい。ではまず『羊をめぐる冒険』で、主人公「僕」が飼っていた猫のことを考えてみよう。

この猫は名前もつけられないままに「僕」のところで暮らしている猫だった。しかし「僕」が否応《いやおう》なく巻き込まれた羊をめぐる奇妙な冒険（これは「向こう側」にかかわる冒険だった）に出発するとき、必要に迫られて「いわし」という名を与えられることになった。つまり「僕」が「向こう側」にかかわらざるを得ないときになって初めて、この猫は特別な意味をもって存在し始めたのである。「いわし」という名が与えられたとき、その音の響きを聴いた「僕」のガールフレンドのキキ（彼女は「向こう側」に開かれた超越的な耳をもっている）は、「悪くないわ」「なんだか天地創造みたいね」と言う。この天地創造というのは、冗談半分の台詞《せりふ》なのかもしれない。しかしこの猫に名前が付けられることで、まるで天と地が創造されたように、「こちら側」と「向こう側」が、くっきりとそのありようを見せ始めたと考えることもできるのではないだろうか。

「いわし」は、「僕」がこの奇妙な冒険を終えて「こちら側」の現実へと着地するための重要な役割を果たしている。「僕」が探さなくてはならない不思議な羊は、「向こう側」に存在する羊である。その羊の力を「こちら側」での利益に使うため、謎《なぞ》の秘書は「僕」を利用しようとしていた。「僕」は、その秘書に猫を預けて、羊探しの旅に出ることにしたのである。もちろん、冒険に出ている間に猫の面倒を見てくれる人がいないという現実的な問題もあったのだろうが、「つまり、僕のいないあいだに猫がいなくなったり死んだりしていたら、もし羊がみつかったとしてもあなたには何も教えないということです」と「僕」は秘書に告げる。「僕」はこの「いわし」を謎の秘書に預けることによって、現実へと戻ってくるときのための楔《くさび》を打ったのである。

この「いわし」は、『ダンス・ダンス・ダンス』にも続けて登場する。羊をめぐる奇妙な冒険……つまり「向こう側」をめぐる複雑な出来事に否応なく巻き込まれたことによって、「僕」は深く損なわれ、混乱してしまった。その混乱を何とか収めるためにはかなりの時間が必要だったため、彼は社会から距離をとり、じっと部屋のなかに籠《こ》もり続けていた。「向こう側」への回路が無理矢理開かれてしまったことで、「こちら側」の現実をそつなく送ることが困難になっていたのである。そしてそんなある日、唐突に「いわし」は死んでしまう。「僕」は「いわし」を山のなかに埋めに行き、きっちりと葬《ほうむ》った。そのことで「僕」のなかで何かが終わった。「向こう側」との回路がいったん閉じられたのである。そして彼は「こちら側」の現実に「社会復帰」する。前にも述べたが、彼は「向こう側」など存在しないことにして、「こちら側」だけにコミットして生きていこうとすると、かなり現実的で有能な人間になることができる。しかしそういう生き方は彼にとって大事なものと結びついていないという感覚を強めるだけだった。「向こう側」との関係を切ったままで生きると、「こちら側」の生が損なわれてしまうばかりなのだ。そのため「僕」は、全体としての自分を生きるために「いるかホテル」にいる「羊男」を通じて「向こう側」とかかわることが必要になってきたのだ。

ところで河合は、たましいについて数学の「連続体」の問題から次のように説明している。「一本の線分を二つに切断するとき、それぞれの端に名前をつけて明確にすると、必ず抜けおちる部分がある。このことを、人間存在という連続体に当てはめてみよう。それを『心』と『体』という明確な部分に分けた途端に、それは全体性を失ってしまい、その二つをくっつけてみても元にはかえらない。人間という全体存在を心と体に区分した途端に失われるもの、それを『たましい』と考えてみてはどうであろう。それは連続体の本質である」（河合隼雄『猫だましい』新潮社、二〇〇〇年）。

本稿では世界のありようを「向こう側」「こちら側」という表現を使って表しているが、あくまでもこれはひとつの「連続体」なのである。だからこそ「向こう側」と「こちら側」を二つに明確に区分して、片側のことだけがうまくいけばいいというわけにはいかないのである。しかし現代の生活は合理的であることを求められ、効率がいいからという理由で、「向こう側」を切り離そうとしている。そのなかで「たましい」にかかわるものが、大きく失われ、損なわれてしまっているのである。この「いわし」も、これから述べる他の作品中の猫たちも、損なわれてしまったものを回復するため、つまり世界が全体性をもった連続体として存在するための、重要な道標《どうひょう》として存在しているように思う。

猫の行方

さて次は『ねじまき鳥クロニクル』で考えてみよう。ここでは「ワタヤ・ノボル」という名の猫が、とても重要な意味をもって登場してくる。物語は、この猫がいなくなってしまったところから始まる。主人公トオルの妻クミコは、この猫がいなくなったことに非常に強く反応し、無職になって家にいるトオルに、是が非でも猫を探し出して欲しいと要求する。空き家の庭の草むらまで探せというクミコに、他人の家だから勝手に入るわけにはいかないとトオルは常識的な答えをする。そんなトオルに、「じゃああなたはいったいどこを探したのよ」「あなたはあの猫をみつけようとなんかしてないのよ。だから猫はみつからないのよ」とクミコは高ぶる。このクミコの言葉は、猫がいなくなったことがあまりに辛《つら》いので、感情的になってトオルに八つ当たりをしていると考えるのが一般的だろう。しかしその後の物語の流れを考えると、この過剰な反応は、クミコ自身が「こちら側」の平和な生活から、暴力的なまでの性の回路を通じて、否応なく「向こう側」へと引きずり込まれそうになっている不安と無関係とは言えない。クミコはやがて「こちら側」の生活から失踪《しっそう》しなくてはならなくなってしまうが、そんな絶望的な未来を彼女は猫の行方に見ていたのだろう。いなくなった猫をみつけることもできないのに、私をみつけることなどできるはずもないではないかという絶望感が彼女を襲っていたのかもしれない。そうすると猫がいなくなったことを自分ほどに重く考えず、日常的な「こちら側」の感覚から踏み出そうとしないトオルに対し、どうしようもないいらだちを感じることになる。もちろん、こんなことはトオルにわかるわけはない。誰だってわからないだろう。しかし「向こう側」にかかわる問題はわかりやすく言葉で説明することができないので、クミコも感情を高ぶらせることしかできなかったに違いない。こう考えると、日常的なレベルでの出来事に対して、理解しあいたいと願っている相手との感じ方の重みがまったく異なり、感情的な反応を爆発させるしかないときには、案外「向こう側」の問題がかかわっていることもあるのかもしれない。

すでにくわしく述べたが、不登校の娘のことで来談しているAさんが、医学的にはまったく異常がないのに、音がすべて半音下がってきこえるという大きな変化が起こったときに、このことについて触れていた。それまでは、娘の極端なわがままと感情の大きな起伏に戸惑うばかりだったAさんが、「私にとってまったくたいしたことではないと思うことでも、もしかしたら娘にとってはそれこそ世界が変わるほどのこととして思えていたこともあるのかもしれません。そんなことに私は無頓着《むとんちゃく》だったかもしれない」という理解の方向性を示されたのである。半音違う新たな現実を生きなくてはならなくなったという混乱を通して「向こう側」の次元を知ることで、「こちら側」でのものの見え方が変わってきたのである。

さていなくなった猫であるが、一年後のある日に、突然家に帰ってきた。この日は、トオルが（無自覚なままではあったが）治療者としての力を初めて発揮した日であった。トオルが治療者としての力をもったということは、彼が「見えない身体」の位相で「壁抜け」を行い、「向こう側」へ超えていった体験と大きく関係している。「見えない身体」の位相に開かれるということは、「向こう側」と「こちら側」を結ぶ能力をもつということにつながる。

トオルが治療者として「向こう側」と「こちら側」を結ぶ役割を果たしたことで、その回路を伝って猫は「こちら側」へと帰ってきたのだろう。

この頃トオルは、猫が帰ってきたことと自分のその不思議な治療者体験とを関係づけて考える視点をもち始めていた。そして猫に、新しい名前を与えるのである。ワタヤ・ノボルという名前は、クミコの兄の名である。何となく目つきが似ているからと、冗談半分でこの名で猫をよんでいたようだが、実のところクミコが失踪しなくてはならなくなったのは、この兄の影響によるところが大きかった。クミコの兄は「向こう側」にかかわる（邪悪で）大きな力をもっている。その兄の名をもつワタヤ・ノボルという猫を、結婚以来、彼らは夫婦の生活のなかに抱えていた。つまり夫婦の間には、いつでも「ワタヤ・ノボル」が存在していたのである。それを猫という存在に置き換えて抱えることで何とか「向こう側」の力とのバランスをとっていたのだ。しかし猫の「ワタヤ・ノボル」がいなくなることで、拮抗《きっこう》していた「向こう」と「こちら」の力関係が変わってしまった。そのため本物のワタヤ・ノボルの影響力、つまり「向こう側」からの力が暴力的に夫婦の間に侵入してきたのではないだろうか。そうすると「こちら側」での親密な生活は一挙にバランスを失って崩れてしまう。これはどんなに親密な夫婦でも、はっきりとわからない理由で引き裂かれてしまう危険性が常に存在しているという暗示だろう。二人の間にどんな「猫」が存在しているのか、そしてその「猫」の行方に敏感にならなくては、夫婦の間で起こるさまざまな問題に取り組んでいく視点は得られない。

トオルが猫に、新しい名前を与えたというのは、実に大きな意味をもっている。「いわし」と新たに名前を与えられた猫に、「こちら側」の現実へと着地するための重要な役割が与えられたように……。トオルは、ワタヤ・ノボルなどという名前をいつまでも自分たちの猫におしつけておくわけにはいかない、と考えた。彼は「猫がここにいるうちに新しい正式な名前をつけておく必要がある。早ければ早いほどいい。それもなるべく単純で具体的で現実的な名前がいい。眼《め》で見ることができて、実際に手で触《さわ》れるような名前がいい」と考え、ちょうど、猫が戻ってきたときに、たまたま猫が喜ぶ鰆《さわら》を買っていたことから、サワラという名を猫に与えるのである。トオルは、「いいか、お前はもうワタヤ・ノボルなんかじゃなくて、サワラなんだ」と猫に教え、そのことを世界中に大きな声で告げてまわりたいような気持ちになる。この猫の名前の変化は、トオルとクミコの間で起こっている、大きな変化を示唆《しさ》している。もちろんこの時点で、トオルとクミコは「こちら側」の現実ではまったく連絡を取りあうこともないのだが、関係性はそんなこととは違うレベルで変化していくのである。何せ、この猫は「向こう側」から「こちら側」へと境界を超えて無事に移動してきたのである。二人の間に存在する大事な猫の名前がワタヤ・ノボルからサワラに変わったということは、二人の間にあるものが「向こう側」の力に脅《おびや》かされるものではなく、「こちら側」での温かみをもったものに変わっていく可能性を示していると言えるだろう。

治療場面での猫のイメージ

ではここで面接場面のなかで語られた猫について紹介しながら、猫の存在がもたらすものが何なのかについて考えていこう。事例は初めて紹介するC子さんである。

彼女は、「人とすれ違っても、その人が生きている人のような気がしない」「現実に起こっていることが現実とは思えない」「自分の身体《からだ》がはっきりと自分の身体であるという自覚がもてない」という離人感に一六歳の頃から苦しんでいた。うつ状態が前面に出ていたので薬物も投与されていたが、なかなか好転しなかった。体調が崩れることも多く、まったく家から出られず、寝込むような日々が続くこともあった。C子さんの家では彼女が小学生の頃から、タマという白黒ブチの猫を飼っていた。興味深いことに、家族はC子とタマの名前をうっかりというレベルを越えて間違えることが多く、まったく似ていない名前なのにC子さんはしょっちゅう、タマと呼ばれ、タマはC子と呼ばれていた。

調子が悪いときのC子さんにとっては、タマが側《そば》にいることが何よりも安心できることであった。タマと一緒にいるときは、少しだけ自分が自分であるという気がしてほっとすると彼女は言っていた。彼女にとっては、この猫なしにはいられないというほどに、重要な意味をもつ猫だったのである。ところが彼女が二〇歳のとき、漏電によって自宅が全焼してしまった。家族は全員無事であったが、このタマだけがいなくなってしまったのである。さまざまな状況から考えて、タマは焼け死んでしまったと思われたが、死骸はみつからなかった。C子さんがどれほどショックを受けただろうと、周囲の人間はみな心配していたのだが、「タマが死んだとはどうしても思えない。タマの体はなくなったかもしれないけど、いつも近くにいるような気がする。比喩《ひゆ》ではなくて」とC子さんは言う。その衝撃の少なさも、離人感ゆえなのだろうかとも考えたのだが、なんとその火事の後から、彼女の離人感は消失していったのである。自宅焼失後、二度目の面接時には、「自分が自分だというのが、よくわかる。とても気持ちがいいものですね」と彼女は語り、体調もよくなったので、自分の好きなことを何かしてみようかという気持ちになっていると笑った。もう少し後になってからは「失ったものはあまりに大きいですが、私にとっては悪い火事ではなかったように思います」と火事の意味について言及していた。その後、慎重に経過を見ていたが、二度と離人感が生じることはなく、今まで彼女を苦しめていた症状は劇的に消失したのである。アルバイトにも休まずに出られるようになり、非常に強力だった不眠もなくなった。やがて希望の専門学校に入学し、現在は卒業して社会人として働いている。

離人症というのは、「こちら側」の世界に自分の身体の位相がまったく定まらない厳しい症状であると言えるだろう。この症状に苦しむ人のなかには、「こちら側」に存在することが辛《つら》すぎて、「向こう側」へいっそのこと移ってしまったほうが楽ではないかと、現実的な死を選ぶ人もいる。しかしこのC子さんの場合は自殺と同じ重みをもった体験が、自宅の焼失という偶然の出来事として起こってきたのだと思う。離人症が回復していくということは、遠く隔たっていた「見える身体」と「見えない身体」をひとつのものとして体験することである。それを可能にするためには、いったん「こちら側」での「見える身体」を失うほどの危機を通って行かなくてはならないのである。

彼女は、自宅焼失後三ヵ月ほど経たときにこのような夢を報告している。

大きな仏像がある。胸のあたりに雲がたなびいているのが見える。ずいぶん大きな、山のような大仏なのだと思う。その大仏の耳あたりから、なにか白と黒の模様のついた小さな動物が出てきた。そして、大仏の肩に飛び降り、次に手の上に乗っかった。よく見るとタマだった。私は、タマ！　タマ！　と大声で呼んだ。するとタマは私の声に気がつき、こちらに向かって飛んできた。間違いなく、タマだった。この毛並み、この撫《な》で心地、このぬくもり、間違いなくタマだ。ただ、しっぽの先の色が白から黒に変わっていた。私はいつまでも、タマを膝《ひざ》の上にのせてその重さとぬくもりを感じながらタマを撫で続けていた。タマはそのうち、寝てしまった。

この夢について彼女は、「タマが生きているということがものすごくリアルにわかった。この世での姿はなくなったけれど、間違いなく生きているとわかってすごく嬉《うれ》しかった」と感情を込めて連想した。離人症で苦しんでいる頃、C子さんのたましいは、タマとの関係のなかに存在していたかのようだった。だから、連続体としての自分を少しでも感じることができたのは、タマと一緒にいるときだけであったのだろう。そして家族にとってはタマとC子さんの存在感が非常に似ていたため、名前の取り違えということも起こっていたのだろう。この夢のなかで、大仏の耳からタマは出てきているが、以前にも考察したように、耳は超越につながる回路である。タマは「向こう側」へと存在の位相を変えて行ってしまったが、大仏という宗教的な救済のイメージを伝って、夢のなかに顕現してきたのだろう。C子さんはこの夢を見たことで、同じ世界のなかで間違いなくタマは生きているという確信をもった。それは「向こう側」と「こちら側」が、ひとつの連続体として存在しているのだと実感できた体験でもあった。彼女にとってそれはたましいの存在に触れる瞬間でもあり、その感覚は治療者にも強く深く伝わってきた。自宅の焼失、愛猫の死という大きな犠牲の痛みのなかで、本当の物語が生成された瞬間であったとも言えるだろう。このような瞬間に、良くないことばかりを呼び寄せるような星回りが変わっていくのだ。

河合は「たましいの顕現」と呼びたいほどの重要な役割をもって治療場面に猫のイメージが登場してくることがあると述べている（『猫だましい』）が、このタマのイメージは、まさにたましいの存在を示唆《しさ》するものであったと思う。

ジョニー・ウォーカーの猫殺し

猫といえば、忘れてはならないのが『海辺のカフカ』である。ここでは猫探しの老人、ナカタさんが出てくる。彼は猫と話ができるという特殊能力を「向こう側」の世界からもち帰っている人物である。そしてナカタさんと深くかかわり、ナカタさんの役割を引き継ぐことになったホシノ青年も、まるで引き継ぎが完了したしるしのように、ナカタさんが亡《な》くなったあとで、猫と話ができるようになっている。

また、『海辺のカフカ』では、猫をめぐっての重大なエピソードが描かれている。それは猫殺しのシーンである。ジョニー・ウォーカーという謎《なぞ》の男が、残酷な手法で猫を殺すのだ。彼は生きたままの猫の首を落とし、心臓を取り出して食べるのである。彼は魂を取り出すために猫を殺しているのだとナカタさんに向かって説明する。「その集めた猫の魂を使ってとくべつな笛を作るんだ。そしてその笛を吹いて、もっと大きな魂を集める。そのもっと大きな魂を集めて、もっと大きい笛を作る。最後にはおそらく宇宙的に大きな笛ができあがるはずだ。しかしまず最初は猫だ」と。そしてその笛の音は、耳には聞こえないものらしい。「もちろん私には聞こえるよ。私に聞こえなくちゃ話にもならないからね。でも普通の人の耳には届かない。その笛の音を聴いていても、聴いているとはわからない。かつて聴いたことがあっても、思い出すことはできない。不思議な笛なんだ」と言う。つまり、殺したいから猫を殺しているのではなく、宇宙的な意味をもって猫殺しをしているのだとナカタさんに伝えるのである。そしてこの役割をもう自分は降りたいのだと言う。しかしこの役割を降りるためには、誰かに殺してもらわなければならないのだ。自分で勝手に死ぬ自由はないのである。そのためジョニー・ウォーカーはナカタさんに自分を殺してほしいと依頼するのだ。そんなことはできないと固辞するナカタさんの目の前で、ジョニー・ウォーカーは次々と猫を惨殺《ざんさつ》していく。その様子を見せられた挙げ句、ナカタさんは自分が自分でなくなる瞬間を迎える。そして猫をこれ以上殺させないため、そして自分が探していた猫を救うために彼を思い切り刺すのである。

それにしてもジョニー・ウォーカーは、なぜこんなにも残酷な方法で猫を殺さなくてはならなかったのだろう。彼は、いろいろなことが「決まり」によって決められていて、自分では決して自由にできないのだと言う。つまりこの猫の惨殺は、厳しい論理によって縛られているらしい。

ジョニー・ウォーカーの存在をこう考えてみてはどうだろう。「向こう側」と「こちら側」が明確に分かたれてしまったため、世界の全体性が損なわれ、連続体として存在することができなくなってしまった。これはたましいが失われてしまった状態だと言える。そこで、何とかしてたましいを取り戻そうとする動き、つまり連続体として存在するための切羽詰まったムーヴメントが、このジョニー・ウォーカーの存在として現れているのではないだろうか。猫のなかから魂だけを取り出して、音という波動（これも連続体のひとつの象徴だろう）を生み出すことができる笛を作る……という構想からも、ジョニー・ウォーカーが目指すところが、全体性の回復にあることがうかがえる。しかもそれは日常的なレベルで聴くことができる音ではないというところでも、「向こう側」を含んだ宇宙的な全体性を目指しているのだということがわかる。しかしいくら猫が、たましいの顕現として立ち現れることがあるとはいえ、実際の猫を殺しても、そのなかからたましいだけを取り出すことなどできはしない。でもジョニー・ウォーカーは、猫を殺すという形でしかたましいに近づくことができないのである。そこでジョニー・ウォーカーは、このような空虚なムーヴメントに終わりを告げ、全体性の回復のために本当にしなければならないことをナカタさんに委《ゆだ》ねたのではないだろうか。だからこそ、ジョニー・ウォーカーを殺害した後、ナカタさんは自分がしなくてはならない使命に覚醒《かくせい》し、世界の全体性を取り戻し、歪《ゆが》んだ生のあり方を糺《ただ》していくために、突き動かされたように西へと向かっていったと考えることもできるように思う。

ここでは取り上げられなかったが、村上作品には、『スプートニクの恋人』のなかですみれが語っていた猫の話（これは松の木に登ったっきり、煙のように消えてしまった子猫の話だった）や、飼い猫に食べられてしまった七〇歳の女性のニュースなど、まだまだ猫にまつわるエピソードが残されている。「向こう側」と「こちら側」を全体としてとらえ直すための物語の生成に、猫のイメージは大きくかかわっているのである。

物語の行方

君はいちばん正しいことをした。ほかの誰をもってしても、君ほどはうまくできなかったはずだ。だって君はほんものの世界でいちばんタフな15歳の少年なんだからね

――カラスと呼ばれる少年『海辺のカフカ』

小説を書くというのは、……多くの部分で自己治療的な行為であると僕は思います。「何かのメッセージがあってそれを小説に書く」という方もおられるかもしれないけれど、少なくとも僕の場合はそうではない。僕はむしろ、自分の中にどのようなメッセージがあるのかを探し出すために小説を書いているような気がします。

これは「はじめに」にも引用した、村上春樹の言葉である。彼にとって小説を書くという行為は、表層的な意識から遠く離れ、どこまでも自分のなかに入り込んでメッセージを探し出すプロセスそのものなのである。そしてその行為自体が、自分自身の病んでいる部分を癒《いや》

したり、欠落している何かを埋め合わせることになっているというのだ。心理療法のプロセスで、「クライエントが自分自身の物語を見出《みいだ》し、その物語を実際に生きていけるようになる」ということは、実際にどういうことを示しているのかを、村上春樹の作品を読み解きながらさまざまな角度から考えてきた。とくに目に見える現実――「こちら側」――と、異なった位相の世界――「向こう側」――との関係についてくわしく論じてきた。「向こう側」と「こちら側」をつなぐ本当の物語が生成されたときこそ、「こちら側」での生が真に守られ、支えられていくのである。しかしこの本当の物語の生成は、強い痛みをともなうものである。「癒し」という言葉が安易なリラックス法のような使い方をされるようになって久しいが、痛みをともなわない癒しなど、本当は存在しない。その真実を村上春樹の作品は厳しく追求しているし、この世での歪みや傷の問題に直面しなくてはならない心理療法の現場では常にその問題と向かい合っている。

最終節であるここでは、生成された物語の行方について考えていきたい。ではまず、今まで経過を追ってきたAさんのその後を紹介しよう。

日常のざわつき

Aさんの娘が、弟と父親の骨折を契機に、今までまったく見向きもしなかった家事に参加するようになったところまでは、すでに述べた。風呂《ふろ》掃除や食器洗いなど、家事に参加するようになってから、彼女は今まで熱心に描いていた絵をまったく描かなくなった。「向こう側」からのイメージを表現する回路は、いったん、閉じられたのである。弟と父親の骨折が治るまでは、彼女は家事をすることに対して、まったく不平や不満を言うことはなかった。しかしやがて二人の怪我《けが》が回復すると、それほど大した労力を使っているわけでもないのに、家事をした後はいつも「あー疲れた。どうして私がこんなことしなきゃいけないのかな」「こんなことをしていると、もう他のことは何もできないよ」と不機嫌な声を出すようになってきた。それがときには不機嫌を通り越して大声でAさんを罵倒《ばとう》することもあった。絶えて久しくなかったこの娘の荒れた様子に、Aさんは娘の調子が一番悪かった頃の悪夢がよみがえり、またあの地獄のような日々が訪れるのではないかと気持ちが暗くなるのだった。しかし面接場面でよく話を聴いてみると、最初の頃の食事をめぐる罵倒の仕方などとはまったく様子が違うのである。鋭くAさんの核心を射抜くような言葉も、Aさんを抜き差しならないところに追い込むようなこともない。ただ自分で処理しきれないイライラをぶつけているという印象なのである。そしてAさんも、以前のように腫《は》れ物に触るような対応をしていたわけではなかった。何でこの程度のことでそんなに文句を言うのかと腹が立ち、娘と言い合いになることもあったのだ。以前の娘の様子に比べたら、話が通じるようになってきているし、家事に興味を持つなどいい傾向が見られるのに、どうして娘の不機嫌くらいで自分はイライラしてしまうのだろうと、そのことでAさんは落ち込む日々が続いていた。

位相の違う「向こう側」の世界に娘は閉ざされているのだ……と娘の状態に対して深くコミットしている間は、たとえ娘が家事も一切せず、昼夜逆転の無為な世界を送っていても、日常的なことができないのは当然のことだろうとAさんはある程度納得していた。そういう意味では、娘に対して日常的ななんやかやを期待しなくてすむだけ、普段の生活に波風が立つことは少なかったと言えるだろう。そして家族二人が怪我をするという非常事態のなかで、Aさんの娘は「こちら側」の現実とかかわる回路を開いてきた。そしてその非常事態が治まった後で、いよいよ日常へ降り立つ動きが始まったのである。しかしこういうときには日常での問題がクローズアップされるため、目に見える部分での些細なトラブルが多発することにもなりうる。

Aさんは娘を理解するプロセスのなかで、夫にばかり決断を任せていた自分のあり方について真剣に考えたり、自分自身の思春期のエピソードと深くつながり直していた。そして音の聞こえ方が半音ずれてしまうという、Aさんにとっては世界が変容してしまうような体験を通して、娘の生きている世界に寄り添ってきた。このような「向こう側」のことを含んだ深い関係性が日常生活のなかに着地点を見出すまでの間は、何かとトラブルに見舞われることになり、まるで今まで培《つちか》ってきたものが無になるような苦しみを味わうことも起こってくる。Aさんの場合も、娘がちょっと八つ当たりをしてくるという程度の何でもないことなのに、自分でも驚くくらい気持ちにさざ波が立つのである。最初の頃の激しく厳しい攻撃に比べたら、まったく穏やかなものなのに、なぜかとてもきつく感じるのだ。

他の不登校の子どもの場合でも、とうてい外に出られるような状態ではないことがはっきりしている時期の子どもに対しては、朝、学校に行くかもしれないなどと期待することもないので、親にしてみればかえって学校を意識しないまま、日常生活は平穏に流れることがある。ところがそういう時期を過ぎ、子どもが「こちら側」の日常生活に着地しようとする動きが見えるようになると、とたんに日常がざわつき始める。今日は学校へ行くのか、行かないのか、行きたくないと言ったら行かせないほうがいいのか、それとも励まして送り出すのがいいのかといった、不登校当初に味わい尽くして、もうたくさんと思ったはずの気持ちの揺れがまた襲ってきて、親は激しく消耗することがある。子どもにとっても親にとっても、この日常への着地は、かなり大変なものなのだ。

日常を丁寧に「踊り続ける」こと

ではここで『ダンス・ダンス・ダンス』の「羊男」の言葉から考えてみよう。「僕」は自分が本当の意味で生きていくのには、「羊男」の世界――「向こう側」――とつながっていくことが必要なのだとわかった。しかしそのために普段の生活のなかで何をどうしていけばいいのかまったくわからなかった。そんな「僕」に対して、「羊男」は「どれだけ馬鹿馬鹿《ばか》しく思えても、そんなこと気にしちゃいけない。きちんとステップを踏んで踊り続けるんだよ」「踊るしかないんだよ」と言う。これは身動きがとれないような状況に陥っているときこそ、現実生活の中で起こってくるさまざまな出来事に対して、意識的にきちんとかかわることの重要性を示している。ダンスのステップを踏むときは、ただ漫然と歩いているときとは全身の動きが全然違ってくる。意識的に身体全体の筋肉を動かすことが必要になってくるのだ。このような動きが自分のものになると、現実に対する感じ方が変わってくる。以前にも述べたが、心理療法はこのダンスのステップのリズムを整える場としての意味を持っていると思う。日常のこころの動きが、心理療法という場が定期的に加わることによって意識的なものに変わってくるのだ。

Aさんが「向こう側」に開かれた感覚を持つようになった頃、面接場面では、ごく普通の日常を淡々と、でも丁寧に送ることの必要性を話し合っていた。このような重要なプロセスの最中だからこそ、日常生活の守りが必要になってくるのである。面接場面では、娘の様子の報告とともに、旬《しゅん》のものを食卓にのせて、季節感が出るよう工夫しているということや、今まで勇気がなくてまったく整理していなかった押し入れを思い切って掃除してみた……など、普段の日常生活を大事に扱っている様子がよく報告されていた。

現実の多層性だの、「向こう側」だのと論じていると、面接場面では、いつもどんな不思議でドラマチックなことが語られているのかといぶかしむ人がいるかもしれない。しかし実のところ「向こう側」の問題に深く入り込んでいるときにこそ、面接場面では日常的な生活の様子が丁寧に語られることが多いし、それを治療者もとても大事なこととして扱っている。

村上春樹の作品では、家事の様子がよく描かれている。主人公がアイロンがけを自分で決めた方法できちんと仕上げたり、換気扇や窓に至るまで部屋の掃除をしたり、あり合わせの食材でおいしそうな料理を作っている場面がくわしく描かれていることが多いが、これは非常に意味のあることだと思う。このような形で日常生活を大事に扱う態度こそが、「向こう側」にしっかりとかかわることにも通じるのである。

このことを別の角度から見ると、引きこもりの人たちに強迫症状が出やすいこととも関係しているように思う。ずっと家から外に出られない状態が続いていると、日常生活のこまかい部分にさまざまなこだわりができてくることが非常に多い。それは日常生活を過度に意識し、自分なりのリズムで、慎重にステップを踏む努力をしている結果なのだと考えることもできるのではないだろうか。「向こう側」の恐ろしい側面に足を取られないために、「こちら側」の現実を強固すぎる守りで固めているようにも思う。それが結果的に日常生活を不自由な形で縛ることになっているのだが……。

強迫症状に苦しむ人たちの生活の様子を聞いていると、まるで厳しい宗教的な戒律に則《のっと》って真剣に日常生活を律しているような印象を受けることがある。以前、永平寺での修行僧の生活をテレビで見たとき、起床時間にはじまり鐘の鳴らし方、食事や洗面の作法、座禅の仕方、掃除の手順など、日常生活の細部にわたってすべてが厳格に決められている様子に、強迫神経症のクライエントの生活ぶりを見るような思いがしたものだ。既成の宗教が日常生活にいろいろな戒律を持っているのは、その宗教によってもたらされるコスモロジーのなかに自分を位置づけていくためには日常生活の隅々まで規律によって統御することがどうしても必要だからなのだろう。それは、「向こう側」を含んだ多層的な現実のなかに、自分を位置づけていくプロセスなのである。そしてそのコスモロジーのなかに自分を位置づけることができれば、食事をしたり掃除をしたり顔を洗ったりといった日常の当たり前のことをすることが、そのまま「向こう側」を含めた世界と通じる貴重な体験になっていくのだ。そう考えると、自分自身の新たなコスモロジーをどうしても作り出さなくてはならなくなっているとき（つまり「向こう側」を含めた現実のなかに自分を位置づけようとするとき）、自分で勝手に創り出した非合理な戒律にしがみついて日常生活がスムーズにいかなくなるという否定的な形であったとしても、強迫症状がコスモロジーの創出のための一つの手段となって出現することもあるように思う。

また、「向こう側」にかかわりながら、どこかで「こちら側」と接点を持とうとすると、どうしても極端なやり方で現実にしがみつくような形になってしまうのだろう。思春期のクライエントに会っていると、主訴の他に症状の程度はさまざまにしても強迫症状をともなっている頻度がかなり高いことからも、「向こう側」にかかわらなければならない時期と強迫症状とは関連が深いという印象を受ける。

引きこもりの問題はさまざまな角度から論じられているが、そういう人たちが増えてきているのには、「こちら側」の目に見える世界が、加速度的にわかりやすく浅薄な物語だけに支配されてしまっていることとも無関係ではないように思う。「こちら側」があまりにも効率と目に見える成果だけを重視していると、それを逆手にとって、働かなくても暮らしていけるのなら、それが一番効率がいいと考えて、働かなくなる人もいるだろう。一方で、「こちら側」があまりに極端に功利的なところに傾きすぎたため、その反動として「向こう側」の世界に重心を置いて世界全体のバランスをとる役割を果たしている人もいると思う。そういう人たちは、「こちら側」から見ると、何の役にも立たない無為な人にしか見えないだろう。しかし、「向こう側」と「こちら側」のバランスをとるために無為になっている人もいるのかもしれないという想像力を持つことは、重要なことなのではないかと思う。

物語生成の瞬間

中学二年から不登校が始まっていたAさんの娘は、一六歳になっていた。学校に通っていたとしたら、高校二年生になる年である。高校受験が重要な話題になる頃、彼女は日常から最も遠い場所にいた。部屋に籠《こ》もってほとんど出てこない時期をようやく脱して、居間で過ごせるようになったのが、ちょうど受験の時期だった。中学三年は、進路を否《いや》が応でも意識しなくてはならない時期である。不登校の状態が長く続いていた子でも、この高校受験という現実的なイニシエーションを通り抜けることによって、日常への着地を目指す流れに乗っていける場合もある。しかし彼女はその頃、自分の進路などという現実的な問題にまったくコミットすることができず、そのような話題を持ち出しても、何も答えられなかった。通信制高校にでも在籍しておいたほうが、どこにも所属していないという不安が少し解消できるのではないかと考えた両親は、何度かその進路を勧めてみたが、娘は沈黙の海に沈むだけだった。後になってAさんは「どこかの高校に所属していないと不安だと感じていたのは、自分たちのほうであって、あの頃の娘はそんなことで不安になることはなかったように思う」と振り返っていた。その時期の娘の状態は、「こちら側」の現実に対しての所属感が希薄だったと言えるだろう。なにせ、「向こう側」の現実に「見えない身体」ごと召還されているような状況だったのだから……。そういう状態の彼女にとって、「高校生」という「こちら側」のペルソナが守りの意味を持って感じられるわけがない。だから彼女はその当時、進路について何も答える言葉を持たなかったのだと思う。それに家から一歩も出ることができなかったその頃の彼女には、通信制高校の面接に向かうこと自体が、とうてい無理だったのだ。

さて一六歳になった彼女は、家事は少々手伝うものの、後は何をするでもなく、一日中ゴロゴロするだけだった。ところがある日、テレビでパチンコのプロ集団のドキュメンタリーに強く惹《ひ》きつけられたことがきっかけとなって、彼女は突然、パチンコに強い関心をもつようになった。そしてAさんにパチンコ専門誌や攻略本を買ってくるよう頼んできたのだ。Aさんは最初、パチンコ専門誌などという大人のギャンブラーが読むような本を娘が読みたがっているということにぎょっとした。しかしこれは何か娘にとって大事な動きなのだろうと納得し、一生懸命、雑誌を探してみた。だが、Aさんは彼女が望むような雑誌や本をどうしても見つけることができなかった。見つけられなかったと言うと、また当たり散らしてくるのではないかとちょっと気を重くしながらそのことを娘に正直に伝えると、娘は黙って頷き、「じゃあ、今夜、本屋に一緒に連れていって」とAさんに頼んできたのである。その娘の言葉にAさんは本当に驚いた。娘が家の外に出かけるのは、ほぼ三年ぶりだったのである。

その夜、娘は長い時間をかけてシャワーを浴び、その後でトレーナーにGパンという格好に着替え、伸び放題になっていた髪の毛をピンとゴムを使ってきれいにまとめて、Aさんの車で夜遅くまで営業している書店へと出かけていった。三年間も外に出ていなかったのがそのように、娘はまったく緊張していない様子で自分の目当ての本を探していた。そして行き帰りの車のなかでは、懐《なつ》かしそうに街の様子をながめ、道行く人や、目についた店舗について何気ない感想をAさんに話しかけたのだという。「以前は娘と本屋に行くなんて当たり前のことだったので、嬉《うれ》しいとも何とも感じたことはありませんでした。でも今は他愛のない会話を娘としながら出かけられたことが、たまらなく嬉しかったんです」とAさんは喜んでいた。このときのことを夫に話したところ、三年ぶりに娘が外出できたという事実に喜ぶだけではなくて、そこでAさんが幸せな気持ちを味わったということを喜んでくれたのだった。それが何よりも嬉しかった、とAさんはハンカチで目を押さえていた。以前なら、そういう些細《ささい》な日常の話題など特に取り上げて夫に話すこともなかった。夫は仕事で忙しいのだから、よほどのことがない限り、煩《わずら》わせないようにしようとAさんは考えていたのである。その気遣いが、かえって夫との距離を作っていたのだった。もちろん夫婦で決めなくてはならない用事があるときには、相談したり、話し合ったりしていた。しかし何を嬉しいと感じるかとか、自分にとって何を大事に思ったかというような話はほとんどすることがなかった。日常の何気ない出来事のなかで感じたことを言葉にして伝え合っていくということが、日々の生活を紡《つむ》いでいくうえでどれほど重要な意味を持っているのか、そして今までそういう目に見えない積み重ねを、いかにないがしろにしていたのかということをAさんも夫も気がついたのである。

Aさんが、娘との間で感じた胸が熱くなるような幸せな気持ちを夫との間で共有できた瞬間は、二人の間で新たな物語が生成された瞬間だったと言ってもいいだろう。しかしこれはあくまでもその瞬間に生まれたものであるにすぎない。その物語が日常のなかで本当に力を持ってくるためには、「踊り続けるしかない」のである。

日常への着地

パチンコの必勝本を熱心に読むようになった娘は、やがてパチンコに行きたいと言いだした。夫とこの件についていろいろ話し合ったところ、なんと夫は、自分が付き添って行くと言ってくれたのだった。Aさんも夫も、パチンコに一八歳未満の娘を連れて行くようなことは絶対にできないような常識的な枠組みを持っている人だった。しかし、どうやら娘が「こちら側」で元気を取り戻していくためにはこのような回路も必要らしい。不登校になり始めのころ、裏で援助交際という歪《ゆが》んだ形でエネルギーを得ようと試みていたことを考えると、親に率直に相談してくる今回のパチンコの件は、格段に認めやすい方向性を持つものだった。

娘は父親と二人で出かけることに最初は躊躇《ちゆうちよ》があったが、自分が勉強した必勝法でどうしてもパチンコをしてみたいという気持ちが勝り、ついに二人でパチンコ店へと出かけていったのである。そこで娘があげた成果は驚くべきものであった。台を一台一台観察して、くわしく機種を調べ、自分が勝つことができると判断した機種を探し当てて台にむかったところ、あっという間にフィーバーフィーバーで大儲《もう》けをしたのである。これには父親もびっくり、Aさんも仰天だった。それからというもの、毎週、娘は父親といろいろなパチンコ店に行くようになった。娘は、いくら投資していくら儲かったか、どこのパチンコ店ではいくら負けたかということをくわしくノートに記していた。

Aさんと夫は、この子はこのままパチプロになるのではないか、と冗談半分で話していたが、もし彼女がそのような道を選んだとしても反対するつもりはなかった。ところが三ヵ月ほどパチンコ通いが続いた後で、ぷっつりと娘はパチンコを止《や》めてしまった。「どうしてもう行かないの」と尋ねたAさんに、「気がすんだから」とにっこり笑い、またゴロゴロと寝ころぶだけの日々が戻ってきた。思い切り内向しながらお金や品物を得ることができるパチンコという回路は、娘にとって社会とかかわる最初の手段として重要だったのだろうが、一過性のもので終わったのである。

やがて彼女は、Ａさんの料理を手伝うようになった。今まで料理などまったくしたことがないのに、「こうしたほうがもっとおいしくなる」「ここには切れ目を入れたほうがいい」などいろいろ口を出してくるのだ。それはＡさんには思いもつかないようなやり方なので、いぶかしみながら実行するのだが、娘の言う通りにしたほうが、確かにおいしくできるのだった。そして弟や父親も、娘が参加した料理をとても楽しみにするようになっていった。料理に関してまったく興味もなく、実際に調理をしたこともなかった娘が、どうしていきなり熟練した料理人のようなことがわかるのか、Ａさんは不思議でたまらなかった。『海辺のカフカ』で、「向こう側」に出入りしたナカタさんが猫と話ができる能力を、そして佐伯さんが不思議な和音のコードを持ち帰ったように、彼女は「向こう側」から何か味に関しての特別なイメージを持ち帰ってきたようにも思う。そして、今度は絵を描く代わりに調理という手段でそのイメージを表現しはじめたのかもしれない。

不登校になった最初の頃、娘は食事のことでＡさんに暴言を吐き続けていた。この世にあるものを自分の身のうちに取りいれるプロセスに対するこだわりが、以前はＡさんへの攻撃という形を取らざるを得なかったのだ。それが今は、よりおいしく食べるための調理方法を工夫するという方向に還元されていったようだった。食べ物を一緒に作るようになってからというもの、普段の生活のなかで娘がイライラして当たってきても、Aさんは軽くいなせるようになってきた。もちろん腹が立ったら言い返すこともあるが、それによって自己嫌悪《けんお》にさいなまれるようなことはなくなったのである。食べ物という「こちら側」で生きるためのエネルギーの摂取に関して親子でかかわることが、最終的に日常への着地を助けることになったようだった。日常への着地ができた段階で、もう面接場面で扱わなくてはならない問題は一段落ついたと言える。その頃はまだ娘の進路は定まっていなかったが、Aさんも後は自分の判断と家族の支えでやっていけると思えるようになっていたので、治療は終結となった。

その後、Aさんの娘は、一七歳で入学した通信制の高校を卒業した後、情報処理系の専門学校へ進学し、今は会社員として働いている。

日常という物語を生きる

『ダンス・ダンス・ダンス』では一三歳の少女ユキ、そして『ねじまき鳥クロニクル』では一六歳の少女メイ、また『スプートニクの恋人』では一〇歳の少年にんじん、そして『海辺のカフカ』の一五歳のカフカ少年……彼らはみな「向こう側」にかかわる課題を抱えているがゆえに、現実での適応が困難になったり、問題行動を起こしたりしていた。この子たちが「マトモな世界」（つまり「こちら側」の現実社会）に帰っていく力を得るためには、その子に深くかかわる大人がどんな物語を生きるのかが問われる。先に挙げたどの作品でも、彼らに深くかかわる大人（主人公）はみな、「向こう側」との関係を真剣に模索し、そこで深く傷つき、温かい犠牲の血を流しながら本当の物語を生成しようとしている。Aさんも、娘を通じてもたらされる「向こう側」からの深い傷を受けながら、自分自身の核とつながり直すための物語の生成に真摯《しんし》な態度で取り組み続けた。Aさんにとってこのプロセスは、自分の生の意味を根本から問い直すような体験にもなったのだった。

少年が犯した残酷な犯罪や、何の危機感もなく自分の性を売り物にしたことによって犯罪に巻き込まれた少女たちの事件など、報道は連日喧《かまびす》しい。善悪の峻別《しゅんべつ》を超えた「向こう側」のパワーが、秩序を破壊する「性」と「暴力」という形で「こちら側」へとなだれ込み、その身体のうちに境界性を内包している子どもの身体を通して事件として顕現しているように思える。これには大人たちが表面の流れだけが整えばいいという浅薄でインチキな物語を生きていることへの警告が含まれているのを感じる。子どもたちは、問題を起こすことによって大人たちに対して、「向こう側」のことをイメージし続けられる感性と、そして日常生活を意識的に大事にしていく態度を持ち続けることを強く求めているように思う。

「向こう側」にかかわる多層的な現実のなかに自分を位置づけていくプロセスこそが、自分自身の物語を発見し、生きていくことである。そしてそれが日常生活に根ざしたものになってこそ、本当の自分の物語を生きているといえるのではないだろうか。

補論

１Ｑ８４と「こころの震え」

どうしてこんなにも村上春樹の作品は読まれるのだろう。特に１Ｑ８４は、爆発的なブームになっている。村上春樹の作品は、物語のストーリーをただ楽しむというにはあまりに構造が複雑で、解かれないままの謎も多い。娯楽作品とはとても言い難く、日常とは異なった次元から日常の在り方を問い直すような厳しさを持っている作品が、これほど多くの人々に読まれているのはどういうことなのだろうか。もちろん、それにはさまざまな理由があるのだろうが、読み手がそれを意識しているかどうかは別として、村上春樹の作品によって日常と異なった次元の物語のなかに誘われることを、切実に求めている人が大勢いることだけは確かだろう。

そう感じたのも、この本を読み終わったときに、自分の過去の記憶が少し書き換えられ、ほんのちょっと違った人間になったような気がしたからだ。「さきがけ」が存在し、十七歳の少女ふかえりの「空気さなぎ」がベストセラーになった1Q84年から二十五年たった2000Q年に自分が生きているような感覚が今も続いている。この作品を読む……というよりも、「体験する」前と後とでは、何かが少し、違うのである。それは、村上春樹が作品中でよく表現している「こころの震え」のようなものを呼び起こされたような感覚でもある。

この1Q84は、善と悪、光と影、被害者と加害者など、対立する概念が絡み合い、今までの村上作品のモチーフを踏襲しながらも、特に複雑な入れ子構造になっている。また、ふかえりと天吾の二人で世に送り出すことになった物語の力によって世界の細部の記憶が変わったのか、世界の記憶を組み替える必要があったからこの「空気さなぎ」の物語が生み出されたのか、そのどちらでもあるような多層的な読後感が残る。

このように1Q84は、とても簡単にあらすじを語れない物語であるし、あらすじを知ったからといって、それはこの作品を体験したこととはまったく違う。この作品にしっかりと向かい合うと、「体験する」としか言い表せない身体感覚が残ることについて、どう表現したらいいのだろうとずっと考えていた。

その試行錯誤のなかで、対立する概念の接点のあちこちに「十歳」の子どものエピソードが存在していることが浮き上がってきた。あらゆる切り口で考えることを許容する作品だが、本稿では、「十歳」という時期に注目して、この「こころの震え」の体験について考えてみたい。

青豆と天吾にとっての十歳

天吾にとっての一番古い記憶は一歳半のときの母の記憶だった。それは、時として強いめまいの発作のように、身体的な衝撃として襲ってくるほど強烈なものだった。彼にはその記憶の意味するところはよくわからなかったが、それが自分の出生の秘密にかかわる重要な記憶だということは、おぼろげながら感じていた。最初の記憶というのは、そのひとが初めて自分のことを客観的に見ることができた瞬間の印だと言われている。だから、そこにいるはずの自分の視点から見えたものの記憶ではなく、そこにいる自分を俯瞰する（客観視する）視点からの記憶になるのだ。天吾の記憶も、ベビーベッドに寝ている自分を第三者として眺めているカメラワークになっている。

天吾はその後、母と一緒に暮らしたことはなく、母についての記憶もそれしかない。彼はかなり人生の早期に、母性的な一体感から否応なく離脱させられていたのである。それは、早々に自分を客観視せざるを得ないような状況に置かれていたともいえる。幼児期に母性の守りがとても薄かったということは、この世を生きていくうえで非常に心許ないことである。その守りの薄さを客観する力の強さで何とか彼は乗り越えようとし、普通ではありえないくらい早期の一歳半の記憶として母の姿を自分に焼き付けていたのかもしれない。そしてその記憶は、自分を育てている父とは違う男性が、自分のほんとうの父親かもしれないという、天吾にとってのある種の希望にもつながるものでもあった。しかしいくらかすかな希望をはらんだ記憶だったとしても、その記憶は彼を苦しめる。母性との接点の記憶はその弱さを補償するかのように、唐突に衝撃的な強い形をとって甦ってくるので、日常生活との折り合いが悪くなるのだ。

しかし、ふかえりの「空気さなぎ」という稚拙ではあるが人の心に訴えかける幻想的な物語に真剣に深くコミットし、その世界観を正確にたどりながらリライトしたことがきっかけとなって、天吾には別の記憶がくっきりと立ち上がってくる。それは、十歳の時の記憶だった。この記憶は、もうひとりの主人公である青豆にかかわるものだ。

十歳の時、誰もいない教室で青豆は天吾の左手を強くにぎり、じっと彼の目を見つめた。その瞬間にこころのなかに巻き起こったさまざまな感情や、そのときの青豆の澄み切った深い目差しは、天吾のこころを揺さぶった。しかし、その記憶がどれほど深く自分の魂に大事なものを届けていたのかその真の意味を理解するには、「空気さなぎ」だけでなく、「猫の町」の物語、そして「平家物語」や「ギリヤーク人」の話など、失われた人々のさまざまな物語の世界を一巡する体験が求められたのだ。

一方、青豆にとっては、天吾との孤独な魂が触れあった十歳の時の記憶は、唯一、自分がこの世に生きている根拠となるほどの深い愛の記憶となっていた。青豆は、この天吾への愛の記憶に支えられて、自分を特異な世界に縛り付けていた両親から離れることを決意する。

そして天吾も、今まではどんなに辛い想いをしていても逆らうことなどできなかった父親に初めて自己主張をし、自分自身を生きる方向へと人生の舵をとったのである。

このように、自分を傷つけ損なうものであり、他の人との良好な関係を切断してしまうものでもあった親からの呪縛に、青豆も天吾もともに十歳の時に立ち向かっている。十歳の子どもにとって、生活のすべてをゆだねなくてはならない親に対して、徹底的に袂を分かつような決意をするというのは、とてつもないエネルギーを必要とすることだ。それはほとんど不可能と言ってもいいくらいのことである。しかしそのエネルギーを生み出すような核融合反応がふたりきりの教室で、青豆と天吾との間に起こったからこそ、そのようなことが可能になったのだ。

十歳の光と影

一方、ふかえりにとっての十歳は、幸せな子ども時代の終焉だった。ふかえりは、その年齢までは自分でそれほどものを考えず、言われることに従うだけの価値観のなかで生きていても特に疑問を感じないようなふつうの子どもとして生きていた。そんなふかえりにとっては、育っていた環境が客観的にみるとどれほど閉鎖的で偏った考え方に支配されたものであったとしても十歳までの生活は「たのしかった」と振り返ることができるものだった。しかし、十歳のとき、自分の不注意で盲目の山羊を死なせてしまったことがきっかけとなって、もうひとりの自分を無理矢理、覚醒させられることになる。そして、その結果、決定的な性の穢れも引き受けなくてはならなくなったのである。

また、青豆と擬似的な友人関係になるあゆみにとっても、十歳という年齢は兄や叔父から性的ないたずらを受けた年であった。そしてつばさちゃんという「さきがけ」の教祖から性的な被害を受けた子も、十歳である。この人たちの十歳は、みな、圧倒的な力によって損なわれてしまっている。

青豆と天吾が手を強く握り合った体験は、（特に青豆にとって）自分が初めて抱いた強い「意志」によって、自分の力で他者とつながることができるという確信を心の核に芽生えさせる力をもっていた。しかし、その他の女性の登場人物にとっての十歳は、「性」という強力なつながりを発生させる働きかけを、自分の「意志」を徹底的に踏みにじられるという形で体験させられているのである。

このように、同じ「つながり」の意味をもつことが、光と影、陽と陰とをくっきりと際だたせる形で物語のなかで立ち上がってきている。

1984と1Q84

十歳は、子どもとしての完成に近づいている年齢であり、第二次性徴を始めとする思春期のさまざまな混乱を迎える直前の臨界点にある年齢と言っていいだろう。それだけに、あらゆるエネルギーの切り替えのポイントにもなりうる。それまでの子ども時代がどんなに不幸であったとしても、自分の意識のもちようで生まれ直すことが可能になるということを、自分で信じることができるようになる最初の年齢だと言えるだろう。だからこそ、天吾にとって一歳半の人生最初の記憶に代わって、この十歳の記憶が大きな意味をもつようになってくるのだ。自分の意志をもつことができる人生の出発点としての十歳の体験が、これからの人生を生きていくうえでの必要不可欠な記憶となってくるのである。

ふかえりは十七歳の少女であるが、胸だけは美しく大きくなっているものの、他の第二次性徴はまったく訪れず、十歳のままで封印されている。つまり、十歳の臨界性をそのまま内包しているような特別な存在なのである。だからこそ、彼女とかかわることで、天吾の十歳の記憶は賦活されていったのだ。

青豆と天吾は、どんなに惹かれあっていたとしても、１９８４の世界では出会うことはできない。いや、特に天吾にとっては、十歳以降一度も会ったことがないのに、自分がこれほど青豆に深く、そして強く、惹かれているということすら、１９８４の世界では思い出すことは叶わない。青豆との記憶が、天吾にとってのその後の自分の人生の起点になるような体験となっていること、そして、青豆に対して自分が深い愛を抱いていることに気づくためには、１Ｑ８４の世界を、この十歳の記憶とともに生きることがどうしても必要だったのである。

青豆と天吾がこのような深い絆を見出すため、つまり十歳の真実の愛の記憶を現実のものとするためには、暴力に圧倒される十歳の子どもたちの悲しく残酷な物語が存在する１Ｑ８４の世界を生きるしかないのだ。そして、その体験を通して十歳の愛を核とした、世界の再編が行われるのである。

１Ｑ８４の世界に浮かぶ二つの月は、いつものはっきりした輪郭をもつ月と、小さくて少しいびつな緑がかった月である。この小さい月は、「ドウタが目覚めたときに」出てくる。そしてこの二つの月が「心の影を映す」のである。このドウタという、別の世界からのメッセージを知覚できる存在は、十歳の子どもの姿をとって「空気さなぎ」から生まれる。そして、月は誰にでも二つ見えるわけではない。つまり、十歳の子どものときの真実の記憶がある種の大切なメッセージとして自分のなかで立ち上がってきた人だけに、月が二つ、見えるのだ。記憶の再編は、人生の再編になる。大人の月と、十歳の子どもの月。この二つの月を空に見ることが、生きていく苦しみの大きい人生に意味を与え、約束を信じる気持ちを支え、愛を感じる魂を育んでいくのである。

ここではない世界の物語の必要性

現実と妄想の境目がわからなくなった老人が、「帰る。家に帰る」と、必死になって帰る家を探すことがよくあるが、この帰る家とは（どんなに辛い想い出のある家であったとしても）、十歳までに住んでいた家であることが多い。このように、人生の終末期になったときには、十歳という臨界点にある年齢での記憶が、また大きく意味をもってくる。

今を生きている多くの大人たちは、システムに縛られ、個人として考える力を失い、無力感に苛まれ、漠然とした不幸を感じて生きている。天吾は、ここにある世界の過去を書き換えるために、ここではない世界の物語が必要になると言う。過去の自分の記憶の意味づけが変わるというのは、自分が生きている世界の意味が変わるということなのである。

集合的には１９８４年という過去の、そして個人的には十歳という、子どもとしての臨界点を示す時期の記憶を思い出し、その記憶の意味づけが変わることが今の時代を生きていくために切実に必要になっている。

ここではない世界の物語を、真実の記憶としてここまで緻密にリアルに照射してくる作品は他にない。だからこそ、自分の生きている世界の意味を少しでも書き換える「体験」を求めて、人はこれほどまでに村上春樹の物語を求めるのだろう。

初出＝「十歳を生きるということ——封印された十歳の印としてのふかえり」（『村上春樹「１Ｑ８４」をどう読むか』河出書房新社、二〇〇九年）

思春期への巡礼がもたらすもの

思春期の体験は大人になった人間にとってどういう意味をもつのだろう。生活をそつなく送ることにエネルギーを費やしている大人の日常のなかにも、思春期の頃の自分はどこかで生きている。思春期というもっとも感受性が研ぎ澄まされる時期の体験は、一生を通じてそのひとの人生の通奏低音として響きつづけるのである。

『色彩を持たない多崎つくると、彼の巡礼の年』（以下、『色彩を持たない〜』）は、思春期の体験が二十歳のある地点に深い傷とともに刻印されている多崎つくるの物語である。三十六歳になったつくるは、その二十歳の時の体験を真に自分のものにしていく必要に迫られる。それは自分のなかでずっと流れ続けている思春期の通奏低音の響きを、もっとも良く聞こえる場所に赴いてじっと耳を傾けることでしか成し遂げられないことである。

さて、つくるの思春期の巡礼がどういうものであったのかをたどっていくにあたって、まず現代の思春期の友人関係の「リアル」は、どういうものなのかを考えてみたい。スクールカーストなどという言葉が飛び交い、陰湿ないじめや人間関係の難しさばかりが話題になっているが、この『色彩を持たない〜』に描かれているような一点の曇りもないような、深い信頼関係で結ばれた奇跡的な高校生グループは実際に存在しているのだろうか。

このことを考えるうえで、このような完璧なグループのありよう自体がリアルではないがゆえに、『色彩を持たない〜』で描かれている高校時代のエピソードは、すでに失われたユートピアの寓話として捉えたほうがいいのではないかという見方もできる。この件については、河合俊雄が「社会的に望ましい活動をし、グループ内での恋愛が禁止されているなど、あまりにも不自然で影のないこの五人グループは、とてもリアリズムに沿っているとは思えず、赤、青、白、黒という四色が用いられているように、むしろユートピア的なアレゴリーとしての調和を描いているとしか思えないのである。極言すると、これは本当のところは既に失われているはずの『完璧な世界』の作り物なのである」と言及している（河合俊雄「色彩を持たない多崎つくるの現実への巡礼」月刊「新潮」新潮社、二〇一三年七月号）。そして多崎つくるが、その「乱れなく調和する親密な場所」から追放されてしまったことが「超越や死との連関を断たれた現代のこころの状況を反映している」とし、今までの村上作品では、連関を断たれてばらばらになる以前の世界が「向こう側」として描かれていたが、今回はその世界を「実際の過去」にユートピア的世界として位置づけたのではないかと論じている。つまり今回の作品は、「向こう側」として超越的世界が二世界的に設定されるのではなく、実際の過去の話として個人のなかに内面化されているという構造をもっているのではないかと指摘しているのである。これは非常に重要な指摘だと思う。

優れた文学作品はさまざまな読み方を許容するが、筆者にとっての村上作品は、心理療法の現場に訪れてくる方たちのことを深く理解するための手がかりを与えてくれるものでもある。今回の作品でも、つくるが、思春期に形成された親密なグループから突然、理由もわからず排除されたり、それによって死の瀬戸際まで追い詰められたりするといった、まさに心理療法の現場で頻出するエピソードが中心に据えられていたこともあって、読みながらさまざまな事例が頭に浮かんでいた。これは「友だち解散式」として提示したことがある例であるが（『フツーの子の思春期』岩波書店、二〇〇九年）、つくるのことを考えるうえで参考になると思うので紹介しよう。

Aさんが相談室に来談してきたのは、高校二年生の六月だった。「何か自分の感じ方がおかしいみたいで、いろんなことがよくわからなくなって……」と、かなり混乱した様子だった。混乱に至るいきさつは、次のようなものである。

Aさんは高校一年のとき、四人の仲の良い友人ができた。いつも五人一緒に居るのが自然で、誰かが学校を休んだときには、残りの四人で分担してその人の分までノートをとって届けていた。Aさんは自分のことをこれといった特徴のない「地味な人」だと思っていたので、華やかで、話がおもしろく、親切で、成績も良いひとたちが、なぜ自分と仲良くしてくれるのかわからず、不安になることもあった。つくるが、「自分は本当の意味でみんなに必要とされているのだろうか？　むしろ自分がいない方が、あとの四人は心置きなく楽しくやっていけるんじゃないか？　彼らはたまたまそのことにまだ気づいていないだけではないのか？」と感じていたように。

しかし、グループのみんなはときたまAさんがボソッと言う発言をとても喜んで笑ってくれるので、そのグループにいると自分が面白みのある人間になったような嬉しさも感じていた。つくると同じように、大体は話の聞き役に回ることが多かったが、そういうポジションも自分の性質と合っていると思っていた。このグループでは、誰かがいないときに陰口を言うようなこともまったくなく、こんな楽しい高校生活が送れるなんて信じられなかった。「思春期に必要とされる滋養をつくるはそのグループから受け取り、成長のための大事な糧とし、あるいは取り置いて、非常用熱源として体内に蓄え」ていたが、まさにAさんもそのような時を過ごしていたのである。つまり、「特別なケミストリー」によってもたらされた完璧なグループが（Aさん個人の体験としては）存在していたのである。

そんな一年を送り、いよいよクラスが別々になるときが来た。ところが終業式が近づいたある日、リーダー格のBさんから信じられない提案があった。それは「終業式の日で友だちを解散しよう」というものだった。Aさんは何が起こったのかわからないままだったが、

「来年度、違うクラスになったらそこで新しい友だちをつくらなくちゃいけないからね」と、Bさん以外の他のメンバーも一様に平気な顔で同意し、メールのグループ登録も解除することになった。Aさんは、解散という事実よりも、やはり自分のような人間はこのグループに必要なかったんだと、こころが粉々になったような気持ちで春休みを過ごしたのである。

そして新学期になった。すると同じクラスに解散宣言をしたBさんがいたのである。そして「あ〜、よかったAが一緒で！　この一年、またよろしくね！」とくったくのない笑顔で近づいてきて、あっという間にBさんを中心にAさんを含むまた別の五人グループができ、一年のときと同じく表面的には和やかに過ごすことになったのである。しかしAさんは、グループが解散になり、自分を求める人はもう誰も居ないのだと春休みに落ち込んでいたときよりももっと辛くなり、割り切って考えられない自分がおかしいのだろうかと、冒頭のような悩みを抱えて面接室にやってきたのだ。

実は、このように学年が変わるときにグループをいったん解散するという話は、他にも何人もの子から聞いたことがあるので、そうめずらしいことではない（そのことに何の問題意識ももっていない子も多く、そのような子のほうが現実適応が良かったりする）。今、学校で居心地よく過ごすためには五人程度のミニマムな共同体を良い関係で維持することが必須条件になっているのだ。その共同体以外のクラスメイトとの関係は希薄なので、同じクラスでも名前を知らない人がいるなどということは当たり前なのである。そのミニマムで親密な共同体なしには、学校に行くことが困難になるほど、それは切実な問題となっているのである。

つくるたちはクラスが離れても同じグループであり続けていたのでAさんの場合とは違うし、異性が入っているグループであることや、お互いの深い信頼関係のありようも、グループの一員で居られなくなったいきさつも重みもまったく違う。ただミニマムな共同体のなかでの影のない完璧な調和の体験をしたことと、それがいきなり反転し、暗い影を背負う体験をしたという点では共通項があるように思う。しかし、Aさんが徹底的に損なわれてしまったのは、その完璧な調和の体験を喪失したからではなかった。解散することによってその調和した世界は崩壊してしまったのに、また同じクラスになったからという場の条件だけで、すぐにまた和やかなグループが形成されたというところにあった。完璧な調和の体験を喪失したという辛さよりも、あっという間にそれが別の形で再生したことによって、高校一年生のときのその完璧な調和の体験自体が、まったく表面的な薄っぺらい嘘だったことを思い知らされたことが一番のダメージだったのである。

つくるにとって、仲間から意味もわからず突然に排除されたことは、まさに死ぬほどきついことであった。そしてその排除された理由を明らかにせず、そのままその事実を呑み込んで十六年が過ぎていたのである。つくるの恋人沙羅は、なぜその時に何かしらの手を打つことをしなかったのかと疑問を呈するが、つくるは「真相がどのようなものであれ、それが僕の救いになるとは思えなかった。どうしてかわからないけど、そういう確信のようなものがあったんだ」と答える。

こんな仮定の話をしても仕方がないが、もしつくるがその排除の理由を明らかにするために、すぐにアオやアカなどを問いただして誤解を解いていたとしたら、あれほど死のギリギリにまで近づくほどの体験はせずにすんだかもしれない。しかしその代わりに、高校時代の「乱れなく調和する完璧な世界」そのものが変質してしまったに違いない。そしてそれは「すでに失われたユートピア」として存在することすら、できなくなったと思う。Aさんが徹底的に損なわれたと感じたのが、高校一年のときのユートピアの喪失にあったのではなく、あっという間のお手軽な再生にあったように。完璧だったグループの破綻という象徴的な死がありながら、時間の淘汰を受けないままに安易に行われる再生は、まるでゾンビのようであるし、再生する前のグループの存在意義までも非常に浅薄なものに変えてしまう。

つくるは、理不尽にグループから排除されたという事実をまるごとそのまま受け止め、死のギリギリのところをくぐり抜けることによって、高校時代の完璧な世界を守ったのではないだろうか。すぐに真相を知ることが自分の救いになるとは思えないという確信は、そこにあったのかもしれない。グループからあのような斬られ方をしたのは、つくるにとってもっとも残酷な仕打ちだったし、斬る側のクロやアカやアオにとっても深い傷を負うことだった。

しかし実はシロ（の妄想に基づく物語）を守るためだけでなく、大事な思春期の一体感の記憶を守るためにも必要なことだったのである。

先に河合の論説を引用しながら述べたように、この『色彩を持たない～』の物語は、「向こう側」として超越的世界が二世界的に設定されてはいない。「向こう側」というユートピアが存在していたが、超越的世界は、「すでに今は失われているけれど、過去に完璧な世界としてのユートピアが存在していた」という定点として個人のなかに存在している。そして、十六年という年月を経て、やっとその自分の歴史のなかに刻まれた定点をめぐる巡礼が始まるのである。

この『色彩を持たない～』では、さまざまな物語が入れ子のようになって、つくるの思春期への巡礼をネットワークでつなげている。つくるの思春期は二十歳で凍結されているため、二十歳以後のエピソードでもそこにあるのは思春期の意識なのである。では、初めてつくるが東京で得た年下の友人、灰田が語った物語から考えてみよう。

ある夜、灰田は自分の父親が二十歳のころ、放浪先で出会った緑川という不思議な男の話をする。現在の灰田の父は整合性のとれた破綻のない生活を送っているが、その緑川という男と会ったころは、全国を放浪するような長い旅（巡礼か）をしていた。その緑川という男は、自らが一ヶ月後に死期を迎えていることを灰田の父に告げる。緑川は、人間の背後に光っている色を見ることができると言う。この色を見ることができる能力は、死のトークンとも言うべきものを受け取った時点で発動するらしい。興味深いのは、この死のトークンの受け渡しの方法である。

「簡単なことだ。相手が俺の話を理解し、受け入れ、事情をしっかり納得して、そのうえでトークンを引き取ることに合意してくれればいい。その時点で委譲はめでたく完了する。口頭でかまわない」ということなのである。トークンをもっている人の話をそのまま「理解」すること、つまり、その人が語る死にまつわる（トークンの）物語をそのままに受け入れるとき、その物語に含まれている力は発動するのだ。そしてそのトークンを手に入れると、「真実の情景」を目にすることになるらしい。「その情景には論理も非論理もない。善も悪もない。すべてがひとつに融合している。そして君自身もその融合の一部になる」ということなのだ。つまりこれは、違う次元の超越的な層への扉が開かれるためには、論理的な説明を越えたものを包含する物語をまるごと受け入れることが必要になるということを示している。その物語を受け入れることによって、意識が違う次元へとイニシエートされるのである。

この緑川の話は、『色彩を持たない～』のなかで、超越に関する数少ないエピソードとして登場してくるのだが、それは「向こう側」というもうひとつの世界ではなく、灰田の語る灰田の父の過去の体験という形をとって、物語のなかの物語として出現してくる。「向こう側」が過去の体験の物語のなかに含まれているものとして時間軸のなかに位置づけられているのである。

灰田の父は、緑川との物語をどうやら息子に何度も語っていたようだ。灰田は父がつくり話をできる人間ではないということから、この物語をそのままそっくりと受け入れている。それはその物語のなかに灰田自身も含まれていくということである。そして、その物語を灰田から聞いたつくるも、その物語のなかに含まれていく。灰田から緑川の話を聞いた夜、つくるは「すべての夢の特質を具えた現実」を体験する。「それは特殊な時刻に、特殊な場所に解き放たれた想像力だけが立ち上げることのできる、異なった現実の相だった」。そこでつくるはシロとクロと交わり射精するのであるが、シロの代わりに灰田がそれを受け止める。これはつくるにとってイマジネーションと夢と現実が交錯する体験であった。

ある種の超越にまつわる物語は、語られ、共有することによって、その話を聴いた人をもその物語のなかに含んでいく力をもっている。つまり物語に含まれることによって、生成されたイマジネーションと現実が交錯するのはそういうときである。心理療法の立場から言うと、こういうことが起こるときには現実的に大きな変化が生じやすい。

その変化のひとつが、灰田がつくるの前からいなくなったことである。しかしそれはつくるに前のときほどの深い混乱をもたらさなかった。つくるは灰田が、自分の罪や穢れを部分的に引き受けて、その結果どこか遠くに去ったのではないかという気さえしたのである。

考えてみれば、五人の奇跡のようなケミストリーは論理性を超えたものだった。すべてがひとつに融合し、自分自身がその融合の一部になる体験は、死のトークンがもたらす超越の感覚そのものである。緑川がトークンを受け取ったときに得た、人のバックライトの色が見え、完璧な世界を知ることのできる能力を、奇跡のようなケミストリーのなかで五人ともが同時に受け取っていたのではないだろうか。そして、その後には、避けられない死がやってくる。

クロは、「あの子には悪霊がとりついていた」とシロについて語っていた。妄想という物語も「悪霊」がもたらすものといっていいだろう。妄想というのは、「向こう側」の峻別のないエネルギーに「こちら側」の意識をのっとられてしまうということである。そしてシロは三人に向かって、つくるによって強姦されたと語る。そしてその物語を（後になっておかしいと思う点が出てきたにしろ）他の三人はまるごと受け入れたのだ。その結果、その物語の力はつくるを圧倒し、呑み込んだ。つくるは、理由も明かされないままに排除されるという理不尽な物語を全面的に受け入れたのである。死のトークンを得ていたがゆえの完璧な一体感の物語の終焉の死を、そのときにはつくるが引き受けることになったのだ。だからこそつくるはあれほど真剣に死を希求することになったと考えることもできるように思う。

しかし最終的に亡くなったのはシロだった。途中、一度はそのトークンをつくるに渡したが、結局のところ、どうしてもそれはシロが引き受けねばならないものだったのだろう。精神的に生きるか死ぬかの瀬戸際にあるひとが、自分にとって本当に大事なひとや親密な関係を損なうことで（まるで供犠のようにして）、その一瞬の境目を乗り切ろうとするギリギリの哀しい試みをすることがある。シロがつくるに罪を着せたのもそうだったのではないだろうか。その境目はつくるがすべてを背負ってくれたために何とか越えられたが、悪霊という死のトークンの約束ごとから、シロは結局、逃れることができなかったのだろう。肉体的に殺害される前から、すでに彼女を輝かせていた光と熱は失われ、ある意味では生命を奪われていたのだから……。

つくるをその死の希求から生の方向へと転換するきっかけになったのは、嫉妬の夢だった。つくるの夢のなかに、肉体と心を分離することができる特別な女性が出て来る。そして肉体と心のどちらかしかつくるに差し出せないと言うのである。その両方はどうしても手に入れられないということで、つくるは激しい嫉妬を感じる。そしてその焼けつくような感情体験の夢が彼の内部を通過していったことで、死への希求が終わりを告げたのである。強い身体感覚を伴うほどの激しい感情体験など、つくるはそれまで感じたことがなかったはずである（嫉妬という感情を抱いたこともないのだから）。それは、「自分」を感じたことがないのと同じことだ。感情は自分自身を感じるためにとても重要なものなのである。しかし自分自身を感じるときに出て来る感情は、ポジティヴなものはまずない。高校のときの「完璧に調和した世界」にあったような心地よいポジティヴな感情は周囲と自分を融合させる。しかし否定的な感情は他との融合を阻み、自分だけのものとして立ち上がりやすいのだ。そしてそのネガティヴな感情を体験することがどんなに辛いことであっても、自分を感じるということは、生きていくために不可欠なものなのである。この夢は、個としての意識をもつために必要なものだったのだ。

その時の夢では匿名の女性だったのであるが、その後つくるが見るのはシロとクロの二人と寝る夢に変わっていく。いつもシロとクロが二人一組で出て来るというのは、それぞれ精神性（心・シロ）と身体性（肉体・クロ）の役割を担っているからだろう。見ず知らずの特別な女性が出て来る夢のほうが、現実のシロやクロが出て来る夢よりもはるかに深い象徴性をもっているがゆえに感情体験も意識の変化が起こるほどの得難いものになる。しかし、シロとクロという具体的な二人一組で出て来る性夢は、何度見たとしても後ろめたさが募るばかりでつくるをどこへも運びはしない。意識の力で止めることのできないそのイマジネーションにストップをかけたのが、灰田だったのだ。イマジネーションと現実が交錯するシロとクロが出て来る性夢の最後に割って入り、すべてを引き受けることで灰田はつくるの止められないイマジネーションに終止符を打ってくれたのである。だから、つくるは彼が自分の罪や穢れを部分的に引き受けてくれたように感じたのであろう。その後つくるはシロとクロの性夢は見なくなったのである。

灰田は、つくるの意識が次の段階へとイニシエートされるための立会人として（ある意味、超越的な存在として）つくるの人生に一瞬の接点をもって去っていった。そしてつくるは灰田がいなくなって一ヶ月たったときに、初めて生身の女性と性的な関係をもつことが可能になるのである。

沙羅という恋人と出会ったことをきっかけに、つくるは思春期をめぐる巡礼の旅に出ることになった。しかし、それは何かを取りもどすためではなく、すでに無いものとして存在していたユートピアのような完全な世界が、やはり、失われているのだということをしっかりと確認し、きちんと弔うためのものであった。

すべての巡礼を終えたあと、つくるは身体の中心近くに、冷たくて硬い芯のようなものがあることに気づく。「自分の中にそんなものが存在することを、それまで彼は知らなかった」。それが胸の痛みと息苦しさを生み出しているのだ。でも、「それは正しい胸の痛みであり、正しい息苦しさだった。それは彼がしっかり感じなくてはならないものなのだ。その冷ややかな芯を、自分はこれから少しずつ溶かしていかなくてはならない」。

思春期の意識がイニシエートされるというのは、喪失感を真に内面化するということである。この冷たくて硬い芯を抱え、胸の痛みと息苦しさを感じながら生きていくことこそが、この世での誠実な生につながっていくのである。

初出＝「思春期への巡礼がもたらすもの」（「文學界」文藝春秋、二〇一三年八月号）

十四歳という人生の独立器官

男性にとって、十四歳の恋とは、どういうものなのだろう。

『女のいない男たち』の表題作「女のいない男たち」のなかで語り手の僕は、過去に自分から去ってしまった女性（エム）のことを「十四歳のときに出会った女性だと考えている。実際にはそうじゃないのだけれど、少なくともここではそのように仮定したい」という。「僕は十四歳で、彼女も十四歳だった。それが僕らにとっての、真に正しい邂逅の年齢だったのだ。僕らは本当はそのように出会うべきであったのだ」「とにかくエムは僕が十四歳のときに恋に落ちるべき女性であった」と。そしてその仮定は、「事実ではない本質」を書くためには必要なことなのだという。これはどういうことなのだろうか。

十四歳の少女は時にすごく残酷だ。自分の想いに蓋をすることなく十四歳の少女は熱い視線を男子に送る。それを感じとった男子の心は動きだし、自分のために存在している特別な女の子を発見したような不思議な気持ちがわき起こる。ところがある種の十四歳の少女は、男子のなかにそんな感覚が生まれた瞬間、鉈で断ち切るように冷たい目で男子を拒絶する。自分から先に特別な視線を向けておきながら、自分に向けられる特別な感情を男子のなかに感じとると、それを不気味な侵入として嫌悪し、身を翻して逃げ出してしまう。こんな身勝手さが十四歳の少女のなかには存在していることがある。そして十四歳の男子は、何が起こったのかわからないままにそこにひとり取り残される。

このとき心に生まれた空白は時に十四歳の男子にとってしばらく現実的な生活が送りにくくなるほどのダメージを与える。あまりの不可解さに、現実から離れていったん殻に籠もらねばならなくなることもあるくらいだ。中にはそこからの回復の過程で「自分とはいったいなにものなのだろう」とこの世の自分の生について深く考えはじめる人もいる。

十四歳というのは、世界を新鮮に感じる力が満ちている特別な時期である。この時期に自分に向けられる少女の視線は、男子にとって自分は他の誰でもなく自分なのだという自己感覚を呼び起こす。しかしそんな自分を、その感覚を引き起こした張本人であるその少女から拒絶されるとき、男子は生まれて初めて両義的な感情に引き裂かれることになる。この体験は、感情を自分のものとして実感するという発見に満ちたものでもあり、それと同時に深い喪失感を味わうものでもある。

女性によって自分のなかにあった深い感情を呼び起こされたのに、その女性をわけがわからないままに失うというのは男性にとって痛切なものであり、受け入れ難い真実と向かい合うことを強いられることでもある。女のいない男たちの心に共通した想いがここに存在するのではないだろうか。男にとって女を失うというのは、痛みとともにこの両義性を抱えていくということなのかもしれない。

「木野」の家の前に出て来た三匹の蛇は、木野の伯母が言うように、「もともと両義的な生き物」である。古代神話のなかの蛇は、人を導く役を果たしているのだが、「ただそれが良い方向なのか、悪い方向なのか、実際に導かれてみるまではわからない。というか多くの場合、それは善きものであると同時に、悪しきものでもある」のだ。

そしてその蛇とカミタに導かれるようにして、木野は旅に出る。カミタは、できるだけ頻繁に移動し、宛先以外、何ひとつ書かずに伯母に絵葉書を送り続けることを固く木野に言い渡す。そして、その移動のなかで、木野がサラリーマン時代と同じルートをたどっていることには、別れた妻にまつわる傷に向かい合うための巡礼の意味も込められているように思う。

カミタは、木野を個人的な傷を抱えた存在として捉えるのではなく、匿名性を与えて巡礼の旅に出すことによって、心の通わない両義性に満ちたこの世界を整えることを目指していたのではないだろうか。両義性を生きる依代としての木野が各地を反閇《へんばい》し、日本各地と伯母（すなわち特別な霊力に守られた場所）とを個人を超えたものとして結びつけていくことで、個人としての木野だけに重荷がかからないよう配慮していたのかもしれない。ところが、木野は自分がどこにもいない男になってしまうという不安と、どこかで現実と結びついていなくては自分が自分でなくなってしまうという焦りから、伯母に宛てて個人的な文面を書いてしまう。この行動自体は、カミタが言っていたように「正しくないことをした」わけではないが、「正しいことをしなかった」という意味を含んでいるのだろう。

その個人的な文面をしたためた絵葉書を投函した夜、両義性のテーマが木野個人の問題に集約されて訪れてくる。旅先のホテルで、木野は彼の心の扉を叩くノックの音を聞く。そして「その訪問が、自分が何より求めてきたことであり、同時に何より恐れてきたものであること」を悟る。これは、自分がどれほど傷つき、損なわれているのかを心の扉を開いて見定めるように求めている彼自身の魂からのノックなのだろう。木野はそこで自分が何より求めていたことが、何よりも恐れていたものでもあるという両義性に気づく。そして「両義的であるというのは結局のところ、両極の中間に空洞を抱え込むことなのだ」と知る。

木野は「おれは傷つくべきときに十分に傷つかなかったんだ」「本物の痛みを感じるべきときに、おれは肝心の感覚を押し殺してしまった」と自分が自分自身の痛みの感情から逃げてしまっていたことを思い知る。

慢性化した傷は、傷として痛むことはないかもしれないが、知らないうちに自分や自分がかかわる人たちを損なってしまう危険のあるものである。傷を傷としてきちんと認識できていたなら、その傷によってどれほどのダメージが起こりうるのかある程度予測がつくだろう。

ところが、どれが傷なのかわからない傷というのは、とても深くその人をむしばんでしまっているので、その傷による歪みなのか、なんなのかまったくわからなくなってしまう。木野はそのノックを聞きながら、自分の傷の在りかにはっきりと焦点をあてることになったのだ。

個人の心の傷は、時に個人を超え、世界を損なうことにもつながっていく。感情を伴わない両義性の中間の空洞には、良いものと悪いものの両極からさまざまなものが入り込んでくる。「ここは僕ばかりではなく、きっと誰にとっても居心地の良い場所だったのでしょう」とカミタは言う。「木野」という感情と痛みを押し殺した両義性の空洞は、猫やカミタという良いものだけでなく、暴力に満ちた禍々しいものも強力に惹きつけ、結局のところ良いものが損なわれてしまうことになったのだ。

そして木野は両義性のなかに佇みながら、深い傷つきによるかなしみの涙を静かに流すのである。このかなしみをどこまでも味わっていくという作業なしには、両極の中間の空洞は埋まらないのである。

「すべての女性には、嘘をつくための特別な独立器官のようなものが生まれつき具わっている」「いちばん大事なところで嘘をつくことをためらわない。そしてそのときほとんどの女性は顔色ひとつ、声音ひとつ変えない。なぜならそれは彼女ではなく、彼女に具わった独立器官が勝手におこなっていることだからだ。だからこそ嘘をつくことによって、彼女たちの美しい良心が痛んだり、彼女たちの安らかな眠りが損なわれたりするようなことは——特殊な例外を別にすれば——まず起こらない」と渡会氏は女性に対しての見解を述べていた。女性は自分の人格や性格などとは関係のないところにある独立器官をつかって嘘をつくので、それによって自分自身が損なわれることがない。十四歳の時、男子を惹きつけておきながら、手ひどく切り捨てていたとしても、それを深く後悔したり嘆いたり傷ついたりすることは（特殊な例外を別にすれば）ないのである。ところが男性は、そのような女性の独立器官の仕業によって、魂が損なわれてしまうほどに深く病むこともある。それが渡会医師を襲ったものであろう。

もしも……などと言っても仕方の無い話であるが、冒頭に述べたような体験で十四歳のときに深く傷ついたことがあったとしたら、渡会医師の未来は違ったものになったかもしれない。彼は五十二歳になるまで、まだ心理的には十四歳に達していなかったとも言える。これは、この年齢まで技巧的に過ごす現実的な高い能力と恵まれた環境があったがゆえに可能になったことだろう。十四歳の男子は結婚も子育てにも関心がもてないし、いろんな女の子と付き合うことを夢見ているのがふつうだ。彼が結婚や子育てといった現実的な責務を負う気持ちにまったくなれなかった背景には、もしかしたらそういう意味も含まれていたのかもしれない。

思春期には、それまでの自分の死と、そこからの再生がテーマになる。ところが遅れてきた思春期は、時期を逸した分だけ死と再生が厳しい形で迫ってくる。それがあくまでも象徴的に行われるところに内的な成長があるのだが、五十二歳になってから渡会医師を襲ってきた思春期は、それまでの自分が生きてきた意味すらすべてなぎ倒してしまう。

語り手の僕は、「思うのだが、その女性が（おそらくは）独立した器官を用いて嘘をついていたのと同じように、もちろん意味あいはいくぶん違うにせよ、渡会医師もまた独立した器官を用いて恋をしていたのだ。それは本人の意思ではどうすることもできない他律的な作用だった」という。女は独立器官を通じて嘘をつき、男は独立器官を用いて恋をするのである。独立器官が動き出すような恋愛が他律的に始まってしまうと、男は現実適応を完全に見失い、魂の導くままに、滅びへの道程を歩むことになる危険がある。渡会を襲っていた意味のわからない怒りの衝動も、この独立器官が動いてしまったために、今まで破綻がなかった自分の技巧的な生き方への破壊衝動として起こったものなのかもしれない。

語り手の僕は言う。「僕らの人生を高みに押し上げ、谷底に突き落とし、心を戸惑わせ、美しい幻を見せ、時には死にまで追い込んでいくそのような器官の介入がなければ、僕らの人生はきっとずいぶん素っ気ないものになることだろう。あるいは単なる技巧の羅列に終わってしまうことだろう」と。ここにも、極端な両義性が存在する。この両義性のただ中に生きた渡会医師は、（木野と違って）傷を傷として真正面から引き受け、女のいない男たちのひとりとして「自分がなにものであるか」という問いの答えに近づきながら死んでいったのである。傷を傷として受け入れること、自分がなにものであるのかを知ることは、命がけの作業なのだ。

「女」というのは、「男」にとって何なのだろう。シェエラザードが語る物語を聞きながら、羽原は考える。女たちが提供してくれるものは、「現実の中に組み込まれていながら、それでいて現実を無効化してくれる特殊な時間」であるのだと。これは、「物語」がこの世に必要とされる意味とほとんど同じではないだろうか。羽原にとっては、監禁状態にも似た日常のなかで、その厳しい現実を無効化してくれる唯一の救いがシェエラザードの語る物語だったのだ。

一方で、渡会医師が恋をした女の独立器官によって生み出された物語は、渡会医師のすばらしい「現実を無効化」し、彼をこの世ならざるところへ追い込んでいってしまう。ところでまったく話が逸れるようだが、小林秀雄の話を少しさせていただきたい。彼は、薬というものは本来、植物から抽出された成分を元にして作っているのだという。お腹の薬として用いられていた人参の成分を調べると、下痢を止めるエレメント（要素）と、通じをよくするエレメントの両極がはっきりと出てくるらしい。現代の薬というのは、その両極のエレメントを抽出して、それぞれ下痢止めや下剤として製薬しているのだという。しかし下痢をしているときには、すぐに止めずに下してしまったほうが身体の回復にはいい場合もある。昔はそういうときに人参を投与し、下痢を止めるほうのエレメントを選択するのか、より通じをよくしていくエレメントを選択するのかは、その当人の身体に任せたのだという。そしてその当人の身体に、どちらのエレメントを選んだらいいのかということを選択させる何らかのエレメントは、現代の薬を作るときには役に立たないものとして捨てられてしまった中間的な部分に含まれているのではないか……というのである。

何らかの存在の意味はあるけれど両極のエレメントの間にあって、その働きがはっきりしないもの。そして合理的に考えると、無駄なものとして切り捨てられてしまうもの。でも、両極のエレメントをつなぐ重要な役割を果たしているもの……。これこそが「男」にとって「女」の、そして「物語」の存在意義ではないだろうか。

遠く離れた両極を両義性という枠組で抱え、その間を感情や感受性や感覚という、技巧的に生きるうえでは無駄と思われるようなものを含んだものが、「物語」として立ち上がってくるのではないだろうか。あまりに男が技巧性の極に走ってしまうとき――家福の演技や、木樽の関西弁や妙な要求、渡会医師の華麗な生活など――、女の嘘という独立器官が発動し、両義性を際立たせ、その両極をつなぐための物語がそこに生まれてくるのではないだろうか。物語の力は、両極にあるものをつなげていく。女のいない男になるということは、そこに何の物語も生まれなくなるということなのだ。

「女のいない男たちになるのがどれくらい切ないことなのか、心痛むことなのか、それは女のいない男たちにしか理解できない」それは「十四歳を永遠に（略）奪われてしまうこと」ということからも、十四歳という特別な感受性をもっている時期に、特別なものとして立ち上がるべき物語があるということを、「女のいない男たち」からは感じる。十四歳というのは、それ自体が人生における独立器官なのかもしれない。

初出＝「十四歳という人生の独立器官」（「文學界」文藝春秋、二〇一四年六月号）

「人の悩みを聴いていると、しんどくなりませんか。そのストレスはどうやって発散してるんですか」という質問を受けることがある。確かにクライエントの話を真剣に聴くと、自分もそのプロセスを追体験する感覚が起こり、精神的にも身体的にもきつい想《おも》いをすることがある。しかしそれは普段の他の生活のなかで感じるストレスとは種類がまったく違う。日常的に背負うストレスは、とにかく何とかそれをうまく肩から降ろすように心がけるが、クライエントと会うことで抱えたストレスは、発散してしまわずに、どこまでも「集束」していっているように思う。

私は日常のかなりの時間、ぼ～っとしている。通勤の車のなかとか、居間にいるときなど、何も考えず、何も意味のあることをせずにただひたすらぼ～っとしていることが多い。そんな時間をある程度過ごしたあとで、クライエントの感覚と自分の感覚を呼応させながら、どこまでも自分の中に潜って謎《なぞ》に近づくための手がかりを探していく作業に没頭することがある。この作業をしている最中も、外から見たらきっとただぼ～っとしているように見えるだろう。そしてぼ〜っとする以外にそういうとき何をしているのかというと、村上春樹の作品を読んでいるのである。

ずっと以前から、村上春樹の作品は、新作が出るとすぐに購入していた。そしてヘビーローテーションで毎日毎日、三ヵ月くらいの間、暇さえあれば読み返すのである。そして文庫本になると、また本のとじ目がバラバラになるまで読み返し、また買いなおす……というようなかかわり方をずっとしてきたし、今もしている。ただ単に好きだからという理由でディープな読者になっていたのであるが、臨床を生業とするようになってからは、臨床のなかで抱えたものを自分のなかで集束していくときに、彼の作品がなぜかその集束の方向をいつも示唆《しさ》してくれていることに気がついた。クライエントのことをどこかで抱えながら村上春樹の作品を通過すると、何かが自分のなかではっきりしてくる感じがあったのである。しかしこの「何か」の「感じ」はあくまでも主観的な「感じ」であって、それを人に説明することなどとてもできないと思っていた。

ではこの「何か」と「感じ」をどうしたら言葉にできるのか。それが、この本を書くにあたっての大きな壁だった。村上春樹の作品で描かれている世界と、自分が感じている臨床での実感は間違いなくつながっている。クライエント自身、そこの部分を話題にする人もいる。しかしそれについてどうしたら人に通じるように言葉にできるのか、本当にわからなかった。わからないままに「こころの科学」での連載が始まったのである。実は全体の構成などまったく考えることもできないままの、行き当たりばったりの連載スタートだったのである。
毎回、何を書けばいいのか、書き始めるまで自分でもまったくわからなかった。原稿を書くためには、ぼ〜っとしながら自分勝手に好きなように井戸に降りていたのとは違って、そこでみつけている何かの「感じ」を言葉にして地上に持って戻ってこなくてはならない。これは、想像していた以上に困難なことだった。ふっと一瞬光が差し込んだ井戸の底で、その光のなかにある何ものかを捉《とら》えられなかった間宮中尉の苦しみはどれほどのものだったかと、思わず彼に共感が深まることもあった。

大げさに聞こえるかもしれないが、連載中は二ヵ月に一度のこの原稿の締めきりを超えるたびに、自分が少しずつ違う人間になっていっているような気がしていた。日常会話のなかで、数ヵ月後の予定について話しているときなどにも、数ヵ月後には次の締めきりを超えているから、今の私とはもう違う私になっているんだなあ……などと、ふと思うことがあった。今考えるとまったく変な感じなのだが、連載中の正直な気持ちとしては、この原稿を書くことは、いつも死に近づくような感覚があったのである。そしてなぜかこの締めきりの付近では、現実的にしっかり対応しなくてはならない大きな変化や事件が起こってしまうことが重なり、「向こう側」と「こちら側」のバランスをどうとらなくてはならないのか、否《いや》が応でも意識させられることが多かった。

この本の中で紹介した事例は、本人とわからない形に変容させて書かせていただくことを条件に、了解を得たうえで掲載している。ありのままのプロセスをそのまま書いていいのなら もっと楽に書けたかもしれないが、事実は変えながらも真実はそのまま残るよう配慮するのに、非常に苦労をした。しかしその作業に取り組むなかで、表面的に表れている事実はどんなに多様であったとしても、その内側にある真実は共通しているのだということを実感することができた。この本で紹介することを承知してくださったクライエントさんはもちろん、私が日頃お会いしているすべてのクライエントさんにも心から感謝したい。原稿に向かいながら、いろいろなクライエントさんとの面接場面がありありと想起されることが何度もあった。この本のなかでは、Aさん、Bさん、Cさんとしてしか表現していないが、私にとってはすべてのクライエントさんとの関係が、この三人のなかに生きているのである。

ところでこの本で扱った村上春樹の作品は、かなり偏《かたよ》りがある。心理療法のプロセスと重ね合わせて考えやすいのは長編小説であるので、短編は割愛するにしても、長編にはどの作品にもできるだけ触れて……と思ってはいた。しかし、実際にいろいろな作品を盛り込むと、作品の説明でいっぱいいっぱいになってしまうことに気がつき、泣く泣く削ることにした。特に『世界の終りとハードボイルド・ワンダーランド』は、とても好きな作品であるし、この作品を中心に置いて論じてみたいと思っていたのだが、どうしても今回はそれができなかったのが心残りである。

当初、この本は書き下ろしで出すものとして、もう六年も前に林克行さんからお話しをいただいていたものだった。何度も打ち合わせをさせてもらいながら、まったく書き下ろすことができない私に、連載という方法を提示してくださったのも、林さんだった。この連載は、島根大学に赴任した年の四月から始まっている。それまではスクールカウンセラーとして出かける他は、病院臨床と個人開業のオフィスで面接中心の日々を送っていた私にとって、大学に勤めるというのは大きな環境の変化だった。そして面接ばかりをしているわけにはいかない大学の教官というペルソナに適応するために、今まで使ったことがない種類のエネルギーを使うこととなった。そのような「こちら側」の現実適応だけにパワーを注いで過ごしていたとしたら、きっとあっと言う間に今までのような臨床はできなくなってしまっただろう。そんなとき、「向こう側」への意識的な関わりを必要とするこの連載が始まったのは私にとってとても幸運なことだった。

林さんは、社長に就任されてからも、連載の感想をメールで送ってくださったり、単行本化するにあたってもいろいろご意見を下さるなど、この本が世に出るためにずっと支えていただいた。林さんが待って下さったおかげで、この本はできたのだと痛感する。本当にありがとうございました。

また「こころの科学」編集長の遠藤俊夫さんにも大変、お世話になった。もうダメだ、今度こそ、もう書けなくて落とす、という瀬戸際《ぎわ》になると、おもむろに電話をかけてこられるのである。そして原稿とは直接関係のない話でリラックスした雰囲気を作って下さり、ほっとしたところで最後に「絶対に落とさせませんからね。絶対に書いて下さい」と「こちら側」での楔《くさび》をガンと打たれるのだった。今、振り返ると、一回でも休載してしまったら、この連載を続けていくことはできなかったと思う。ぎりぎりのところで休載の方へ転んでしまうということは、「向こう側」に行ったものの「こちら側」への着地ができなくなるということである。そんな体験をしてしまうと、何かが徹底的に損なわれて、それ以後、まったく書けなくなってしまったかもしれない。遠藤さんに「休載していい人と悪い人がいるんです。岩宮さんは一回、休載したらもうダメになる人だ」と言われたが、まさにそれは正鵠《せいこく》を射ていたと思う。本当にありがとうございました。

そして何と言っても、私の担当になって下さった高松夕佳さんにはお礼の言葉もないくらい感謝している。いつもぎりぎりのデッドラインを彷徨《さまよ》う私に、「向こう側」までの同伴者として存在しつづけてくださった。深い海に一緒に潜りながら、酸素ボンベへの酸素が無くなってきた私に、しっかりと自分の酸素をわけて下さるような、そんな援助をしていただいたという実感がある。高松さんに小見出しをつけてもらっていたのだが、その小見出しは、私が表現したかったことを一言でぱっと摑《つか》んで下さっているのが伝わってきた。そして、高松さんが感想として書いてくださる言葉によって、盲点になっていた部分にさっと光が当たることが何度もあったし、言葉にしていくラインがすっと見えたりしてくることもあった。

筆者として、自分の書いたものに深くコミットしながらポイントを押さえた感想を返してくださる編集者と二年半に渡る長い連載の道のりをご一緒できたことは、非常に幸せなことだった。この本は、まさに高松さんとの二人三脚で出来たものだと思う。本当にありがとうございました。

また島根大学の同僚の先生や、学生さんたちにも感謝したい。院の学生さんたちに、この本の内容を使って講義したことがあるが、その際に、いろいろと意見や自分の臨床との関係から連想したものを聞かせてもらったのがとても参考になった。

最後に、お忙しいなかこの本を読んで、推薦文を書いてくださった河合隼雄先生に心から感謝いたします。本当にありがとうございました。

平成十六年四月

岩宮恵子

＊創元社編集部注＝単行本には、河合隼雄氏の次のような推薦文が寄せられていた。
「フィクションとノンフィクションの交錯する点を掘り下げ、心の深層の知恵を示しつつ、村上春樹作品と心理療法の本質に迫る名著である。」

新潮文庫版　あとがき

自宅から松江まで、毎日四〇分かけて車で通勤しているが、その時間はとてもいい気分転換になっている。最近は茂木さんの著書からその存在を知った小林秀雄の講演CDを聞きながら運転しているのだが、その内容がどれもこれも臨床に通じるものに思えてびっくりしている。

たとえば、薬というものは本来、植物から抽出された成分を元にして作っているのだという話題があった。お腹《なか》の薬として用いられていた人参の成分を調べると、下痢を止めるエレメント（要素）と、通じをよくするエレメントの両極がはっきりと出てくるらしい。現代の薬というのは、その両極のエレメントを抽出して、それぞれ下痢止めや下剤として製薬しているのだという。しかし下痢をしているときには、すぐに止めずに下してしまったほうが身体の回復にはいい場合もある。昔はそういうときに人参を投与し、下痢を止めるほうのエレメントを選択するのか、より通じをよくしていくエレメントを選択するのかは、その当人の身体《からだ》に任せたのだという。そしてその当人の身体に、どちらのエレメントを選んだらいいのかということを選択させる何らかのエレメントは、現代の薬をつくる時には役に立たないものとして捨てられてしまった中間的な部分に含まれているのではないか……という話だった。

これには思わず、車を停めてメモりたくなった。

何らかの存在の意味はあるけど両極のエレメントの間にあって、その働きがはっきりしないもの。そして合理的に考えると、無駄なものとして切り捨てられてしまうもの。でも、両極のエレメントをつなぐ重要な役割をはたしているもの……。これこそが「物語」の存在意義ではないだろうか！　私がクライエントの問題を「集束」していくときに必要な村上春樹の作品や、心理療法のなかで大事にしているものは、この中間的なエレメントだったんだ！と思わずハンドルをにぎりながら興奮してしまった。

近年、悩みや症状に対しての方向性をはっきり決めて働きかける心理療法の成果が話題になることが多い。心理的なパターンのなかから効果的なエレメントを抽出して働きかけると、効くときには見事に効果が出る。その知識を持つことは言うまでもなく大切なことだが、中間的なエレメントへの視点を失わないことこそが、全体性を失わずに成果を出すためにはやっぱり必要なんだ！　……と、深く納得したのだった。

こういう発見があると、一番の気分転換になる。これも移動時間という「中間的なエレメント」の効能だろう。

今回、思いもかけず、新潮社から文庫としてこの本を出させていただくことになった。その人自身の「物語」の生成に力を注ぐという（漢方のような）心理療法のありようと、村上春樹の作品のディープな読み込みについて、より多くの方に読まれるチャンスを与えられたことにとても感謝している。

直接の担当者であった古浦都さんには、さまざまなアレンジで大変、お世話になった。ジャニーズ話などで盛り上がることもあり、とても楽しいプロセスをご一緒させていただいた。同郷ということもあり、メールの内容が時に超ローカルなものになることもあった。東京と山陰が一挙に近づくような親しみを感じながら仕事ができたことを心から感謝しています。

鈴木力さんとは、村上春樹の作品だけでなく、萩尾望都《はぎおもと》を始めとする文芸的な漫画のことでまで通じ合うことができ、会話のなかでさまざまなイメージが広がっていった。今回の文庫用の書き直しのときにも、新たな視点が開かれるような御指摘を受けた。また寺島哲也さんには、この文庫が形をとっていくなかで大切なものを大切に扱いながらいろいろな決定ができるように細やかな配慮をしていただいた。まさに重要なエレメントとエレメントの間をつなぐ中間的エレメントの役割を担《にな》ってくださったのである。ご両者に感謝しています。本当にありがとうございました。

また、お忙しいなか、解説を引き受けてくださった茂木健一郎さんにも心からの感謝をお伝えしたいです。本当にありがとうございました。

その他、さまざまな方々の力添えがなければ、この文庫は世に出ることがなかった。本当に、みなさま、ありがとうございました。

最後に。人間を深く理解するというのはどういうことなのか、そしてクライエントが生成していく物語につきそう治療者の存在のあり方について、いつも道標を示してくださっている河合《かわい》隼雄《はやお》先生に心からの感謝を捧《ささ》げます。

平成十九年四月

岩宮恵子

創元こころ文庫版　あとがき

思春期の人たちの間でブログが流行ったのはもう遠い昔のことになってしまった。自分の気持ちをひとつの筋を追って語る表現方法よりも、その瞬間のつぶやきや、スタンプという感情表現のイラストを貼り付けたり、写真とそれに添えられたキャプションという形で何かを伝えようとすることが圧倒的に多くなった。刹那的で視覚的で、その瞬間の感情や感覚はさまざまに動かされるものの、文脈や脈絡というものを重視しないコミュニケーションが増えている。ところがその一方で、原作ものからの二次創作を含め、物語を創り出すことに情熱を傾けている思春期の子が以前よりも増加している印象がある。

解説を書いてくださった三浦しをんさんも、「中二病」罹患中に、村上春樹の作品に刺激を受けてノリノリでハードボイルドジルバ系作品を書き上げられたらしい。そしてその後、その作品は誰にも見せずにしまっておられたとのことである。この「誰にも見せずに」というところが、今の思春期の子たちにとっては難しい。なぜなら、すぐにウェブにアップして、コメントを求めるのが当たり前になっているからである。

もちろん、感想に触発されてどんどん話を展開していったり、自分でも物語を創ってみようと考える子が出てきたりして、新たな創作の輪が広がっていくのはほんとうに楽しいだろうし、これこそがウェブがあるからこその素晴らしい側面なのだと思う。

ただ作品のなかには、思春期の「揺らぎ」に形を与えて結晶化したばかりのとても大事なものもある。そのような物語は公開してしまうと、もっとも大切にしなくてはならない部分が他者の感情の手垢にまみれてしまう危険も大きい。どれが公開しても大丈夫なものなのか隠しておくものなのかの区別もわからないままに公開し、のちのち別の形で発揮されるはずの大切な熱量が人間関係のほうに拡散して消耗している子も多い。思春期の創造性の大切さと脆さをどこかでわかっている子のなかには、書くだけ書いて公開せずに寝かせ、友人とは好きな作家の作品の話などをして楽しんでいる子もいる。日常的な人間関係と、創作に関わるコアな部分を自然に分けているのである（しをんさんの思春期の様子とかぶる）。

物語を創作していくためには、物語に「型」があるということを納得し、体感することが大切であるとしをんさんは指摘してくださった。そしてその一方で、「物語には『型』がある」と意識しすぎると、今度は判で押したような展開しか描けなくなってしまうと、「型」の先にある問題を示しておられるところは、まさに心理療法でも言えることだ。心理療法というのは、主人公（クライエント）がどう動くのかわからないままに、一緒に物語を生成していくプロセスだと思う。オーソドックスな心理療法の進展の「型」があるということを、まずはしっかりと納得し、体感することは心理療法を極めるうえでは大切なことである。しかし、治療の定型パターンを思い描くようになったり、その型に近づくことを意識しすぎていては、浄化されるような物語が生成されることはない。

そして、「『型』は確固として存在する。けれどそれゆえに、その『型』を通して、もっと深く複雑な部分、『型』からはみでてしまう『揺らぎ』をも感受することもできるのだ。異界に触れるとは、たぶんそういうことだろう」と、「あわい」や「揺らぎ」という切り口で、しをんさんから、異界に触れることの意味を示していただいた。

本文中でも少し触れたが、河合隼雄先生の『猫だましい』（新潮社、二〇〇〇年）から、この「型」と「揺らぎ」について考えてみたい。

1メートルの物差しを二つに切ったとき、片方の端が50センチから1メートルまでとすると、もう片方もゼロから50センチになるのだろうか。そうすると、50センチの点が二つあっておかしい。かといって49・9センチにすると、0・1センチ抜け落ちてしまう。これは数学では連続体問題と言われていることで、粒子をひっつけて全体をつくるのではなく、最初から全体としてある「連続体」というのは、なかなか明確に割り切って考えられないのだと河合先生は紹介する。そして「このことを、人間存在という連続体に当てはめてみよう。それを『心』と『体』という明確な部分に分けた途端に、それは全体性を失ってしまい、その二つをくっつけてみても元にはかえらない。人間という全体存在を心と体に区分した途端に失われるもの、それを『たましい』と考えてみてはどうであろう。それは連続体の本質である。と言って、連続体のなかから『たましい』だけを取り出すことはできないのだ。それは人間の全体性を考える上で不可欠であるが、それを明確に示すことができないのである」とある。

本文でも触れた、1メートルを3で割っても割り切れないのに、なぜ、1メートルのひもは三等分することができるのかという不登校の子どもの疑問に沿って言うと、ひもの上の3分の1のところに存在するポイント、どちらにも入らず、でも、どちらにも入ってもいるという見えないポイント、ここで、何かをつないでいるものこそが「たましい」なのだ。

異界に触れるということは、現実に存在する一本のひもという事実のなかに概念でしか存在しえないはずのポイントが存在していることを、身体感覚をともなうほどの強さで知ることなのではないだろうか。そのポイントの存在に気づくことが、「揺らぎ」や「あわい」に気づくこととイコールであり、そしてそれこそは「たましい」の存在を感じることなのだ。

学校に行けなくなったその子も、その3分の1のポイントの疑問について話したとき、大人から「そんなことばかり考えずに、もっと現実的にならないと」と言われたらしい。学校に行くこと、そこで現実的に生きることを学ぶことは、言うまでもなく大事な「型」である。そのことを、その子がわかっていないわけではない。しかしそれをそう「割り切って」できない何かがあるということを、その子は、割り切れない数字と現実に切れてしまうひもへの疑問で示していたように思う。その子は「型」を通して、もっと深く複雑な「揺らぎ」や「あわい」を感受する力をもっていたがゆえに、現実との折り合いで苦しむことになったのだと思う。「わけのわからない屁理屈を言って、嫌なことから逃げている」と思われている子のなかには、こういう子も存在しているのである。

「思春期の揺らぎと同質の、世界の揺らぎが描かれている」というしをんさんの村上作品についての言葉は、思春期というのは、無意識的に、でも、どこか自覚的にたましいに触れざるをえない時期なのだということも指し示していただいているのだと感じる。そして思春期は、子どもと大人の間の「揺らぎ」と「あわい」の時期だから、異界に触れる体験がより生じやすいのだ。

最近は、思春期まっただなかの年齢である十代の人と会っているときよりも、二十代、三十代、四十代、いや、どうかすると六十代の人とお会いしているときに、思春期をめぐるさまざまな冒険をしているように感じることが多い。この本で書いたような、自分の子どもの思春期の揺らぎによって、自分の生きている世界が揺らぐのを感じる大人の人たちもますます増えてきた。世の中の変化があまりに早く、日々、移行期間の「揺らぎ」のなかに私たちは生きている。こういう全体的な状況自体が、いくつになってもこころは思春期という「揺らぎ」の状態を招いている部分もあるように思う。

冒頭にも述べたが、最初にこの本が出版された頃と比べて、思春期をめぐる表面的なコミュニケーションの様相はかなり変わっている。そんななか、自分のことや、自分の問題について何を語っていいのかわからないという思春期のクライエントも増えてきた。そして、人にああ言われた、こう書かれたという関係性の話題のみに苦しみの表現が特化されることもよくある。また、自分のことを他者に継続的に話す体験自体がない人も多くなってきているのも感じる。そういう人は、何に困っているのか、何に悩んでいるのか意識できていないことも多い。本人の希望や主訴というよりも、周囲の人たちの主訴に促される形で来談してくる人の割合が増えてきていることもその要因のひとつだろう。

その一方で、まるで他の人たちの分まで背負うかのように、たましいレベルのことに取り組まなくてはならなくなっている人も増えてきている。そういう人は、現実的な「悩み」のレベルでその課題について語ることができないため、自分についてどう語ればいいのかわからなくなることもあるように思う。一見、何に悩んでいるのかわからないような深刻味のない様子に見える人のなかに、このような人たちも潜んでいる。こんな課題を背負っている人が存在することに対しての想像力が、臨床現場ではますます求められている。

島根大学の「こころとそだちの相談室」での相談件数は、年々、増え続けており、延べ数で年間約六千件にも及ぶ。すぐに効果が出ることを目指すような手法ではないが、遊びを通じて子どもに寄り添うとか、どこまでもじっくり話を聴いていくという（時代遅れとも思われるような）アナログな臨床の方向性は、今を生きる人たちのこころに必要とされているのだと感じる。

相談室が真に臨床的な場であるためには、スタッフ全員にこのような臨床感覚があることが必要である。日々、絶え間なく起こるさまざまなことにこころを砕いて場を整え、支えてくれている同僚の存在がなければ、大学教員としての実務と並行しながら、こういう臨床を目指し続けることは不可能だ。島根大学の臨床心理コースのみなさんに、こころからの感謝を伝えたい。ほんとうに、いつもありがとうございます。

また、今回の増補版の文庫出版にあたり、新潮社版からのスムーズな移行ができるようにしてくださった新潮社の寺島哲也さん、補論のもとになった論考の掲載時に親身になって寄り添ってくださった文藝春秋の田中光子さん、そして今回の文庫の担当者である創元社の柏原隆宏さんにも、こころからの感謝をお伝えしたい。ほんとうにありがとうございました。

そして、お忙しいなか、とても触発される解説を書いてくださった、三浦しをんさん、ほんとうにありがとうございました。

最後に。このような臨床を続けていくうえでの精神的な支柱になり続けてくださっている河合隼雄先生にも、こころからの感謝を捧げます。

平成二十八年十一月

岩宮恵子

＊付記＝本研究は、株式会社インフォメーション・ディベロプメントから、次世代育成のための研究助成を受けました。

■参考文献一覧

本書では以下の村上春樹の作品を引用・参照している（刊行年順）。

『羊をめぐる冒険』講談社、一九八二年
『世界の終りとハードボイルド・ワンダーランド』新潮社、一九八五年
『ノルウェイの森』（上・下）講談社、一九八七年
『ダンス・ダンス・ダンス』（上・下）講談社、一九八八年
『国境の南、太陽の西』講談社、一九九二年
『ねじまき鳥クロニクル――第1部　泥棒かささぎ編』新潮社、一九九四年
『ねじまき鳥クロニクル――第2部　予言する鳥編』新潮社、一九九四年
『ねじまき鳥クロニクル――第3部　鳥刺し男編』新潮社、一九九五年
『スプートニクの恋人』講談社、一九九九年
『海辺のカフカ』（上・下）新潮社、二〇〇二年
『アフターダーク』講談社、二〇〇四年
『1Q84――BOOK1〈4月－6月〉』新潮社、二〇〇九年
『1Q84――BOOK2〈7月－9月〉』新潮社、二〇〇九年
『1Q84――BOOK3〈10月－12月〉』新潮社、二〇一〇年
『色彩を持たない多崎つくると、彼の巡礼の年』文藝春秋、二〇一三年
『女のいない男たち』文藝春秋、二〇一四年

解説　物語の効用

三浦しをん

中学二年か三年のころ、私は授業そっちのけで、猛然と小説を書いていた。村上春樹の『世界の終りとハードボイルド・ワンダーランド』を読み、「うおお、おもしろい！　かっこいい！」と心の高ぶりを抑えきれず、自分でも書いてみたくなったのである。

一週間ほどかけて、私の小説は完成した。レポート用紙にぎっしり二十枚ぐらいはあった。書きあげたことに満足し、私はそれをだれにも見せず、自室の引き出しにしまった。とても晴れやかな気分だった。

大学生のころだったか、部屋の掃除中に、件の「作品」が引き出しから発掘された。おそるおそる読んでみたら、主人公の男がジルバを踊っていた。中学生が考える精一杯の「ハードボイルド感」が、ジルバだったのだろうと推測される。顔面から噴いた火でレポート用紙を燃やし、証拠隠滅した。あぶなかった……、あんな代物をだれかに読ませていたら、恥ずか死にしてしまうところだったぜ。

しかし、授業中にノリノリで小説を書いていたこと、そのときの楽しさを、いまでも明確に覚えている。当時はそんな言葉はなかったが、あれはどう考えても、いわゆるひとつの「中二病」だった。もし、十四歳の私が読んだのが村上春樹の作品ではなかったら、「小説を書く」という形で中二病が発症することはなかったと思う。ひいては、「ものすごい集中力を発揮して小説を書く楽しさ」も味わえぬままだったはずで、その後の職業選択にも影響が及んだかもしれない。

私はそれまでも、小説を読むのが大好きだった。しかし、すでにこの世にはいない作家の作品ばかり読んでおり、同時代を生きる作家の作品に触れたのは、村上春樹がほとんどはじめてだったのだ。村上春樹作品は、中学生の私にとって、すごくオシャレに感じられた。「パスタを茹でとる！」と驚いた。夏目漱石や泉鏡花の作品をいくら読んでも、登場人物がパスタを茹でることはない。新しく、刺激的な小説だ、と中学生の身ながら興奮したのである。

それが、猛然と小説を書いてしまった理由なのだろう、とずっと思ってきたのだが、『思春期をめぐる冒険』を読んで、「なるほど」と目から鱗が何枚も落ちた。村上春樹の小説は、中二病まっさかりだった当時の私にとって、とてもしっくりくるものだったのだということが、本書を読んでわかったからだ。

急いでつけ加えると、私は中二病という言葉を、決して悪い意味で使っているのではない。

中二病とは、一種の青臭さのことだと思うが、青臭い情熱、そして繊細さを、どれぐらい心のなかに留めていられるかが、創作するにあたって非常に重要になってくると、日々痛感している。人間、放っておくとだんだん枯れてくるのである。生きにくい局面はあるかもしれないが、いつまでも瑞々しい感性を失わないひとこそが、真に血肉の通った人間関係を構築できるのだし、新鮮で先鋭的な表現を生みだすこともできるのだと思っている。嗚呼……。

それはともかく、なぜ村上春樹の小説が、中二病罹患中だった私にしっくりきたのか。本書を読んで感じたのは、「思春期の揺らぎと同質の、世界の揺らぎが描かれているからだろう」ということだ。私の心は、その「揺らぎ」に共振し、居ても立ってもいられなくなって、自分でも小説を書きはじめた。そして、「小説を書く」という行いを通して、揺らぐ心は一応の収まりどころを見いだしたのだと思う。その証拠に、そのあと長らく、私は小説を書かなかった。書く必要性が失われたからだ。あいかわらず、若さゆえのモヤモヤはあったけれど、友だちとしゃべったり、好きな漫画を読んだりしていれば充分に楽しく、授業中に猛然と小説を書くようなやむにやまれぬ気持ちと集中力は、しばらく訪れなかった。

本書は、村上春樹の小説を深く読解するためのガイドにもなるし、だれしもが体験するであろう思春期とはなんなのか、人間にとってどんな意味を持つものなのか、個々人が改めて考えるきっかけにもなる。さらに、心理療法とはどういうものなのか、具体的な事例を通して知ることもできる。

私は、「自分の心理を『分析』されちゃうのかなあ。それってちょっとこわいことだな」と、心理療法についてきわめて漠然と、誤った考えを抱いていたのだが、本当は全然そうではないことが、本書を読むとわかる。本書の著者、岩宮恵子さんのような臨床心理士のかたとめぐりあえたら、もう率先して、悩みを打ち明ける！　ここまで丁寧かつ慎重に、クライエントの話に耳を傾け、気持ちに寄り添ってくれるとは……。小説に対する、岩宮さんの読みが深くなるのも当然だなと、感動することしきりだった。同時に、どれほど気力体力が必要なお仕事であることかと、頭が下がる思いがした。

本書はまた、すぐれた「物語論」にもなっている。ひとは、物語を求める生き物だ。小説や映画といった創作物を味わうだけでなく、日常生活のなかでも、なんらかの物語を必要とする。物語とは、「意味」だからだ。しかし、本書でも触れられているとおり、物語は諸刃の剣でもある。物語は、物事を単純化する機能も持っている。安易にそこに乗っかってしまうと、浅薄な「お涙頂戴話」で満足し、ひとの心の奥深い動きに目をつぶってしまったり、「先祖が悪いことをしたから、病気になった」というような、およそ科学的とは言えない「因果」に雁字搦めになってしまったりもする。

ただ、本書でも繰り返し書かれているように、物語を真に味わい、個々人が日常のなかで深く物語を紡いでいくことは、ひとの心にいい影響をもたらす。物語とは、異界へと通じる「井戸」、トンネルのようなものでもあるからだ。自覚的に認識できる世界や自己の心のありようだけが、この世界のすべてではない。異界の存在を感じ、けれど異界に呑みこまれず、バランスを取りつづける。それが心身に余裕をもたらし、自他の感情に深く触れ、人間関係を誠実かつ実り豊かに構築していくために、非常に重要なことなのだなと、本書を読んでつくづく思った。

本書で展開される物語論は、小説を書くうえでもとても参考になる。小説の作者は執筆時、登場人物という「他者」の生を生きる。しかしそれは同時に、ありえたかもしれない自分自身の姿でもあるのだ。私はこれまで二度、小説を書き終えて「憑き物」が落ちたと感じたことがある。執筆中は、なにを書いているのかはっきりわかっていなかったのだが、書き終えたとき、他者であり自己でもある登場人物とともに生きたことによって、「業」のようなものが浄化されたと感じられたのである。物語を紡ぐことが、心理療法的側面を有しているのは、確実だと思う。

小説の新人賞の選考をしていて、「惜しいな」と感じるのは、物語に「型」があるということを、どうしても納得、体感できないかたがおられることだ。「型やぶり」を志しているのかもしれないが、「型」の存在を実感せずして、「やぶる」ことはできない。だが、「物語には『型』がある」と意識しすぎると、今度は判で押したような展開しか描けなくなってしまう。

その「あわい」を追求することが肝心なのだ。「あわい」とは、「揺らぎ」とも言い換えられるかもしれない。物語と同様、感情にもある種の「型」はある。だからこそ我々は、「喜怒哀楽」と言うのだし、「あのひとはいま、悲しい気持ちなのだな」と察し、共感することができる。「型」は確固として存在する。けれどそれゆえに、その「型」を通して、もっと深く複雑な部分、「型」からはみでてしまう「揺らぎ」をも感受することもできるのだ。異界に触れるとは、たぶんそういうことだろう。

これは小説を書くときだけでなく、日常を生きる際にも、とても大切な視点になってくるはずだ。物語をいかに深く紡ぎ、自他の心に真摯に向きあっていくか。「生きる」という行為をより豊かにするための実践的なヒントが、本書にはたくさんちりばめられている。

（作家）

岩宮恵子（いわみや・けいこ）

一九六〇年生まれ。聖心女子大学文学部卒業。臨床心理士。鳥取大学医学部精神科での臨床を経て、臨床心理相談室を個人開業。現在、島根大学教授。専攻は臨床心理学。主な著書に『生きにくい子どもたち』（岩波現代文庫）、『フツーの子の思春期』（岩波書店）、『好きなのにはワケがある』（ちくまプリマー新書）などがある。